AMOR
EM CORES

Histórias inspiradas em
mitologias ao redor do mundo

CB005804

BOLU BABALOLA

AMOR EM CORES

Histórias inspiradas em mitologias ao redor do mundo

TRADUÇÃO

Bruna Barros

Rio de Janeiro, 2022

Copyright © 2020 by Bolu Babalola. All rights reserved.
Título original: Love in Colour

Todos os personagens neste livro são fictícios. Qualquer semelhança com pessoas vivas ou mortas é mera coincidência.

Direitos de edição da obra em língua portuguesa no Brasil adquiridos pela Editora HR LTDA. Todos os direitos reservados. Nenhuma parte desta obra pode ser apropriada e estocada em sistema de banco de dados ou processo similar, em qualquer forma ou meio, seja eletrônico, de fotocópia, gravação etc., sem a permissão do detentor do copyright.

Direitos exclusivos de publicação em língua portuguesa cedidos pela Harlequin Enterprises II B.V./ S.À.R.L para Editora HR Ltda.

A Harlequin é um selo da HarperCollins Brasil.

Contatos: Rua da Quitanda, 86, sala 218 — Centro — 20091-005
Rio de Janeiro — RJ
Tel.: (21) 3175-1030

Diretora editorial: *Raquel Cozer*
Editor: *Julia Barreto*
Copidesque: *Emanoelle Veloso*
Revisão: *Lorrane Fortunato e Daniela Georgeto*
Design de capa: *Caroline Young*
Adaptação de capa: *Eduardo Okuno*
Imagens de capa: © *Shutterstock*
Projeto gráfico e diagramação: *Eduardo Okuno*

CIP-Brasil. Catalogação na Publicação
Sindicato Nacional dos Editores de Livros, RJ

B111a

    Babalola, Bolu
       Amor em cores / Bolu Babalola ; tradução Bruna Barros.
- 1. ed. - Rio de Janeiro : Harlequin, 2022.
       320 p.

       Tradução de: Love in colour
       ISBN 978-65-5970-139-1

       1. Contos ingleses. I. Barros, Bruna. II. Título.

22-75880   CDD: 823
                        CDU: 82-34(410.1)

Meri Gleice Rodrigues de Souza - Bibliotecária - CRB-7/6439

Para meus pais,
que me ensinaram
o que é amor,

Para meu Deus,
que é amor,

Para meu amor.

Sumário

Introdução

Dizer que eu amo o "amor" seria provavelmente como dizer que gosto muito de inspirar oxigênio. O amor é o prisma através do qual enxergo o mundo. Acredito de verdade que ele nos liga e nos impulsiona. Essa não é uma negação ingênua da escuridão que sabemos que existe no mundo, mas uma recusa a permitir que a devastação, o horror e a mágoa nos consumam. É o reconhecimento da existência da luz. O amor é essa luz. O romance adocica o amargor casual com o qual nos deparamos; ele eleva o mundano e torna sobrenatural aquilo que é terrestre. O tempo que leva para dois pares de lábios se encontrarem pode consistir em milissegundos e ainda assim ser sentido como se a própria dimensão do tempo tivesse se esticado indefinidamente; você é transportado para um mundo diferente, *seu* mundo; só para você e para a pessoa que é o foco de sua afeição. É algo que te torna consciente de seu corpo e seu espírito de forma única, que põe seus pés no chão e que te leva para o alto. O amor enriquece o mundo em que vivemos.

Neste livro, tive a honra e o privilégio de explorar como o poder do amor foi expresso em várias culturas ao redor do mundo. Eu presto uma homenagem às texturas de cada história original ao mesmo tempo que as adapto para uma era nova e moderna. Com isso, espero trazer e esmiuçar o que essas histórias podem nos ensinar sobre nós e sobre o amor. Minha missão pessoal era destacar como amor e afeição são magnificamente multidimensionais, simultaneamente universais e profundamente pessoais, e como suas expressões são tão cheias de nuances, diversas e complicadas como a própria humanidade.

O amor é terno, experimental, brutal e corajoso. É uma bagunça, é mágico! Pode ser a coisa mais assustadora do mundo, simplesmente porque dá uma sensação de segurança, e essa segurança se baseia na confiança total em outra pessoa, com quem compartilhamos nossos sentimentos, nos expomos e nos permitimos ser vistos exatamente como somos. Mas, quando nos permitimos confiar assim, há uma liberdade que podemos alcançar — uma *glória*.

Este livro fala sobre ser visto em todas as suas versões, em diferentes dinâmicas, de forma brilhante e colorida. Fala sobre a alegria e a esperança que acompanham a celebração desse fenômeno. Espero que este livro traga alegria para você.

Com amor,
Bolu Babalola

AMOR EM CORES

Oxum

Oxum estava acostumada a receber olhares. Olhares deslumbrados, lascivos, curiosos. Ela sabia, por instinto, quando olhares se demoravam sobre sua figura, tentando extrair qualquer tipo de informação. Queixo levemente levantado, braços e pernas esguios e atléticos, quadris largos que gingavam e exalavam uma feminilidade tão inata que se recusava a ser contida; para algumas pessoas, era como um chamado que sentiam que precisavam responder, para outras, uma demonstração de poder, algo a ser temido, reverenciado. Como nadadora competitiva da Academia Ifá, ela tinha um charme intrínseco que a seguia pelo ar antes que mergulhasse na piscina. Seus membros vitoriosos e imponentes voavam pela água cheia de cloro como se fosse o mar, e ela a própria correnteza, a energia, a gravidade da lua. Oxum transformava a piscina em um lago salpicado de sol. Embora se movesse com uma rapidez incisiva, fazia sua habilidade extraordinária parecer fácil. Uma grandiosidade casual. Ela empurrava e puxava como que conjurando poder da água. Por vezes, aqueles que lhe assistiam se perguntavam se o único propósito da água não seria impulsioná-la.

Oxum estava acostumada a ser um espetáculo, a ter pessoas observando-a maravilhadas, tentando depreender o máximo que podiam do que viam. Por isso mesmo, ela escondia o que podia, mantinha o máximo de si apenas para si. A natação era seu santuário, e era uma pena que precisasse de um público. Nas competições, ela não prestava atenção no barulho das arquibancadas ou nas ordens supérfluas do técnico (que era decorativo, um símbolo que representava o poder da escola sobre os triunfos de Oxum, como se ela, aos 3 anos de idade, não tivesse feito uma margem seca se transformar num lago, só por dançar sobre o lugar). Naquelas competições, ela se concentrava no som da água estalando em sua pele como uma mão que encontra a pele tesa de um tambor falante. O nado tornara-se uma dança para o ritmo que ela criava com a água. Com cada virada de quadril, uma mão cortava a água, até que Oxum não fosse apenas outro corpo entre os corpos dentro de um corpo d'água falso — ladrilhado e estéril. Não, ela era *o* corpo, o único corpo, vibrante e ofegante. Quando a música acabava, ela estava além da linha de chegada, sozinha. Tudo que as pessoas viam era uma atleta excelente; só ela sabia que era uma dançarina.

Oxum estava acostumada a ter olhares sobre ela e a ignorá-los. A maioria das pessoas diria que, quando olhavam para a água, viam a si mesmas, mas o que realmente viam eram seus reflexos, luz que batia e voltava. Um reflexo é apenas a maneira de a água rejeitar uma intrusão indesejada. A água é generosa, mas quer ser deixada em paz. Entre se quiser, beba se quiser, mas não espie se não for se envolver. No entanto, quando o olhar de Oxum encontrava as ondas, ela realmente via a si mesma. O cabelo era macio, escuro e enrolado, com cachos crespos que emolduravam seu rosto feito uma maré poderosa. Seus olhos, profundos e marcantes, eram levemente inclinados na parte interna, como se pesassem demais para permanecerem retos. Carregavam muito, carregavam o universo inteiro, e eram insondáveis como o oceano. A pele era tão profunda e suave quanto um vasto lago, a superfície brilhante abrigando uma profundeza sem fim, um mundo inteiro. A água a chamava como sangue de seu sangue. Oxum era nascida-divina; indecifrável, intocável e impossível de conter. Era possível apreciar, mas nunca possuir. Experimentar, mas não capturar.

Mas Oxum se sentiu capturada pelo olhar que pousava sobre ela naquele momento. Era arrebatador e afundava em sua pele. Ela pôde sentir as partes mais escondidas de si se agitando, atraídas para a superfície. Não entendia muito bem de onde vinha aquilo, mas conseguia sentir. Estava sentada num enorme tapete de pele durante a celebração da academia ao Festival Ojude Oba com um pequeno grupo de pessoas que gostavam de se dizer suas amigas, bebendo vinho de palma em copos de coco, os lábios brilhando com óleo de timo frito, observando as festividades. O ar estava cheio de riso, música, cheiro de banana-da-terra frita, carne assada e arroz com especiarias. Cavalos de pelagem preta trotavam, vestidos com arreios coloridos, as crinas enroladas em fitas vermelhas, amarelas e verdes, e eram guiados para o desfile por jóqueis da academia, cujos agbadás e filás tingidos com cores vivas faziam jus à majestade dos corcéis. Conduziam os cavalos por coreografias complexas com elegância e competência, apesar dos trajes pesados e incômodos. Os tambores falantes tinham conversas altas, orquestrados pel'Os Narradores, a liga de percussão de elite da academia, que aprendia e registrava a história através da música. Eles espalhavam as notícias, entretinham e faziam gracejos por meio dos versos. Seus peitos estavam nus, brilhando, e os braços tensos conforme batucavam no couro com as baquetas e mãos, alternando as notas e, de alguma forma, tecendo harmonia com cada movimento. Estudantes dançavam ao som da história de origem de sua cidade, de histórias de amor contadas por meio da cadência, sempre rindo, movendo as cinturas e levantando poeira vermelha ao baterem os pés no chão. Celebravam os ex-alunos, deuses e deusas, aqueles que haviam subido à maior das alturas. E, durante todo o festejo, Oxum sentiu aquele olhar queimar toda a sua pele, acelerando seu coração até que ele estivesse batendo ao ritmo dos tambores.

Parte do motivo por que Oxum não sabia quem estava olhando para ela era de natureza prática. Ela não podia se virar para olhar. Seu pescoço estava seguro sob o braço firme e musculoso de Xangô, representante estudantil eleito da Academia Ifá, Capitão Jogador (de todos os esportes), Capitão Pegador (de todas as mulheres), com um charme tão feroz quanto seu temperamento e olhos cinzentos que se iluminavam e escureciam de acordo com seu humor. Era de conhecimento geral na academia e no condado que Oxum era a única que conseguia acalmá-lo quando ele trovejava por causa de qualquer suposto desrespeito ou quando alguém ousava questionar sua autoridade inata.

Oxum era a única pessoa que via de perto os olhos de Xangô passarem da ardósia ao prateado. A multidão abria caminho para ela entrar no meio de uma briga iminente. Ela então colocava a mão na mandíbula tensa de Xangô e olhava para ele. Labareda assassina virava chama amorosa, lufadas raivosas de ar viravam suspiros suaves. Ela segurava a mão dele e o guiava para fora do caos. Todas as mulheres de Xangô não importavam, porque Oxum sabia que era maior do que todas as outras juntas. Elas eram versões inacabadas, rascunhos inferiores. Havia uma moça risonha que morava a alguns quarteirões de distância de Xangô com quem ele gostava de passar o tempo. Oxum não se importava. Ela sabia que, quando sorria — era raro, mas acontecia —, o brilho era tão forte e intenso quanto o sol do meio-dia. Seu sorriso tinha a capacidade de intoxicar as pessoas ao seu redor com tamanha euforia que, quando o fulgor passava, elas se sentiam como se estivessem caindo de cabeça na profundeza de todos os desesperos do mundo. Oxum não sabia o que aconteceria se ela risse. Ela nunca ria. Havia também uma moça que estava na mesma turma de Observação de Constelações que Oxum. Xangô costumava visitá-la depois das festividades, relaxado pelo vinho de palma. A garota agia como se nunca tivesse bebido nada desde o dia em que nasceu, como se sua sede só pudesse ser saciada pelo suor de Xangô em sua língua. Oxum também não se importava com isso. Ela sabia que, quando estavam juntos, Xangô se afogava nela, morria e voltava à vida dentro dela e, quando seus quadris se mexiam no mesmo ritmo, era como ondas numa tempestade; poderoso, excitante, assustador. Sabia que tinha gosto de mel e licor e que o deixava saciado e insaciável, embriagado e completamente entregue às vontades dela. Oxum sabia que era tudo que Xangô queria e até mais. Sabia que era o Mais que o aterrorizava. O excedente o provocava. Ela tinha consciência de que, às vezes, quando você tem tudo o que deseja, começa a questionar o seu próprio valor. Xangô não gostava do sabor de suas inseguranças. Ele jamais gostou de se perguntar se era o Suficiente para suprir o Demais que ela era, então ele precisava buscar o equilíbrio com derivações diluídas de Oxum. E ela estivera bem com tudo aquilo até a semana anterior, seis dias antes do Festival Ojude Oba acontecer, na celebração da Jornada Terrestre de sua irmã Iemanjá.

A festa acontecera no condomínio em que elas moravam, e Oxum havia se aventurado na floresta que o rodeava em busca de uma pausa. Ela admirava a irmã, que havia ascendido da escola um ano antes, mas quase sempre achava sufocante sua presença. Quando Iemanjá ria, soava como ondas quebrando contra a costa, e Oxum frequentemente se sentia como os penhascos rochosos que as ondas erodem quando quebram. As duas irmãs tinham o mesmo rosto moldado em diferentes contornos. Oxum sentia que a irmã era uma versão mais sofisticada dela mesma. Iemanjá era mais alta e esguia, enquanto Oxum era mais baixa e cheia de curvas, desafiando o arquétipo de atleta. Iemanjá era uma marinheira profissional e, não raro, liderava equipes de quarenta ou cinquenta navios em viagens de exploração. Ela havia dominado as águas a ponto de não precisar mais submergir. Oxum se sentia fraca por precisar sentir as ondulações na própria pele. Iemanjá destacava o que faltava em Oxum e, apesar de Oxum amar a irmã e de a irmã amá-la de volta, Oxum não podia evitar se sentir inferior perto dela. As pessoas se agarravam a cada palavra de Iemanjá e Oxum as observava fazendo isso, as via usarem aquelas palavras para ascenderem espiritualmente, encantadas e estimuladas pela presença de Iemanjá. Atenta a isso, Oxum havia tentado puxar conversa naquela festa, numa tentativa ousada de emular o carisma da irmã, mas percebeu que, quando falava, as pessoas observavam atentamente a maneira como seus lábios se mexiam. Só havia olhares concentrados na forma como sua boca moldava as palavras, não ouvidos atentos ao que dizia. Então Oxum deixara a festa fervilhante e fora caminhar pela floresta, na intenção de ir até o rio, um lugar onde sentia paz. Foi uma surpresa quando, através do matagal perto do leito do rio, ela viu os ombros largos e musculosos de Xangô. O mesmo que, apenas meia hora antes, havia enrolado um braço forte em torno da cintura de Oxum, sussurrando que ela era o amor dele, que doía ter que socializar quando tudo que ele queria era ficar com ela, mas que precisava ir buscar mais cerveja na venda com alguns de seus homens. Agora aquele braço estava em torno de outra pessoa. Por entre galhos que pareciam se encolher de vergonha, Oxum viu que o pescoço de Xangô estava dobrado enquanto ele sussurrava algo na orelha de Outra Pessoa antes de depositar um beijo nela.

Então ele disse, mais alto:

— Oxum não gosta de dançar. Sinto saudade de dançar. Dance comigo.

Ele se moveu um pouco e revelou Obá; a ex-amante-amiga de Xangô, anterior à Oxum, de olhos redondos, suaves e estúpidos, boquinha de flor e uma cintura que se movia com reverência suave e sóbria conforme Xangô a convocava com os quadris, rebolando em resposta ao ritmo dos tambores distantes. A cintura dela se movia de maneira educada e tímida, tecnicamente no ritmo, mas sem nenhum fogo. Mesmo na dança ela se curvava diante de Xangô. Oxum revirou os olhos. Aquilo, sim, a incomodou. Obá era mansa e tinha uma doçura irritante, uma doçura que Oxum achava enjoativa. Mesmo depois de Oxum ter conquistado a atenção de Xangô, Obá fora gentil com ela, insistindo que não guardava nenhum rancor, que tudo que ela queria era que Xangô fosse feliz. Oxum achara aquilo extremamente patético e a teria respeitado mais se a menina tivesse jurado vingança, se tivesse dito na cara dela — como uma guerreira — que não desistiria dele. No entanto, o envolvimento de Obá não foi o que atingiu Oxum tão forte no peito que ela quase tropeçou para trás. Foram as palavras de Xangô. Era mentira. Oxum amava dançar. Todas as tardes, ela e Iemanjá dançavam à beira-mar enquanto o sol se punha, o mar tocando os próprios tambores para elas, o riso delas se misturando com o estrondo das ondas. Oxum dançava sempre que estava na água. Ela achava que pelo menos Xangô via isso. Apesar de tudo, o que a mantinha ligada a Xangô era que ele a *via*. E ela o via em troca. Às vezes — não sempre, mas às vezes —, quando estava com Xangô, ela se sentia quase como quando estava dentro d'água. Agora Oxum percebia que isso era uma ilusão. Às vezes, quando se está com muita fome, é possível forçar o gosto-fantasma de pão doce a surgir na boca. Mas isso só vai aumentar a fome e o vazio na barriga. E, às vezes, você só percebe o quanto precisava de comida quando já é tarde demais.

Depois de alguns instantes, Obá viu Oxum em meio aos galhos e congelou. Xangô seguiu o olhar de Obá e viu Oxum também. Seus olhos piscaram alarmados, um raio cruzou seu rosto. Oxum viu os olhos dele passarem do prateado à ardósia. Ele deu um passo para a frente, mas Oxum levantou a mão. Obá parecia triste por ela, e aquilo lhe deu vontade de vomitar. Então Oxum sorriu, um sorriso largo e lindo, deslumbrante e terrível. Seu sorriso fez Xangô chamar nuvens de chuva para ter onde se segurar, e o céu ficou cinza. Seu sorriso fez Obá se sentir como se estivesse submersa no rio atrás dela, sem poder respirar, ver, falar. Então, Oxum virou as costas e voltou para a festa como se nada tivesse acontecido. Depois daquele dia, Obá percebeu que o ouvido em que

Xangô tinha sussurrado parecia cheio de água. Por mais que tentasse, não conseguia desentupi-lo. Não teve benzedeira que curasse nem sacerdote que chegasse perto. E foi para sempre como se ela vivesse com metade do corpo submersa no rio. Depois daquele dia, Xangô ficou apavorado demais para falar com Obá de novo, e não ousou visitar outras mulheres. Por motivos que Oxum não podia confessar para ninguém, nem para si mesma, ela continuou com ele. Mesmo assim, Xangô nunca a chamou para dançar.

Ele estava falando com os amigos agora, o vinho de palma transbordando do copo. Oxum revirou os olhos. Xangô amava ter um público, adorava ser o centro das atenções, entreter contando histórias sobre competições esportivas, sobre lugares que tinha visitado e jurado conquistar quando ascendesse da academia. O público ria nos momentos certos, um coro numa canção de chamada e resposta, incapaz de demonstrar nada além de alegria e bajulação enquanto Xangô contava sobre como, certa vez, um vendedor se recusara a lhe vender uma capa de pele de leão. O homem havia dito que a capa era para homens honrados, e que ele não havia visto honra o suficiente em Xangô para vendê-la a ele.

— Eu disse que um dia mandaria nele. O velho tolo disse que já sabia. Disse que esperava que eu acumulasse honra o suficiente para a pele de leão, que minhas costas se tornassem largas o suficiente para ela. Dá para imaginar? Logo eu. Eu, que consigo carregar um boi nas costas? Dois bois! Só podia ser piada. — Xangô cuspiu na terra enquanto a memória fazia seus olhos derreterem e se tornarem algo mais escuro que ardósia. — Então eu ri na cara dele.

Do riso raivoso de Xangô nascia o trovão, e do trovão nasciam os raios.

— O único problema é que a pele de leão ficou manchada de cinzas. Tingida de idiota.

O público riu satisfeito. Oxum ficou enjoada.

Ela encolheu os ombros e se desvencilhou do braço de Xangô, fingindo ajeitar as contas coloridas que pendiam de seu pescoço. A sensação de ser observada ficou mais intensa. Ela se virou e, através dos corpos quentes que dançavam, viu uma figura esbelta e musculosa encostada em uma árvore. Seus braços pareciam galhos que tinham se torcido para fazer um tronco, quase como se ele zombasse da força da acácia. Ele estava comendo um jambo, dentes brancos afundando na casca e na carne da fruta, olhos brincalhões que nunca deixavam os de Oxum. A orelha direita dele brilhava com uma crescente prateada no lóbulo que combinava com o brilho de seus olhos. Era um brilho diferente do que ela via nos olhos de Xangô, que eram sempre indicativos sobre ele e suas vontades. Os olhos de Xangô relampejavam quando ele queria se afogar em Oxum, mas ele nunca perguntou se já a tinha feito pegar fogo. Os olhos daquele homem estavam chamando Oxum, transpassando-a. Ele estava vendo o interior dela e não estava se curvando. Tinha três cicatrizes impressionantes no lado esquerdo de seu peito musculoso, vergões que ela imediatamente quis acariciar com os dedos. Ele sorriu para ela como se soubesse.

Ela virou de volta, alarmada. Apertou o braço da irmã e a levou para longe da conversa em que ela estava envolvida. Iemanjá era a amiga mais próxima de Oxum, pois era sua única amiga; elas eram ligadas pelo sangue e unidas pela água.

— Vire devagarzinho, como se estivesse procurando alguém. Você sabe quem é o menino novo, o alto?

Oxum disse "menino" para se acalmar, para se permitir algum tipo de controle diante daquele homem cujo olhar estava fazendo partes cuidadosamente comprimidas dela se expandirem e florescerem em plenitude.

Iemanjá piscou duas, três vezes, assustada por Oxum estar falando com ela casualmente sobre coisas que irmãs normais conversam casualmente. A irmã mais nova de Iemanjá era extraordinariamente linda e extraordinariamente, lindamente *estranha*. Uma vez, quando estavam sentadas nos bancos do campo da escola, assistindo a Xangô e seus amigos derrotarem outro condado, Oxum disse, com um olhar vidrado:

— Você sabia que trovoadas nem sempre produzem chuva? É uma pena, porque os rios escutam os trovões, veem os relâmpagos e esperam ser enchidos de água, mas acabam se decepcionando. Trovoadas secas são só exibições. Assustam os pássaros e queimam as árvores enquanto o rio ofega. Esquecem que o rio ajuda a alimentar as nuvens que as fazem nascer.

Seus olhos jamais deixaram o campo enquanto ela falava. Pouco depois, Xangô fez o gol da vitória.

Iemanjá raramente sabia do que Oxum estava falando. Muitas vezes ela assentia e sorria quando Oxum proferia coisas do tipo, sabendo que qualquer coisa que respondesse deixaria os olhos de Oxum sombrios de impaciência e a faria se retrair rapidamente outra vez, quando sua profunda sensibilidade cerebral não fosse correspondida. Iemanjá era do oceano como Oxum era do rio, mas Iemanjá era telúrica, prática, ligada às coisas do mundo, aos povos que não eram divinos, então ela conseguia se identificar com eles, cuidar deles. A irmã mais nova tinha a liberdade de permanecer conectada aos céus, de permitir que sua psique habitasse o exterior daquele reino. Iemanjá era raiz e Oxum era flor, para sempre tentando alcançar o céu. Então, Iemanjá fingia entender o que Oxum estava dizendo e Oxum fingia que era entendida. Era uma gentileza doce que compartilha-vam e que beneficiava as duas. Mas Iemanjá entendeu Oxum muito bem naquele momento e ficou satisfeita. Oxum precisava de mais que Xangô. Ele preferia se sen-tir maior com mulheres menos poderosas que Oxum a se elevar. Iemanjá seguiu as instruções — se virou casu-almente — e, quando virou de volta para Oxum, sorria contente.

— Ah. Aquele é Erinlé, que vai entrar na academia na próxima temporada. Ele venceu uma competição na-cional pela vaga e foi convidado para esse festival para se apresentar antes.

Elas tinham se afastado dos amigos de Xangô — não que aquilo importasse. Eles não ouviriam as irmãs por cima do som de suas próprias vozes e das risadinhas das mulheres que os cercavam.

Oxum assentiu e deu um gole no vinho de palma. O sorriso de Iemanjá se alargou. Oxum quase nunca bebia.

— Como ele conseguiu a vaga?

A academia era seletiva, um *campus* de treina-mento para grandes talentos. Ou se entrava lá por nas-cimento, se tinham ascendência celestial, sangue divino (Oxum, Iemanjá e Xangô), ou por meio de recrutamento por conta de alguma habilidade específica, relatada em histórias de poder e, muitas vezes, misticismo dos conda-dos. Estas pessoas eram conhecidas como nascidas-terre-nas, provenientes do reino terrestre.

— Caçando, meu amor — disse Iemanjá, se permi-tindo a indulgência de usar um apelido carinhoso. Para o prazer de Iemanjá, a irmã caçula não estremeceu.

Oxum assentiu e despejou mais vinho de uma ca-baça nas taças de bronze das duas.

— Então ele é nascido-terreno.

Iemanjá deu de ombros.

— *Aburo mi*, irmãzinha, isso não significa nada. Somos todos iguais aqui. E, ainda assim, gente nascida--divina muitas vezes age como se tivesse nascido debaixo do chão. — Iemanjá arrastou os olhos para onde Xangô estava, em sua zombaria embriagada, e Oxum mordeu o lábio para disfarçar o sorriso.

Iemanjá continuou, movendo-se para perto de Oxum, para que seus ombros se tocassem. Se pessoas desconhecidas as vissem, poderiam presumir que elas sempre haviam sido dessa forma, companheiras, confidentes, irmãs pelo sangue e amigas por escolha, que sempre haviam sentado entre as pernas uma da outra para trançar o cabelo enquanto fofocavam, como num ritual.

— Erinlé é mestre arqueiro. E agricultor. Dizem que ele consegue fazer as plantações ganharem vida com apenas um toque. Bom com as mãos. — Ela dirigiu um olhar divertido de compreensão para Oxum e, para surpresa dela, Oxum se permitiu uma pequena fração de sorriso, o que fez Iemanjá sentir como se tivesse ganhado algo e a estimulou a continuar. — Dizem que as cicatrizes no peito dele são de uma luta com um leão. Que o leão quis comer o coração dele por causa de sua força.

Oxum deu outro gole no vinho.

— Ou o leão quis comer o coração dele por ser um leão mesmo.

Para a surpresa de Oxum, Iemanjá soltou uma de suas risadas oceânicas; o riso borbulhando dela. As pessoas não costumavam rir perto de Oxum. Ela dissera algo engraçado? Não sabia, mas descobriu que gostava do sentimento de ser apreciada pelo que dava de bom grado.

— Bem, Erinlé venceu. Obviamente. Como você pode ver.

Oxum olhou para cima e viu que Erinlé agora estava de frente para ela, no meio do pátio, acompanhando a música com um tambor falante apoiado no torso e no braço. Os olhos dela desceram e ela percebeu que, em torno da cintura dele, havia uma faixa larga de couro cor de areia sobre seu manto escuro como ferrugem. Pele de leão.

Erinlé sorria enquanto fazia o tambor falante cantar, juntando-se facilmente à banda. Os Narradores eram extremamente avessos a novatos, uma banda de elite de musicistas muito experientes que vieram de musicistas muito experientes. Mas ali estavam, acolhendo-o, e Erinlé não apenas os acompanhava, ele os melhorava. Agora que ele estava mais perto, ela podia examiná-lo melhor. A pele dele era de um marrom-escuro avermelhado; o tom exato da terra na beira do leito de seu lugar favorito para nadar.

— Posso falar com você?

Ela escutou uma voz grave e tranquila que, de alguma forma, sabia pertencer a Erinlé, mas sua boca não chegara a se abrir. Os olhos estavam presos nela, com muita atenção. Ela ficou imóvel. Oxum tinha certeza de que ele tinha falado sem falar.

"Parece que você já se permitiu essa honra", Oxum ousou pensar, brincando com a possibilidade de que ele poderia escutá-la. Quando o sorriso de Erinlé se alargou e seus olhos brilharam, ficou óbvio que tinha escutado.

— Não. Só estava batendo à porta. Testando. Vendo. Você e eu sabemos que, se você não quisesse que eu falasse com você, eu não estaria aqui.

Oxum pôde perceber agora que o tempo tinha parado — ou que estava ao menos suspenso. A terra vermelha e o verde profundo da floresta derreteram em uma fumaça densa. O riso de Xangô soou como se estivesse submerso na água, e o calor de sua irmã tinha se dispersado como a maré. Todo o mundo era um borrão. O festival acontecia em câmera lenta, como se fosse um sonho. Ela percebeu que agora estava de frente para Erinlé, a centímetros de distância dele, perto o suficiente para esticar a mão e tocar os relevos de suas cicatrizes se assim quisesse.

Oxum forçou o olhar a deixar o peito dele e o voltou para seus olhos.

— Por que eu iria querer você na minha mente? Eu não te conheço.

O olhar de Erinlé fez o sangue de Oxum incendiar debaixo da pele.

— Eu não te conheço, mas você tem estado na minha mente. Acho que só não do mesmo jeito. Não no sentido literal.

Oxum tentou engolir a curiosidade (não estava acostumada ao sabor dela, já que raramente achava interessante o que homens diziam), mas ela voltou, empurrando uma pergunta por entre os lábios:

— Em que sentido, então?

— No sentido de um rapaz se perguntando sobre a mulher que um dia teria o coração dele.

Oxum conseguiu revirar os olhos e conjurar um semblante de rejeição, apesar de todas as células do corpo estarem vibrando com a consciência de que aquele homem não estava tecendo elogios vazios — de que a atração não estava ligada à forma como possuí-la o faria se sentir. Ele falava de maneira natural sobre o poder que ela tinha sobre ele sem se acovardar ou inflar o peito para compensar.

— E como você sabe que sou eu?

Erinlé deu de ombros casualmente.

— Como corvos sabem quando um terremoto está para acontecer?

Oxum levantou uma sobrancelha.

— Então você pressentiu sua destruição?

Erinlé riu, os olhos reluzindo.

— Eu pressenti que meu mundo ia se revirar.

O coração de Oxum costumava ser estável, mas agora batia frenético, desenfreado, em contraste com a quietude que os cercava.

Oxum limpou a garganta desnecessariamente.

— Então esse é seu poder? Invocar pessoas para fora do mundo e as encontrar no mundo delas?

Erinlé se aproximou dela.

— Esse é seu poder. Você me trouxe aqui. Eu sou nascido-terreno; meus dons foram dados a mim como bênçãos. Mas eu li que, às vezes, pode acontecer de duas energias encontrarem algo uma na outra que as faz se atraírem.

— E o que em você deveria me atrair? — Além do sorriso, do calor e de como ela se sentia relaxar perto dele. — Eu não preciso de ninguém.

Erinlé riu e assentiu.

— Eu sei. Não tem a ver com necessidade, tem a ver com desejo.

Oxum engoliu em seco.

— O que eu desejo é saber por que um estranho estava me encarando de longe. Eu quero saber o que o fez se perder a ponto de ter coragem de olhar tão abertamente para a amada de Xangô.

Erinlé deu de ombros.

— Eu não me perdi. Eu me encontrei. Se você é ou não a amada de Xangô, não faz diferença para mim. Você não é posse dele. Isso é uma mentira na qual ele acredita para se sentir melhor consigo mesmo. Eu não estava olhando para a amada de Xangô, estava olhando para você.

Oxum ficou quieta por um momento e o observou, sentindo algo crescer dentro dela. Algo visceral, que a impulsionou a seguir a vontade de deslizar um dedo pelas linhas na pele dele, transgredindo as linhas que ela tinha traçado para si mesma, regras que proibiam qualquer pessoa de ver seus desejos mais íntimos. Quando ela tocou as cicatrizes deixadas pela fera invejosa, os cortes havia muito sarados e selados se iluminaram sob seu toque, num reluzir brilhante e âmbar.

Erinlé a observava, olhos brincalhões ficando sérios quando ele levantou o queixo dela para que seus olhares se encontrassem sem pudor, nus.

— O que você quer, Oxum?

Oxum abriu a boca, mas percebeu que as palavras estavam presas. *Querer.* Oxum não queria havia muito tempo. Ela fora obrigada a aperfeiçoar seus dons. Obrigada a representar a academia. De muitas maneiras, ela se sentia obrigada a estar com Xangô, na representação mais elevada de nascidos-divinos, mas Oxum não conseguia se lembrar da última vez que alguém perguntara o que ela realmente queria. As pessoas queriam tocá-la sem reconhecer seu desejo de ser acariciada, consumi-la sem perceber sua ânsia de ser abraçada. Olhavam, mas nunca viam.

Erinlé olhava para ela com atenção, como se a visse Mais. Ele sorria e a luz do sol ondulava nela.

— *Oxum, ah, Oxum...*

Oxum congelou. Ele estava cantando? Sua boca estava se movendo, e ele parecia estar começando um refrão com seu nome, batendo no tambor, olhando-a nos olhos. O mundo retomou o foco, bem definido. O som inundou seus ouvidos com uma nitidez dolorosa, a tempo de ela ouvir a conversa de Xangô parar de maneira abrupta.

— Ele disse seu nome? — A voz de Xangô estava incrédula.

— Sim. Disse — respondeu Iemanjá, presunçosa, no lado oposto da irmã, enquanto Oxum se forçava a se acostumar com o mundo ao seu redor o mais rápido possível.

A conversa com Erinlé não tinha durado mais do que uma fração de segundo na esfera temporal, mas ela sentia que todo o seu corpo estava mais vivo do que nunca. Tudo ao redor dela parecia mais vívido, nítido. Oxum sentiu mais de si mesma ser trazido à esfera terrestre. Ela sentiu mais de si mesma, em geral.

O canto de Erinlé era um ato ousado. Ninguém cantava além d'Os Narradores. Para cantar, a pessoa precisava ser eleita por eles ou apelar a eles diante de um público. Ninguém cantava diretamente para outrem, a menos que as pessoas envolvidas fossem amigas e estivessem se provocando ou se parabenizando. Ou começando um flerte. Tratava-se de mais do que apenas sustentar uma nota: era necessário ser capaz de compor na hora, improvisar, não podia ser algo elaborado previamente. Era assim que se sabia que era de coração, e tinha que ser de coração. Xangô nunca tinha cantado para ela. Xangô nunca tinha cantado para ninguém. Ele tinha orgulho de nunca ter precisado fazer isso.

Oxum ouviu Xangô trovejar perto dela, então virou-se para ele. Ela deixou o olhar tão insondável quanto possível.

— Fique quieto.

Xangô apertou a mandíbula, mas ela sentiu os trovões diminuírem imediatamente. Quer ele gostasse, quer não, Oxum tinha o coração dele na palma da mão. Ela o assustava. Todas as pessoas do festival tinham se virado para prestar atenção ao espetáculo, para o pequeno bastão curvado de Erinlé batucando uma melodia elaborada e delicada que parecia conjurar a imagem de Oxum. Escorria como os movimentos gentis de um rio, soava doce e feroz e macia. Erinlé caminhou lentamente até ela, o tambor apoiado no torso, seguro sob o braço de maneira tão firme quanto o olhar grudado no dela.

"Oxum, posso te pegar emprestada?

Vou matar mil leões pelo seu dote,

Escalar montanhas e buscar estrelas para suas joias de casamento,

Bater nas nuvens até elas chorarem para que seus rios sempre transbordem."

Oxum riu. Era isso que ela queria fazer. Rir. Permitir que todas as partes que tinha escondido escoassem livres. Escapar da armadilha da expectativa. *Ser.* As pessoas ficaram embasbacadas. Ninguém nunca tinha escutado ela rir. Xangô nunca tinha escutado ela rir. Soava como passarinhos cantando e ondulações de rio. Erinlé estava chamando por ela, olhando direto nos seus olhos. O timbre da voz dele fazia o sangue de Oxum se agitar e seus pelos se arrepiarem. De repente ela se sentiu elevada, como se estivesse nadando. O batuque como ondas quebrando em sua pele, chamando-a como sangue de seu sangue.

"Erga-se, minha rainha. O universo eu lhe daria,

mas como entregaria você a você por inteiro?

Darei então meu coração, forte e verdadeiro,

Não posso conjurar trovão, mas

Plantarei uma floresta, semearei flores que desabrocharão

Em sua presença, as frutas terão o sabor de sua essência."

Era para ser indecente — essas canções geralmente o eram. No entanto, a forma como ele cantava fazia eletricidade correr pelo corpo de Oxum de um jeito diferente de quando ela estava com Xangô. Essa eletricidade dependia dela; como se a energia dele só incendiasse em contato com ela. Ela tinha que consentir que ele queimasse.

Erinlé agora estava em sua frente.

"Oxum, ah, Oxum,
Meu batuque está chamando sua cintura,
Pode me responder?
Você responderá?
Você parece ser uma mulher que ama dançar."

Oxum levantou, descruzando as pernas com facilidade, enquanto as nuvens se acumulavam acima dela. Ela não prestou atenção em Xangô. Seguiu Erinlé para o meio do pátio e deixou os quadris se mexerem com a batida, os braços se balançarem pelo ar, rindo enquanto o fazia, enquanto Erinlé se abaixava com o tambor, descia e subia de acordo com os movimentos dela, respondendo quando ela o chamava com a cintura. Havia trovões, mas o tambor de Erinlé era mais alto, entrelaçado com o riso de Oxum. Havia relâmpagos, mas o sorriso de Oxum brilhava mais forte. Oxum estava acostumada a ser observada, mas, daquele momento em diante, ela se acostumaria a ser vista.

Scheherazade

S e eu for contar nossa história, acho que devo começar pelo começo. É assim que normalmente se faz, né?

Era uma vez. Só que você e eu não nos sentimos limitados pela noção de tempo. Não digo isso de um jeito pretensioso e místico, porque não me ligo muito nessas coisas, mas, basicamente: não foi só "uma" e nunca nos prendemos a nenhum "tempo" específico.

Senti isso até quando dizia a mim mesma que você seria só um lance passageiro. Acho que nunca pude vislumbrar — concreta e plenamente — um momento em que não o conheceria. No começo, imaginei que ia superar; era o que eu fazia na maioria das vezes, e fazia bem. Gosto de fazer coisas que faço bem, de forma geral. Pensei que a gente fosse terminar, como sempre acontecia. Tudo termina, então eu sempre me propus a lidar com romance encurtando o tempo de cada experiência, controlando a duração. Quando você controla a duração, pode tornar a experiência mais doce, como uma temporada de apenas seis episódios de sua série preferida. É menos provável que ela o vá desapontar, atrapalhar o desenvolvimento dos personagens e deixar as pontas soltas. Meu desenvolvimento de personagem era finito, e eu gostava de manter minhas pontas bem amarradas. Eu via beleza no efêmero e achava que estava agindo em prol da estética ao acelerar a morte de um relacionamento. Mas, se eu for sincera — e acho que não tenho nada a perder sendo sincera aqui —, eu nunca parei para pensar no que significaria para minha vida se ele não estivesse mais presente. Acho que estava com medo demais para pensar nisso. E não costumo ter medo de nada. Nessa hora eu deveria ter percebido o que era esse amor.

Então, qual foi nosso começo? Quando nos conhecemos? Quando nos apaixonamos? Mas se apaixonar é contínuo e eterno, uma atividade que segue em curso sob a égide do Amor. Amor com letra maiúscula. Talvez tenha sido a primeira vez que *fizemos* amor, como ele chamou... Eu chamei de nossa Primeira Foda; ele odiou. Ele disse que corrompia o que tinha acontecido, eu disse que soava caprichoso. Foi maravilhoso, eufórico, primitivo, sobrenatural, tudo ao mesmo tempo. Nossa Primeira Foda definitivamente teve o poder de acender um começo. Foi o tipo de transa que deixa você se sentindo mais bonita no dia seguinte, caminhando presunçosa com um rebolado, os quadris gingando, com uma nuvem de poder e alegria ao seu redor, como se você fosse uma deusa em meio a mortais porque, na noite anterior, você esteve no paraíso. Durante uma noite, você foi a única coisa que outra pessoa pôde ver, lamber, escutar e sentir.

Mandei mensagem para minhas melhores amigas na manhã seguinte:

Eu: *Meu Deus. O que foi que eu fiz?*
Elas: *Foi ruim assim?!!*
Eu: *Foi bom assim. Bom até demais. Foi um erro terrível.*

A primeira vez que nos encontramos não se pareceu com um primeiro encontro nem com um reencontro; nós éramos apenas duas almas destinadas a estar em comunhão. Eu poderia talvez começar com o flerte inicial, a faísca que saiu quando nossos joelhos se encostaram, mas até mesmo isso era só a gente aprendendo formalmente a gramática de uma língua que nossos corpos e almas já conheciam. O mais próximo de um começo que consigo pensar para a gente, ou talvez a primeira vez que nós dois vimos e reconhecemos que *éramos* um nós, foi nossa primeira briga.

— Diz alguma coisa — disse eu.

Observei-o sentado do lado oposto a mim no balcão da minha cozinha. Ele tomou um gole de vinho. Nós tínhamos escolhido a garrafa juntos; ele lera a descrição — "sabores escuros e adocicados, encorpado" — e levantara a sobrancelha para me dar uma olhada descarada antes de colocar a garrafa na cesta.

— Bem o que eu gosto — ele dissera. Tinha sorrido.

Foi tão brega. Ele sabia. E eu sabia. Fingi que ia vomitar e ele me agarrou na seção de vinhos, na frente da plateia de *sauvignons* e *pinots*, e me beijou; como estávamos em um lugar público, foi rápido, mas rápido não significava sem paixão. Ele me beijou e eu senti como se tivesse bebido uma prateleira inteira dos melhores vinhos do supermercado. Meus joelhos ficaram moles. Ele me beijou e minha segunda calça jeans preferida automaticamente caiu melhor em mim, coube melhor quando a mão dele preencheu o bolso de trás. Ele me beijou e colocou um pouco da língua na minha boca — feito uma promessa, sabor o suficiente para me deixar faminta — antes de sussurrar no meu ouvido de novo:

— Bem o que eu gosto.

Naquela tarde da primeira briga, ele deu um gole naquele vinho sentado no balcão da minha cozinha. O semblante dele estava completamente impassível. O cheiro de camadas de ervas e carne ensopada se espalhou no ar, misturado com o cheiro da minha vela de rosa e peônia e do perfume dele. Um R&B sussurrado preenchia a meia-luz do ambiente, cantarolando para nós com sensualidade, debochadamente, quase que assustadoramente: *"ninguém além de você..."*.

Ele deu de ombros.

— O que você quer que eu diga, Scheherazade?

Eu revirei os olhos. Ele era tão dramático, nada de *Scher*, nada de familiaridade. Ele precisava de todo o comprimento do meu nome para manter a distância. Estava falando comigo como se eu fosse uma de suas alunas e estivesse tentando flertar com ele. Poderia muito bem ter me chamado de srta. Shirvani.

Ele trabalhava numa universidade como professor e pesquisador, o mais novo e o mais qualificado do departamento. Ele dava aula de política e história do Irã (a quantidade certa de aspereza e suavidade). Ele parecia historinha (demais), conto de fadas (demais); parecia um príncipe que fazia as donzelas desmaiarem na feira. Ele tinha uma aura de nobreza, com sua coroa de cabelo ondulado espesso, um sorriso que parecia o amanhecer e sua pele marrom-clara, com um brilho quase dourado. Ele parecia tão puro e perfeito que me dava uma satisfação única ver os olhos dele escurecerem com paixão quando ele estava prestes a me beijar, passar os dedos pelo cabelo dele até bagunçá-los, fazer a voz calma dele baixar até um grunhido descontrolado ao morder seu pescoço.

Naquele momento, no entanto, seu tom permanecia estável. Extremamente irritante.

— Você está sendo muito passivo-agressivo nesse momento, Shahryār.

Ele sorriu e enfiou um garfo cheio de arroz de açafrão e ensopado de carne e ervas na boca. Seus olhos brilhavam.

— Eu estou sendo passivo-agressivo? Você não acha que confessar que se agarrou com seu ex-namorado no aniversário de um amigo em comum enquanto a gente come *ghormeh sabzi* é um pouquinho mais passivo-agressivo? Você sabe que é minha comida preferida...

Ah, ele era bom naquilo. Até melhor do que eu esperava.

Balancei a cabeça e tomei um gole do meu vinho.

— Eu não estava confessando. Confessar implicaria que acho que fiz algo errado. Eu só achei que você gostaria de saber. Mas desculpa. Você preferia que eu contasse enquanto a gente estivesse comendo pizza?

Shahryār assentiu.

— Sim. Preferia, na verdade. Preferia não ter que pensar em você trepando com o pestilento do seu ex--namorado toda vez que eu comer *ghormeh sabzi*. Mas pizza? Consigo sobreviver sem pizza. Acho até que sou intolerante a lactose.

— *Pestilento?* Pestilento! Quem fala pestilento? E, na real, a gente não transou. Foi só pegação. Beijo de língua. Rolaram umas duas ou três apertadas no peito, no máximo.

Quase me embolei questionando o uso de uma palavra tão pretensiosa, mas fiquei orgulhosa de como consegui me recuperar a tempo. O "pestilento" me emputeceu. Como ele teve a presença de espírito de usar a palavra *pestilento* quando eu tinha acabado de contar para ele que eu tinha ficado com o lixo do meu ex-namorado, a quem uma vez me referi como um Lobo de Wall Street mais baratinho (Coiote de Canary Wharf, e Shahryār tinha rido)? Ele não se importava? Como o cérebro dele estava tão relaxado que palavras como pestilento eram facilmente acessíveis? Ele era enlouquecedor.

Shahryār olhou para mim por três longos segundos antes de assentir, movendo o canto da boca para cima. Ele enfiou outra garfada cheia na boca e mastigou devagar, o olhar preso no meu, carregado de algo que desacelerava o tempo e acelerava meu coração, acendendo alguma coisa em mim. Bebi um golão de vinho para tentar afogá-la, mas tudo que o vinho fez foi transformar a faísca em fogo.

Eu tinha esquecido que ele me conhecia. Estava tão acostumada a estar com homens que nunca conseguiram me conhecer. Tão acostumada a garantir que fosse de um jeito específico que acabei subestimando Shah. Eu tinha cometido o erro de tratar minha indecifrabilidade como um fato imutável. Acabei me apoiando demais nela para me proteger.

Shahryār e eu estávamos nos relacionando havia três meses quando brigamos pela primeira vez. Nós tínhamos nos conhecido num almoço político; ele era um pesquisador e organizador comunitário e eu era uma estrategista, enviada para controlar e reprimir pessoas como ele. Eu o avistei quando meu cliente — um estadista médio promissor com ambição e garra — estava discursando. Estava sentada na multidão como sempre, observando quem estava sentado ao meu redor, quando nossos olhares se encontraram. Ele deu um sorrisinho. Um sorriso angular, aguçado, esperto. O sorriso não combinava com sua aparência; ele parecia doce, lindo e charmosamente afável usando uma camisa quadriculada, um suéter macio e óculos de tartaruga elegantes. Era de se presumir que a coisa mais ameaçadora que ele poderia fazer com você seria checar suas referências em um trabalho entregue em última hora. Aquele sorriso durante o discurso tinha uma textura que eu achei atraente, um gosto que eu não conseguia muito bem entender: tinha umami. Abriu um apetite que eu não sabia que tinha. Nesse momento, pensei que a minha curiosidade era puramente profissional: eu estava localizando um problema em potencial para poder desativá-lo antes que detonasse.

Depois do discurso, me aproximei de onde ele estava sentado com um laptop, no café do centro de conferência. Minha bolsa de couro bem trabalhada era uma declaração, então a coloquei com firmeza na mesa para enunciá-la em alto e bom som. Ele levantou o olhar lentamente e fixou-o no meu.

— Beleza. Eu deixo você comprar um café para mim.

Ele levantou as sobrancelhas.

— Isso parece uma ordem.

Eu sorri.

— Só parece? Deixa eu tentar de novo...

Shahryār se recostou em seu assento e passeou os olhos sobre mim, absorvendo os detalhes. Eu estava com meus trajes formais: saia lápis, blusa, sapatos de salto, cabelo escuro preso num lenço ocre numa amarração complexa. Eu estava usando um batom de um marrom escuro outonal, apesar de ainda ser verão. Mas não era por isso que ele estava olhando para mim.

— Scheherazade Shirvani.

Fiquei paralisada. Ele sabia quem eu era. Meu trabalho se baseava no fato de que quase ninguém sabia de sua existência a menos que precisasse saber quem eu era. Eu estava na indústria da descrição. Era uma contadora de histórias e uma manipuladora de mundos. Eu estava nos bastidores das grandes performances culturais e políticas. Eu limpava as bagunças, previa as bagunças e, se necessário, produzia as bagunças. Aos 32 anos, eu era uma das maiores estrategistas da cidade, disputando território com os maiores predadores. Minha história era meio patética: órfã de mãe, preferia-ter-sido-órfã-de-pai, sem amor, indesejada — então eu escrevi minha própria história e me conjurei a partir do nada. Eu ficava em bibliotecas até o horário em que fechavam e me forcei a terminar a escola. Eu tecia ouro a partir do barro. Logo descobri que os lugares mais sujos eram as torres de vidro brilhantes da cidade, então transformei-as em minha profissão. As pessoas nas torres de vidro precisavam que sua narradora fosse invisível para que suas histórias pudessem funcionar.

Puxei uma cadeira.

— Quem é você e o que você faz?

— Shahryār Javid. Professor da City University. Política e história.

Eu assenti.

— Entendi. E, deixa eu adivinhar, você também é o líder do grupo de pressão? Cobrando responsabilidade dos poderosos? Bom, vocês se denominam grupo de pressão, mas na prática o que fazem é espionagem e sabotagem.

Shahryār sorriu levemente.

— De forma alguma. Só estou aqui para aprender e cumprir meus deveres civis. Ficar a par do mundo emocionante da política municipal. — Ele deu de ombros. — Estou do lado da paz.

Ah, aquilo era conversa fiada. Esse homem era um guerreiro calmo e agora, perto o bastante, eu conseguia sentir pelo cheiro dele. Descobri que gostava do aroma. Cruzei as pernas e inclinei a cabeça para o lado.

— Isso é o que todo mundo diz. Você não acreditou em nenhuma palavra que meu cliente disse, né?

— Você acredita?

Fui pega desprevenida, e pega desprevenida por ter sido pega desprevenida.

— Essa não é a questão...

Ele deu um gole no café e seus olhos cor de mel quente brilharam.

— Você não acredita. Isso não me surpreende. Você é mais inteligente que todo mundo que estava naquela sala. Eu incluso. Você é quem deveria estar naquele palanque. Fiquei sabendo que você conta as melhores histórias. Inclusive, não chamam você de Contadora de Histórias?

Ah. Eu assenti devagar, sorrindo. Ele não era apenas um doce professor de faculdade, ele era *eu*... Ele era eu, em um ramo diferente — não superior, mas diferente. A organização dele estabelecia oposição direta com a minha, igualmente perigosa e secreta, mas o papel dele exigia um pouco mais de discrição. Por isso que ele também trabalhava como professor. Por isso que ele sabia quem eu era, e eu não fazia ideia de quem ele era. Um arrepio percorreu meu corpo. Fazia tempo desde que eu me deparara com um desafio.

— Você vai ser um problema para mim, Shahryār?

Ele abriu um sorriso largo para mim.

— Deixe-me pagar aquele café para você.

No começo era casual. Tinha que ser. Representávamos duas pessoas que, tecnicamente, estavam do mesmo lado no âmbito ideológico, mas eram oponentes numa guerra civil, discutindo por causa de questões semânticas e de distribuição. Poderia ficar feio se o conflito se intensificasse, e por vezes ameaçava ficar feio mesmo, mas era para isso que nós servíamos. Nós os mantínhamos na linha. Éramos generais, então não tínhamos tempo para nada tão plebeu e simplório quanto namorar. O que a gente ia fazer? Sair para "jantar e ver um filme" depois de um dia inteiro pensando em estratégias e formas como nossos clientes poderiam destruir um ao outro? Impossível.

Shahryār não tinha como segurar uma namorada e eu não queria nenhum namorado me segurando, então combinamos que só iríamos ficar se nos esbarrássemos por aí em algum evento. Nós nos esbarramos em muitos eventos. Logo começamos a reservar quartos de hotel para nos esbarrarmos um pouco mais, então um dia ele esbarrou em mim na minha casa, cozinhou para mim e nós nos esbarramos no chão da minha cozinha.

Um dia, depois de nos esbarrarmos na casa dele algumas vezes, estávamos aninhados no sofá — eu assistindo à TV e ele lendo um livro. Shahryār me fez um cafuné e encostou a boca no meu cabelo para murmurar:

— Isso é bom, né?

Meu corpo e minha mente relaxavam tão facilmente perto dele que me exigiu um esforço considerável para levantar minhas barreiras de novo. Mas o fiz mesmo assim, porque ouvir aquilo me deixou nervosa.

— É sim... — disse enquanto desencostava do peito dele para me apoiar no sofá de um jeito que parecesse despreocupado. — Acho que é porque nós dois sabemos o que isso é, sabe?

Shahryār colocou o livro de lado e tirou os óculos, ajustando-se no sofá para me olhar com aqueles olhos doces cor de âmbar que sempre me fizeram querer me enroscar toda nele. Seu rosto não demonstrava um pingo de emoção.

— Certo. E o que isso é mesmo?

Dei de ombros.

— Um lance casual. Dois amigos cujos interesses mútuos são bastante alinhados, sendo que um dos interesses é transar um com o outro.

Ele ficou quieto por alguns momentos antes de assentir devagar.

— Claro. Inclusive estou conversando com outras duas mulheres no momento.

Dei um sorriso largo, talvez um pouco largo demais.

— Ótimo. Isso é muito bom. Fico feliz por você.

Eu me aninhei nele de novo e inspirei o suave calor do peito dele. Ele parou com o cafuné.

Quando eu disse para Shahryār continuar falando com aquelas mulheres, eu realmente acreditei que tinha dito de coração. Doeu, mas foi a dor que me disse que eu estava fazendo a coisa certa. Vi aquilo como uma perda de sangue necessária para manter minha saúde. Eu precisava cortar a infecção pela raiz e, nesse caso, a infecção era meu carinho intenso por Shah. Eu tinha chegado tão longe porque estava sozinha, sem me permitir ser amolecida. Era o que eu sabia fazer, era como eu tinha sido criada. Era o que me dava segurança. A solitude. O fato de eu ter ficado incomodada com a forma como me sentia quando pensava nele beijando essas mulheres ou sussurrando de leve no ouvido delas, como ele fazia comigo, confirmava a sabedoria de minhas decisões.

Era incompreensível que eu me importasse. Enquanto vasculhava as (poucas e limitadas) redes sociais dele à noite e checava a lista de seguidores dele com uma determinação monomaníaca, tentando ver quem parecia fazer o tipo dele, tinha certeza de que era meu hábi-to profissional que estava me guiando. Eu estava apenas pesquisando; com sede de conhecimento. Por acaso é pecado ter uma mente curiosa e... *Ok, eu sou maluca ou essa Ziba é igualzinha a mim, exceto pelo fato de que esse corte de cabelo fica muito melhor em mim?*

Eu estava virando uma pessoa ruim, e não o tipo divertido de pessoa ruim, mas o tipo que eu desprezava: ciumenta, mesquinha e crítica do tom de batom de outras mulheres. Então eu fiz o meu trabalho e consertei a situa-ção. Moldei a narrativa e a transformei numa história que fazia sentido para mim. Nós dois estávamos disponíveis, a questão era que eu tinha mais critérios do que ele. Não era como se eu sorrisse em público que nem uma desvai-rada quando pensava nele, não era como se eu saltitasse para casa depois do trabalho nos dias em que sabia que ele viria me visitar. Eu acreditava na história que esculpi porque precisava acreditar. A outra opção seria assumir que eu tinha perdido o controle da minha própria narra-tiva, que nossa história estava se espalhando para além dos meus limites estabelecidos, que talvez *não tivesse* um limite. Que não estava mais nas minhas mãos; que eu não teria como me proteger. E aquilo era algo que eu me recusava a permitir.

Naquela tarde da primeira briga, no entanto, olhan-do para Shahryār do outro lado do balcão e vendo como ele me via, olhos que me atravessavam, percebi que eu não tinha como ter me protegido disso e, pior ainda, que eu não queria ser protegida. Ele balançou a cabeça e esfregou a ponte do nariz, empurrando os óculos para cima no processo.

— Vamos conversar sobre isso, Scher.

Balancei um ombro e pisquei inocente para ele.

— Conversar sobre o quê?

Shahryār deu de ombros.

— Falar sobre como minha escova de dentes está no seu banheiro. Sobre como eu sempre tenho o iogurte que você gosta de comer no café da manhã na minha geladeira.

— Esse parece um tema tedioso para uma conversa...

— Ok, é o seguinte: eu gosto disso. Gosto da gente. E acho que você gosta disso e da gente também. Acho que facilitaria muito se você parasse de se sabotar e se manipular para não se envolver. Eu sei que você me contou que ficou com outra pessoa achando que eu ia ficar com raiva e terminar tudo, mas não sou eu quem vai fazer isso. Tem que ser você. Eu não sou um peão político que você pode moldar como quiser, sou um homem que está apaixonado por você. Você não pode fazer aqui dentro o que faz lá fora. — Ele gesticulou para o espaço entre nós. — Aqui dentro é *a gente*. Aqui dentro é sagrado. Você e eu. Não insulte a nós dois fazendo isso. Se quer terminar tudo, então termine, mas não vou deixar você me botar para fazer isso. Se quiser ir embora agora, pode ir, mas você não vai me fazer te empurrar para fora. Eu achava que isso era uma história de amor, mas, se não for, me diga que eu estou errado. Se eu estiver certo, no entanto, juro que isso nunca vai acabar comigo deixando você. Eu vou querer você para sempre.

Eu o encarei do outro lado da mesa com os olhos marejados. Eu nem sabia que meus dutos lacrimais ainda funcionavam até aquele momento. Que jeito de descobrir.

— As duas mulheres não existem, né?

— Você tentou descobrir quem eram, não foi?

— Babaca. Isso foi muito inteligente.

Ele sorriu. Eu limpei a garganta.

— É minha cozinha, eu não posso ir embora.

Shahryār assentiu e afastou a cadeira para trás.

— Então me diga para ir embora.

Eu afastei minha cadeira e dei a volta até o lado dele da mesa, sentei em seu colo e o beijei profundamente, sentindo o gosto das ervas, dos temperos e dele. Ele me envolveu com os braços e me apertou firme contra o seu corpo. Encostei a testa na dele.

— Desculpa. Eu não sou boa nisso.

Ele afastou o cabelo do meu rosto.

— Eu também não. Vamos aprender juntos.

Eu assenti.

— Ok. Vamos fazer isso. Eu odiei beijar ele. E nem deixei ele pegar nos meus peitos. Nem uma vezinha. Eu só achei que ficar com ele fosse me fazer me desapaixonar por você.

Shahryār trouxe os lábios até os meus mais uma vez, suave, passando o polegar na minha mandíbula.

— E como foi? Funcionou?

— Primeira vez que falhei numa missão.

— Eu apoio todos os seus projetos e tenho orgulho de você ter sucesso em tudo que faz, mas fico feliz de ouvir isso. Espero que você falhe todas as vezes que tentar se desapaixonar por mim. Sei que você provavelmente vai tentar bastante.

Comecei a desabotoar a camisa dele.

— Hmm. Você provavelmente está certo.

— Podemos combinar de não beijar ninguém além de um ao outro agora?

Ele deu uma puxadinha no cinto do meu vestido de amarrar.

Ri na boca dele.

— Combinado. Mas transar pode, né?

— Claro.

Eu não gostava de fazer coisas nas quais não era boa, mas no fim das contas eu amei aprender a amar com ele.

Contei a ele tudo sobre mim; não de propósito, só aconteceu. Era uma reação natural à tranquilidade que eu sentia perto dele, e era irresistível ser livre daquele jeito. Era tão bom que eu não conseguia confiar naquilo e até tratei como vício quando, na verdade, talvez fosse bom para mim? Talvez fosse uma coisa boa que eu merecia ter? Era bom demais, conto de fadas demais, historinha demais, demais *demais*, porque eu não estava acostumada. Minha constituição teve que se ajustar àquilo.

A transição do momento em que não o conhecia para o momento em que o conhecia foi uma transformação imperceptível. Peças de mim se encaixaram em seus devidos lugares; eu estava crescendo e me tornando o que deveria ser. Nós estávamos crescendo. Não foi como se nosso amor tivesse me construído, nosso amor me galvanizou, tornei-me mais forte porque ele me via por inteiro, as melhores e as piores partes. Eu contei todas as noites em que dormimos na mesma cama. Ele foi o primeiro homem que permiti passar a noite na minha casa tantas e tantas vezes, e, de início, isso me pareceu um fenômeno tão extraordinário e inexplicável que precisei registrar. Eu achei que em algum momento me entediaria. Lá no fundo eu acreditava que em algum momento ele se entediaria. Mil e uma noites. E cada uma foi única, mesmo diante do conforto e da familiaridade que só cresciam; era uma tapeçaria que se alargava, um aprofundamento de nossa história. Estávamos construindo nosso mundo. Em algumas noites, falávamos usando palavras, em outras falávamos só com nossos corpos, desenvolvendo nossa linguagem, descobrindo novas formas de dizer eu te amo; eu te vejo, eu te escuto, eu e você. Em muitas das noites, nós apenas desmoroná-vamos na cama em silêncio e nos enroscávamos um no outro, e era nessas noites que eu mais entendia quão impressionante era o que existia entre a gente. Dormia um sono tão profundo perto dele, segura e satisfeita. Nunca pensei que pudesse ter um sono tranquilo com alguém do meu lado. Mil e uma noites. Quase dois anos e sete meses do que eu achei que seria um rolo de duas semanas. Mil e uma noites nos seus braços e cada uma delas uma grande eternidade. Eu sentia que existia uma infinidade em nossa afinidade, que nossa conexão era tão profunda e insondável que não havia como sermos limitados por algo tão mundano como o amanhecer. Éramos nossos próprios sóis.

Mas nossa área de trabalho era perigosa. Não fa-lávamos muito sobre isso porque era óbvio, não falá-vamos muito sobre isso porque, para que falar? Nós dois sabíamos que nossa união nos tornava poderosos e, portanto, aumentava exponencialmente o risco. Nós éramos uma ameaça dupla para muitas das pessoas das altas torres de vidro. Não falávamos muito sobre isso, mas, quando escolhemos um lugar para morar, foi em um bairro singelo na saída da cidade, murado por segu-rança. Não falávamos muito sobre isso, mas concorda-mos que não teríamos filhas e filhos, mesmo que ambos lidássemos com suas sobrinhas do mesmo jeito carinho-so. Eu via o jeito que você olhava. Não falávamos muito sobre isso, mas um dia você começou a me beijar de forma mais demorada antes de sair de casa, começou a me dizer "tenha cuidado, amor", passando o polegar nos meus lábios de um jeito que me fazia sorrir, te pu-xar para perto e dizer "tenha cuidado *você*, amor, ou a gente vai acabar fazendo amor". Não falávamos muito sobre isso, mas numa manhã você me puxou de volta para a cama, sussurrou no meu cangote que nós dois deveríamos faltar no trabalho. Nossos clientes estavam brigando de novo, o que era frustrante, afinal eles tinham inimigos maiores em comum em quem deveriam se concentrar. Era estressante para nós dois, a ponto de começarmos a trazer aquilo para casa. Passamos o dia inteiro na cama, branca e macia, como se dentro das nuvens. Eu nunca me senti mais viva do que quando você me tirava o ar; e tirar seu ar me fazia sentir como Deus deve ter se sentido quando ele derramou vida sobre a terra.

Quando eu recebi um telefonema de alguém me dizendo que você tinha sofrido um acidente de carro, um acidente de carro não acidental, todo o ferro do meu sangue se juntou em tijolos, me arrastou para o chão e me manteve ali. Eu não me sentia mais como Deus. Eu era tão pateticamente mortal. Nós éramos tão pateticamente mortais.

E você sabia, né? Eu descobri tudo, pesquisei e vasculhei suas gavetas trancadas. Como você pôde esconder isso de mim? Eles estavam atrás de mim, mas você os encontrou primeiro e desarmou a operação deles. Por mil e uma noites você me manteve viva sem que eu soubesse. Eles descobriram que era você e sacaram que, de qualquer forma, matar você seria pior do que me matar. Eles não me conhecem. Só *eu* posso tirar seu ar. Só *eu* tenho esse direito. O universo sabe disso. Eu os fiz pagar. Foi fácil; eles são fracos. Não chegarão perto da gente de novo. Minha vez de te proteger.

Então aqui está você, meu querido, no limiar entre a vida e a morte, com tubos e fios e bipes, olhos âmbar suaves escondidos de mim, o livro de historinhas fechado, e eu preciso que seus olhos se abram, porque nós não somos um era uma vez, nós somos uma eternidade depois do para sempre, e eu bebi uma garrafa inteira de vinho ontem para ver se eu conseguia sentir meu gosto através de você, mas tudo que fez foi me deixar pesada e lenta, chorando no seu lado da cama...

Eu te odeio.

Não quebre sua promessa.

Disseram que eu devo falar com você todos os dias, que isso pode te tirar desse estado indefinido, que você pode escutar e voltar para mim — por favor, volte para mim —, então eu tenho falado com você. No início, eu não sabia o que dizer. Eu sofri. Sempre que tentava, chorava. E eu não choro. Você sabe disso. Então hoje eu te contei a história da gente, falando de você como se você fosse outra pessoa, porque de alguma forma é mais fácil separar *meu* você do você deitado aqui nessa cama, respirando através de uma máquina. Mas eles dois são meus vocês. Mil e uma noites, mas precisa haver mais. Isso é sagrado.

Essa é uma história de amor.

Psiquê

Aquilo não podia estar acontecendo.

Psi apenas observou o latte de soja sem gordura escorrer e se espalhar no branco de sua blusa, que acabou grudando em sua pele. Ela encarou a mancha como se pudesse fazê-la desaparecer apenas pela força de vontade. De alguma maneira, já tinha estragado seu Look da Promoção. Depois de dois anos indo buscar o cafezinho, atendendo telefonemas tarde da noite sobre correção de textos publicitários e inserindo supositórios antiansiedade no ânus de uma lulu-da-Pomerânia irritadiça, Psi decidira que aquele seria o dia em que perguntaria para Vênus Lucius — sua chefe, torturadora mentora, editora de moda da revista *Olimpo* — se ela poderia ser promovida de assistente para editora. Apesar de nos últimos dois anos ela já vir dizendo a quem quisesse saber que seu cargo era "editora", Psi percebeu que finalmente estava pronta para que isso deixasse de ser uma mentira contada para impressionar tias, "colegas" do Ensino Médio e homens com mestrado em Belas Artes em aplicativos de relacionamento. Ela tinha se vestido para a ocasião, na esperança de que seu *look* estivesse gritando "pronta para não ter mais que catar a bosta de sua cachorra, Vênus — sério, pare de dar caviar para ela". A blusa branca de gola alta e sem mangas tinha a intenção de mostrar que ela era uma mulher sofisticada e empoderada sem medo de abraçar sua feminilidade, mas agora, com a mancha de café, a peça gritava "idiota que não consegue segurar bebidas quentes sem derramar, que dirá segurar informações quentes da indústria sem vazar tudo".

— *Merda!*

Ela enfiou a mão em sua bolsa tiracolo marrom de couro e pegou um punhado de guardanapos, resultado de horas extras no escritório e *fast food*, e esfregou freneticamente. Ela sabia que a mancha não sumiria, mas talvez assim conseguisse diminuir o cheiro forte de cafeteria do centro da cidade de sua pele.

Além de odiar perder seu café matinal, Vênus odiava cheiros atribuídos de forma errônea — brilho labial com cheiro de morango, velas que supostamente tinham cheiro de "Natal"; sendo assim, era inevitável que ela abominasse assistentes cheirando a latte de soja sem gordura. Uma vez Psi cometeu o erro de trocar de perfume e Vênus chamou-a ao escritório e perguntou por que ela estava "acabando com sua paz olfativa" com um cheiro desconhecido justo quando ela tinha se acostumado ao "odor de loja de departamento suburbana com 70% de desconto" de Psi. Foram dois *longos* anos. Quando Psi terminou seu estágio probatório, que envolveu desafios como ter que organizar um monte de roupas que por algum mistério estavam sem etiqueta de acordo com o estilista (depois de acordo com a estação do ano, e depois por ano), ela achou que as coisas com certeza iriam melhorar. No entanto, assim como quando ela achou que Vênus não se importaria de comer uma salada de espinafre quando acabou a couve no restaurante da esquina, Psi estava *muito* enganada. Parecia que, quanto mais Psi provava suas capacidades, mais Vênus buscava testá-la. Se Psi estava sempre três passos à frente, Vênus garantia que o caminho para o sucesso ficasse ainda mais longo. Então, dessa vez, Psi decidira pular e criar seu *próprio* caminho, defender uma ideia propriamente dita, em vez de tentar pegar o bonde de uma já existente, e ela sentia que havia uma chance maior de Vênus escutá-la se ela não aparecesse com uma blusa manchada.

Ela estava esfregando a mancha com agressividade quando a voz grave e suave de Eros deslizou para seu ouvido:

— Que ousado. É uma transformação de uma peça nude? Um esguicho de marrom contra um fundo branco. Poético. Subversivo.

Psi levantou o rosto para encarar o dono daquela voz animada. Era irritante. Mesmo às 8h45 da manhã, sob as luzes fluorescentes horríveis do lobby corporativo, o cara ainda era agradável de se olhar. Cachos escuros, hidratados e bagunçados na medida certa, com a pele bronze brilhando como se ele tivesse acabado de voltar de Míconos, vestido casualmente, com uma camisa cáqui de botões sobre uma fina regata branca que abraçava os contornos de seu tórax. Nenhuma mancha de café à vista.

— Ótimo, obrigada, Eros. Muito charmoso — disse ela.

— Obrigado. Você também. Na verdade, você me lembra café. Quente, escura, doce, acelera meu coração...

Psi grunhiu, revirou os olhos e riu a contragosto. A amizade deles era assim: Eros flertava com Psi, como que praticando sua paquera descarada, porque não havia chance de ela pensar que era real, e Psi agindo como se Eros fosse uma criatura a ser observada em uma espécie de safári de *playboys*, fazendo anotações, aprendendo o que fazer quando os encontrasse na natureza.

— Para com isso. Tem mulheres que realmente caem nesse papinho? De verdade?

Ele levantou um ombro.

— Na verdade... Sim. Elas acham charmoso e fofo, o que geralmente me leva a perguntar se eu posso comprar outro café para elas, aí elas aceitam...

Quando ela não pareceu impressionada, ele mudou de assunto.

— Hoje não é o dia da promoção?

— Esse *era* o plano — disse Psi, antes de gesticular para a roupa de Eros quando uma ideia lhe ocorreu. — E isso é o que a gente vai fazer para garantir que continue sendo. Você vai me dar sua camisa cáqui para um *look* de emergência. Eu vou me trocar no banheiro do lobby, lá embaixo. Não posso correr o risco de subir e deixar Vênus me ver desse jeito. Ela já acabou com carreiras por muito menos. Lembra quando aquela estagiária veio trabalhar usando legging jeans?

Eros já estava tirando a camisa cáqui e expondo os braços que eram quase obscenos demais para se olhar àquela hora da manhã.

— Ela é... difícil, sim. Mas é só dar uma contornada nela.

Psi forçou os olhos a se distanciarem dos braços dele, pegou a camisa e se dirigiu rapidamente para o banheiro no canto do lobby, com Eros logo atrás.

— Talvez seja mais fácil para você fazer isso porque ela é sua irmã... Mas, quer saber? Talvez você esteja certo. Tudo é uma questão de ser positiva. Provavelmente, se eu cavar fundo o suficiente, vou conseguir encontrar algo gratificante em ter que viver minha vida em total servidão a uma mulher que uma vez disse que eu tenho um "nariz esforçado". O que caramba isso significa, Eros?

Psi entrou e saiu do banheiro em questão de minutos. Quando voltou, a blusa manchada de café estava enfiada na bolsa tiracolo e a camisa de Eros havia sido transformada numa blusinha amarrada na cintura com alguns botões propositalmente abertos. A conversa dos dois continuou sem nenhuma pausa, apesar de Eros ter levado um momento para decidir em silêncio que ele nunca pegaria aquela camisa de volta, mesmo sendo uma de suas preferidas, que Psi podia ficar com aquela camisa para sempre, já que a peça ficava melhor nela do que jamais ficaria nele ou em qualquer outra pessoa. Ele pigarreou.

— Bom, eu acho que você tem um nariz muito bonitinho.

Psi olhou friamente para Eros.

— Então ela está dizendo que o resto do meu rosto é tão feio que meu nariz tem que trabalhar pesado para me deixar mais ou menos decente? Além do mais, depois ela me disse que a equipe da revista tem direito a descontos para tratamentos não cirúrgicos em uma clínica lá. Por que ela diria isso?

Quando eles chegaram ao elevador, Eros engoliu em seco e mexeu os ombros de maneira desconfortável. Ele sabia exatamente o tipo de pessoa que sua irmã era e sabia que, se ela não fosse parente dele, eles provavelmente não teriam uma amizade. Vênus era forte, inteligente e capaz, mas também impiedosa e obcecada por si mesma, de um jeito que por vezes a fazia ser quase cruel.

Psi também era forte, inteligente e capaz, mas, ao contrário de Vênus, também era charmosa e querida pelas pessoas. Ela trabalhava mais duro que todo mundo, administrava seu próprio Instagram de moda famoso (*Estilo da Psi*: 20.000 seguidores e crescendo), e, depois de dois anos, já estava na hora de ela ser promovida. Vênus via o potencial de Psi e sabia que ela tinha as mesmas habilidades que a própria Vênus, tirando a energia quase assassina. Eros conhecia a irmã bem o suficiente para saber que ela se sentia ameaçada, e era por isso que ela fazia tudo que podia para suprimir Psi. A única grande fenda na amizade de Psi e Eros era que a pessoa que fazia Psi chorar escondida no banheiro e sentir como se não fosse boa o suficiente era sangue do sangue dele. Ele conseguia perceber Psi olhando-o e vendo um lembrete da mulher que criou o abismo entre ela e seus sonhos. Pensar nela se ressentindo dele, mesmo por um segundo, o deixava enjoado.

Eles entraram no elevador e Psi apertou o botão que os levaria até o andar deles. Eles eram as únicas pessoas no elevador, uma raridade preciosa que consistia na melhor parte do dia de Eros. Duas doses de expresso em formato de mulher. Ela era doce, gentil, tinha língua afiada, olhos de diamante e sabia olhar para ele de um jeito que lhe arrebatava os sentidos. Agora ela o encarava com certa distância. Sem encontrar seu olhar, pegou o café da mão dele para tomar um gole distraído.

— Desculpa. Falar da sua irmã desse jeito não é justo com você. O fato de você ser meu melhor amigo do trabalho e ao mesmo tempo irmão da pior chefe do mundo às vezes é meio confuso...

— Eu achava que era seu marido do trabalho.

— Seria, mas a gente só se encontra quando você não está com uma ressaca muito ruim depois de uma noite inteira de papo furado em algum barzinho chique. Inclusive, você nunca me convida para...

— Você odeia esses lugares! Eu também odeio! Só vou por causa do trabalho! Faz parte do meu emprego. Eu sou diretor de relações públicas, lembra? O lance todo é construir relacionamentos...

— Ironicamente — resmungou Psi, pingando sarcasmo.

Eros ficou imóvel.

— O que você quer dizer com isso?

Uma sombra passou pelo rosto de Psi antes de ela rir e balançar a cabeça, liberando a tensão.

— Nada, você só não é o tipo de pessoa que entra em relacionamentos. Eu odiaria amarrar você te chamando de marido do trabalho. Meu marido aqui é um lulu-da-Pomerânia constipado, mas você pode ser meu amante, se quiser.

— Que honra. Eu ia amar isso. — Eros sorriu, mas sabia que tinha soado tenso. — E não se preocupe com esse lance do trabalho, Psi. Vai ser tranquilo, juro. Quem não arrisca, não petisca.

Eros logo percebeu que repetir seu mantra de "quem não arrisca, não petisca" provavelmente tinha sido a coisa errada de dizer, porque Psi estava olhando para ele como se ele tivesse acabado de dizer que ela tinha três neurônios e meio.

— Você acha que tudo que tenho que fazer é arriscar, Eros? Eu não sou *você*. Você não entende. Nada *nunca* está em jogo para você. Tudo o que você quer, você consegue. Empregos, mulheres, não importa...

Eros sabia por experiência própria que era melhor deixar Psi continuar a falar, deixar as palavras correrem até que não fossem mais espinhosas.

As portas do elevador abriram com um bipe.

—... enquanto isso, eu não tenho nem *tempo* de beijar na boca, mesmo que eu quisesse. Já tem dois anos que só me lasco aqui de tanto trabalhar, e tem quase o mesmo tempo que ninguém me tira uma lasquinha de verdade...

Apesar do tom grave da conversa, Eros não pôde evitar soltar um:

— Essa foi boa.

Psi suspirou enquanto eles caminhavam lentamente pelo corredor até a bifurcação onde teriam que se separar.

— Eu sei.

— Eu também não acredito que você não fica com ninguém há dois anos — provocou Eros.

Psi deu de ombros.

— Eu não quero só ficar, na real. Se eu for gastar minha energia com um cara, tem que valer o meu tempo. Porque, no fim das contas, quando a língua dele não estiver dentro da minha boca, em algum momento vou ter que ouvir o que ele tem a dizer, e eu gostaria de curtir essa conversa, sabe? Porque tenho muito a oferecer, e quero estar com alguém que esteja na mesma frequência.

Eros assentiu.

— Você está certa. Mas acho difícil de acreditar que ninguém nunca se esforçou para estar à altura. Você vale a pena.

Psi sabia que deveria engolir as palavras que estavam subindo pela sua garganta, mas não conseguiu. Estava cedo, ela não tinha dormido na noite anterior e agora Eros estava sendo um otário condescendente em relação à tragédia grega que era sua vida amorosa.

Ela congelou, piscou os olhos para Eros e soltou outra risada seca.

— Você acha que eu sou um desafio para o qual alguém precisa estar à altura, como se se apaixonar por mim fosse um feito homérico? Eu não sei por que ainda estou solteira, Eros. Será que você pode me ajudar? Uma vez até pensei em namorar um cara do trabalho, porque eu achava que a gente se dava bem. Eu achava ele fofo, ele me fazia rir. Achava que talvez ele se sentisse da mesma forma, mas ele *sumiu* por um mês... — Eros estava um pouco enjoado. Psi continuou: — E quando ele voltou, a gente só voltou a ser amigos e ele agiu como se nada tivesse acontecido. Você tem alguma teoria a respeito disso?

O estômago de Psi despencou de arrependimento no mesmo instante em que as portas do elevador atrás deles abriram com um bipe e colegas de trabalho começaram a sair. Ela abriu a boca levemente. *Hades.* Ela não queria ter dito tudo aquilo e agora tinha deixado escapar o lance sobre o qual eles nunca tinham conversado.

Tinha acontecido cerca de seis meses antes, quando os dois estavam fazendo hora extra. Eros tinha batido na porta do escritório que ela compartilhava com Vênus com uma pizza e uma garrafa de vinho; do bom, roubado de uma cestinha que Vênus tinha ganhado de presente. Então ele chamou Psi para subir para o terraço. Conversaram, riram, escutaram música e depois se beijaram e se beijaram e se beijaram. Foi tão bom que parecia um crime não considerar fazer aquilo de novo.

Até o dia seguinte, quando Eros desapareceu. Aparentemente, ele teve que viajar de última hora para um serviço que durou um mês. Psi não teria problemas com isso se Eros tivesse se dignado a *falar* com ela durante o período em que esteve fora, mas, nas poucas vezes em que ele respondeu às mensagens, as respostas foram monossilábicas, casuais, quase frias. Eventualmente ela parou de tentar. Ela se respeitava e se amava muito mais do que amava Eros. Tudo bem. Eles estavam bem. Ela estava mais do que bem. Ficou grata por não ser uma das destinatárias do monólogo de rejeição automático que ele enviava para ficantes casuais. Quando Eros voltou de viagem, ele foi até a mesa dela, envolveu-a em um abraço e disse que tinha sentido saudade, que sentia muito por ter sumido daquele jeito, que a agenda tinha sido muito corrida. Ele falou de forma leve, de um jeito tão desprovido de qualquer constrangimento ou tensão que ela soube que ele só a via como amiga. Ela revirou os próprios sentimentos e então revirou os olhos e disse que, bem, ela não tinha sentido nenhuma saudade, otário arrogante. Ele sorriu e a chamou de mentirosa. O que ela era mesmo. Uma mentirosa. A saudade que ela sentiu era do tamanho do amor que sentia por ele. O que era bem grande.

Eventualmente eles voltaram à implicância de sempre. Ambos seguiram sob o acordo tácito de que a amizade que tinham era muito valiosa para se perder. Em algum momento ficou mais fácil para Psi ficar perto dele, respirar perto dele, não sentir uma pontada no peito perto dele.

Agora, por algum motivo (talvez a memória reprimida tivesse cansado de ser sufocada), aquela noite tinha se desenrolado na mente de Psi, rastejado para fora de sua boca e calcificado em um constrangimento nítido entre eles.

Psi engoliu em seco.

— É... Eu... 'Tava brincando. Não foi minha intenção falar disso, Eros — ela gaguejou, enquanto as pessoas do elevador passavam por eles. — Desculpa. Eu só... Acho que o que eu 'tava tentando dizer é que eu desisti de muita coisa por esse emprego. Significa muito para mim. Eu sei que você está tentando ajudar, mas... talvez não trate isso de forma tão trivial? Entenda que é uma coisa muito importante.

— Psi...

Psi devolveu o café para ele.

— Não! A gente... Não vamos fazer isso. Sério mesmo. Eu tô bem. A gente tá bem. Tô muito nervosa por causa de hoje e dizendo coisas que eu não tinha a intenção de dizer. Obrigada pela camisa. Eu te agradeço mesmo. Tenho que ir.

E Eros a deixou ir, como tinha feito seis meses atrás.

Quando Eros ofereceu um *tour* para Psi, no dia em que se conheceram, ela o encarou como se ele fosse um espécime a ser estudado, com olhos brilhantes e perspicazes que o observaram com fascinação. Era como se ela estivesse dizendo: então é *assim* que é um Boy Lixo Superficial...

— Então é isso que você faz com todas as novatas? Faz um *tour* e vai apontando os melhores cantos para dar uns amassos? Se coloca como um rostinho amigável, bem acolhedor, para que elas grudem em você feito patinhos? — A voz dela era gentilmente questionadora e não acusatória. Ela estava segurando um café, encostada na impressora.

Eros não colocaria as coisas exatamente dessa forma. Ele abriu a boca para sorrir, desarmá-la, mas o jeito que ela o olhava deixou-o consciente até demais do próprio papo furado. Ele esfregou a nuca, passou uma mão pelos cachos e assentiu.

— É. Quer dizer... Geralmente é o que acontece. Mas a beleza da coisa é que, quando eu faço isso, elas cansam rapidinho de mim, já no primeiro dia. Um romance no trabalho é um rito de passagem, então eu só as ajudo a tirar isso da lista para que elas possam focar em subir a escada corporativa...

— Ah, então você só está fazendo um favor...

— Exato.

— Você acha que é fácil cansar de você?

Psi nunca deixava ele se safar de nada. Ela tinha um jeito afiado de mudar o rumo da conversa, tornando-a mais interessante, deixando-o incerto a respeito de onde aquilo ia parar. Todo o flerte gaiato e autodepreciativo dele ganhou mais significado quando ela pegou o jeito da coisa, virando o jogo com a mente curiosa e incisiva dela antes de devolver a bola para ele, como se lhe apontasse um espelho. Isso o assustava bastante, mas ele meio que gostava. Na real, gostava muito. Ele não era o deus de seu próprio destino quando ela estava por perto.

Antes que ele articulasse uma resposta, Psi abriu um sorriso. Era terno e suave e, para Eros, parecia ser o lugar perfeito para deitar e dormir. Ele queria afundar naquele sorriso.

— Me mostre todos os estoques de álcool do escritório. Eu vou precisar deles.

Eros se apaixonou por ela no momento em que a conheceu. Ele sabia o suficiente sobre o que não era amor para saber exatamente o que de fato era amor. Tinha tido rolos, ficadas passageiras, noites longas, beijos com sabor de tequila, zíperes abertos e roupas rasgadas com rapidez. Mas era tudo vazio, as duas partes cientes de que a conexão não duraria até a manhã seguinte. Era limpo, controlado e Eros tivera certeza de que era o suficiente. Até conhecer Psi. Aí ele ficou consciente demais do vácuo gigantesco em torno do Suficiente. Ele percebeu que era possível se conectar com alguém sem estar fisicamente conectado, que, quando era real, quando era de verdade, não tinha nada de limpo, nenhum controle, só acontecia — e era lindo, era uma bagunça e transbordava dele, virando sua habilidade de flertar de cabeça para baixo.

Psi conseguia ver Eros sem precisar tentar, e Eros nunca teve a chance de usar suas técnicas de paquera nela porque ela tinha um campo de força que destruía qualquer pretensão toda vez que ele chegava perto. O charme suave que Eros achava que tinha virava atrapalhação perto dela. Ele ficava todo desajeitado, incapaz de dizer qualquer coisa além da pura verdade. A verdade sempre saía meio brega e ele se afundava na breguice — porque isso a fazia rir. Ele gostava da risada dela. Entrava por baixo da pele e o iluminava de dentro para fora. Eros sabia que Psi gostava de sua companhia, mas parte dele sentia que era um interesse antropológico. Ela era ambiciosa, focada e forte o suficiente para aguentar os testes de resistência mesquinhos de Vênus. Não tinha como ela enxergar Eros como uma opção viável. Eros era um conector, o Cara De Agora pelo qual se passava antes de se conhecer o Cara Certo. Ele era o cara das piadas engraçadinhas; memórias suaves sem sentimentos intensos. As mulheres nunca ficavam tristes quando o que quer que tivessem com ele terminava porque nunca chegavam a acreditar que Eros fosse capaz de algo além de um romance passageiro. A amizade com Psi, no entanto, o fazia sentir que até ali ele vinha desempenhando apenas trinta por cento de seu potencial. Que ele tinha reservas inexploradas. Que tinha mais.

Naquela noite, sentado num cobertor no terraço do prédio, antes de beijá-la, com a língua solta pelo vinho e as estrelas borradas por causa dos olhos marejados de tanto rir, Eros dissera a Psi que ela era a melhor pessoa que ele já tinha conhecido. Ele dissera que ficava feliz por eles nunca terem ficado, porque pensar nela nunca mais falando com ele era assustador demais.

Psi ficou bem quieta e o encarou com curiosidade por alguns segundos, olhos estreitados e tão incisivos e brilhantes que competiam ferozmente com as estrelas que com certeza os observavam boquiabertas. Talvez numa reação corporal de autoproteção ao constrangimento intenso com o qual ele não estava acostumado, Eros de repente sentiu como se tivesse saído do próprio corpo e observasse a cena de fora, como um espectador fantasmagórico. O corpo dele de alguma forma sabia que, se sua alma permanecesse lá dentro, ele entraria em combustão de tão profundamente humilhado, então expulsou-a. Uma versão incorpórea de Eros observava a cena de cima enquanto um idiota aleatório com a camisa desabotoada demais esperava a única mulher com quem ele realmente tinha se importado descobrir a melhor forma de lhe dar um fora de maneira gentil.

Por alguns segundos, a gentil brisa noturna foi a única coisa a produzir algum movimento, enquanto Psi o encarava, antes da incisividade de seu olhar derreter e se suavizar.

— Esse é o único motivo pelo qual você fica feliz de a gente nunca ter ficado? — ela perguntou, afastando o copo descartável cheio de vinho rosé quente dos lábios, preto e rosa, melaço e framboesa.

A atmosfera entre eles retesou e trouxe a alma de Eros de volta para o corpo, só para que ele pudesse ficar mais perto dela.

Eros respondeu:

— Esse é o único motivo.

Psi assentiu, abaixou o copo e disse:

— Eu nunca vou cansar de você, Eros. Pronto. Agora você não tem nenhum motivo para não me beijar.

Eros foi saltitando para o trabalho na manhã seguinte e descobriu que os pombos sujos da cidade estavam cantarolando uma música de Stevie Wonder. O ar do centro cheirava a pomar e não a banheiro químico de canteiro de obras com notas de carne do restaurante da esquina. Ao que tudo indicava, a vida era boa. Na noite anterior, ele e Psi tinham se beijado. Fora suave, mas fervente, meio bêbado, mas não embriagado; o beijo fez Eros se sentir com os pés no chão, mas também lhe deu asas. Ele voava por saber que Psi também o queria. Geralmente, quando a atenção dele se voltava para alguém, ele descobria que já tinha a atenção da pessoa, que o "sim" já tinha sido dito antes mesmo de a pergunta ser feita.

Com Psi, no entanto, era diferente. Ela era diferente.

O beijo ainda estava se repetindo na cabeça de Eros quando ele entrou no escritório de Vênus, que o tinha chamado para uma reunião. Ele sabia que Psi ainda não chegara; ela tinha mandado uma mensagem mais cedo avisando que Vênus a tinha enviado para resolver uma demanda complexa pela cidade que levaria metade do dia. Ele mal podia esperar para vê-la, para consolidar a nova versão do relacionamento deles e, talvez, se ela quisesse, entrar num armário de acessórios e conversar sobre o assunto ou — se ela quisesse — trocar uns beijos sobre o assunto.

— E aí, maninha?

Eros se jogou no assento diante da mesa dela e Vênus revirou seus olhos perfeitamente delineados.

— Maninha? O que é isso, uma série de comédia de um canal infantil? Eu realmente acho que você desenvolveu um problema no cérebro no dia em que te derrubei acidentalmente da escada quando éramos crianças, o que te deixou assim, um idiota alegre o tempo todo. — A voz de Vênus era monótona, fria e sem emoção.

Eros sorriu.

— Ah, obrigado por me contar que o fato de eu ser um ser humano não monstruoso é resultado de possível agressão fraternal. Sobre o que você quer falar comigo?

— Eu preciso que você delete aquela foto antiga que você postou no Instagram, de quando éramos adolescentes. Aquela com o nariz original.

O cabelo naturalmente cacheado e cheio de Vênus estava pranchado e deslizava feito uma cachoeira em torno de seu rosto angular e perfeito. Ela o jogou para trás.

Eros se reclinou, sorrindo mais abertamente.

— Eu acho fofo. Humaniza você.

Vênus encarou o irmão, incrédula.

— Exatamente.

Eros riu e balançou a cabeça.

— Tá. Mais alguma coisa ou posso ir embora?

Vênus voltou a olhar para a tela do computador.

— Sim. Você precisa parar de fazer o que quer que esteja fazendo com minha assistente ou vou demiti-la.

Eros se endireitou. O sorriso derreteu em seu rosto.

— Como é?

Vênus levantou calmamente o olhar.

— Eu tenho olhos em todos os lugares. Preciso dela focada. Além do mais, se ela tiver um relacionamento com você, vai achar que tem algum tipo de parentesco comigo. As pessoas já estão mencionando o nome dela nos meus círculos...

— Isso não é bom? Você deveria estar orgulhosa...

— De quê? De uma oportunista que não fez por merecer sendo vista como alguém no mesmo nível que eu por causa de um perfil no Instagram? Nosso nome é poderoso, Eros. Eu não posso deixá-la ser ainda mais associada ao meu legado e, infelizmente, você está ligado a ele. Então termine com ela ou vou demiti-la.

Eros tensionou a mandíbula.

— O que é isso, Vênus? Isso é zoado demais. Até para você. Você não pode fazer isso...

Um brilho de divertimento passou pelo olhar de Vênus.

— Ou o quê? Você vai se demitir? Você e eu sabemos que você não vai fazer isso. Esse emprego é muito conveniente para você. Além disso, graças a mim, você recebe bem mais do que vale. E, se você se demitir, eu demito ela.

— Você não vai fazer isso.

Vênus nem piscou.

— Experimente.

Eros nunca tinha desprezado de verdade sua irmã até aquele momento. Ele realmente amara Vênus, mas agora definitivamente a detestava. Ela era obcecada por poder. Esse emprego era tudo para Psi, e Vênus o usava para puni-la, mantê-la presa. Ela sabia que jamais teria uma assistente mais dedicada que ela. O fato de que Psi e Eros gostavam um do outro era apenas mais uma corrente para Vênus.

Eros assentiu.

— Vou terminar com ela. Mas saiba que nunca vou te perdoar por isso, Vênus.

Vênus sorriu pela primeira vez durante toda a interação. Era estonteante, perigosamente bonito e, se você não soubesse das coisas, charmoso.

— Eu não preciso de seu perdão, Eros. Ah, e não faça essa cara triste. Bagunça a aura do meu escritório. Olha só, eu arranjei um serviço de um mês para você. Começa hoje. Já reservei seu voo. Você vai gostar e vai ficar longe o suficiente para que o que quer que você sinta por ela morra. Assim você não vai precisar rejeitá-la. Tá vendo? Eu tenho coração. Te amo, *maninho*.

E, assim, Eros deixou Psi.

Psi não conseguia respirar. Ela não deveria ter dito o que tinha acabado de dizer. Mas foi porque *ele* estava falando do quanto era louco que ela não tivesse encontrado ninguém, como se ela não tivesse encontrado ele seis meses atrás. Despertou emoções que ela pensou ter enterrado. A mágoa e a raiva transbordaram dela e sobre a amizade deles, que nem, digamos, um latte de soja sem gordura derramado numa blusa de marca de ótima qualidade que ela tinha comprado na promoção. Psi sabia que não deveria se ressentir de Eros por ele não a querer da mesma forma que ela o queria: ela não fazia o tipo dele e sabia disso. Ele gostava de mulheres menos espinhentas, animadinhas, que preferiam vitaminas de *matcha* e linhaça a donuts, e ele tinha o direito de ter essa preferência. Eros era engraçado e doce e Psi era focada e mordaz. Mas saber disso não a tinha impedido de repassar aquela noite na cabeça, se perguntando o que interpretara errado. Ela podia jurar que tinha percebido algo no jeito como ele olhou para ela, sentido algo no jeito como ele a beijou, no jeito que os braços dele a puxaram imediatamente para mais perto de si. Era como se ele estivesse tão faminto quanto ela, como se tivesse esperado por aquilo tanto quanto ela.

Psi deu um suspiro profundo do lado de fora das paredes de vidro da sala de conferências. Ela tinha chegado bem na hora da reunião geral. O plano era propor uma ideia que encantasse tanto Vênus e a equipe que, quando ela pedisse uma promoção, Vênus não conseguisse dizer não. Psi decidiu que ia se organizar para pensar sobre a besteira que tinha feito com Eros mais tarde.

Ela abriu a porta e se dirigiu com animação para a equipe:

— Bom dia, gente!

— Amei o *look*, Psi!

Psi sorriu para Fama, uma repórter de fofoca de celebridades a quem ela não confiaria sequer uma linha de informação. Apesar disso, naquele momento, Psi ficou grata pelo rosto terno e acolhedor de Fama, porque Vênus estava lhe gelando o peito com o olhar.

Vênus estava com o queixo apoiado em um dedo elegante, e a garra brilhante em sua ponta parecia uma arma prestes a entrar em ação. Ela inclinou a cabeça e disse com a voz fria:

— Legal da sua parte se juntar a nós.

Psi tinha sido literalmente pontual até nos segundos. Ela também tinha organizado os documentos e as pautas da reunião de Vênus na noite anterior e os colocado na sala de conferência prontos para a chefe.

Psi deu um sorriso doce mesmo assim.

— Desculpe pelo atraso.

Ela procurou se concentrar ao longo da reunião enquanto tentava equilibrar a energia que precisava para propor sua ideia com a energia que precisava para superar o fato de que tinha basicamente confessado para Eros que estava apaixonada por ele. Ela falhou nas três coisas, então quando Hera, fundadora e editora-chefe da revista *Olimpo*, perguntou se alguém tinha algo mais a acrescentar, foi somente a tossida proposital de Fama que a alertou para o momento. Psi engoliu em seco.

— Hm, eu tenho.

Vênus direcionou os olhos para Psi e inclinou só um pouquinho a cabeça para o lado.

— Você tem? Você não deveria passar as informações para mim antes de qualquer coisas?

Hades. Psi esperava mostrar proatividade, mas aparentemente isso se traduziu como insubordinação aos olhos perfeitamente delineados de Vênus.

Hera deu um sorriso cordial. Ela era uma mulher elegante com grossos dreads grisalhos arrumados de forma sofisticada no topo de sua cabeça e grandes olhos sábios que pareciam ver tudo, mesmo que ela nem sempre dissesse algo, querendo ver quão bem você se saía por conta própria antes de dignar-se a intervir. Hera deixava espaço para que as pessoas crescessem, como uma supervisora benevolente.

— Pode falar, Psiquê.

Psi pigarreou e tentou ignorar o olhar firme e frio de Vênus enquanto dava uma olhada nas anotações em seu tablet.

— Ah... Então. A *Olimpo* tem um espaço muito importante nessa indústria. Hera, quando você fundou a revista, você queria mostrar como mulheres poderosas podiam fazer escolhas, afirmar a liberdade para fazer essas escolhas e como essas escolhas podem ser refletidas através do estilo. Recentemente, hm, percebi que nossas capas promovem um tipo muito... homogêneo de beleza. Eu entendo. Mas, considerando nosso poder, acho que nós temos uma oportunidade de mudar isso, de avançar e evoluir nosso cenário industrial, como costumávamos fazer. É por isso que quero propor uma nova campanha chamada "Musa", com o objetivo de colocar a mulher cotidiana no centro. Cada mulher pode ser sua própria musa. Ela não precisa olhar para fora, pode olhar para dentro, e nós queremos inspirar todas as mulheres a fazerem o mesmo. Ativistas, humanitaristas, pensadoras, usando as roupas e a maquiagem que as façam se sentir mais poderosas.

Psi viu Atena, diretora de estratégia da *Olimpo* e braço direito de Hera, assentindo de quando em quando, de forma quase imperceptível, e estreitando os olhos verdes e aguçados. Psi se sentiu encorajada para continuar:

— Acho que, se executada de maneira cuidadosa, se for bem-feita, temos o potencial de revolucionar e questionar o conceito de um padrão universalizado de beleza. Quer dizer, o que *é* beleza? Nós temos a chance de estabelecer que a inspiração de moda e estética deve vir de quem nós somos...

Hera levantou a mão, bem no momento em que Psi estava certa de estar pegando o ritmo. Psi sentiu como se tivesse corrido, se espatifado na mão de Hera e caído de bunda. Soube que tinha ultrapassado um limite.

Os olhos de Hera estavam plácidos quando ela encarou Psi.

— Então você está dizendo que minha revista é arcaica e precisa ser rejuvenescida? E você... acha que é a pessoa certa para fazer isso?

Psi engoliu em seco.

— Hm... Não, eu só... — Psi estava tão costumada a recuar diante das encaradas de Vênus que demorou alguns segundos para perceber que Hera a estava olhando de maneira calma, sem julgamento ou maldade. Psi viu um espaço amplo nos olhos de Hera que a convidava a seguir em frente. — Eu não acho sua revista arcaica, o que acho é que podemos ajudar a moldar um conceito de beleza que inclua nossas almas. Quem nós somos e o que trazemos para o mundo.

Hera assentiu.

— Você quer ter sua própria plataforma na *Olimpo*?

— Não, eu... ah, não, mas, na verdade, acho que uma plataforma associada ao Musa seria algo bom. Eu não preciso ser a coordenadora, mas adoraria poder ajudar...

— Por que não?

Psi quase engasgou com a própria saliva.

— Hã? Senhora. Hm. Eu...

— Por que você não precisa ser a coordenadora? Você trabalhou duro durante dois anos. Você provou sua capacidade várias vezes em um cargo difícil. Eu venho observando você. Com certeza você deveria ser a coordenadora. Vamos marcar uma reunião mais tarde para discutir melhor. Se você ficar satisfeita com os termos, vou solicitar que Cloto, Láquesis e Átropos, do departamento de RH, organizem os documentos. Essa ideia vai exigir que você forme sua própria equipe e trabalhe com o departamento de redes sociais.

— O *quê?* — as vozes de Vênus e Psi se misturaram; uma gélida, a outra descrente.

— O-obrigada, Hera. — Psi conseguia escutar o coração batendo nos ouvidos, a adrenalina correndo no sangue.

Hera inclinou a cabeça e levantou levemente um dos cantos da boca.

— Você mereceu.

Quando Psiquê saiu da sala de reunião, ela viu Vênus se esforçando para esconder a ira e solicitando uma "reunião de emergência das mentes superiores" para uma Hera impassível. A tentativa de esconder que o sucesso de Psiquê a estava consumindo por dentro fazia a beleza de Vênus parecer retorcida — ela parecia meio demoníaca. Psi sorriu para si mesma. Ela estava *livre*. Tinha conseguido. Ela se esgueirara para longe das garras de uma tirana sem limites, e saber disso a fazia se sentir mais leve, confiante, avivava a consciência de que tinha valor.

Quando ela chegou à própria mesa, estava se sentindo a mulher mais poderosa da *Olimpo*. Ela iria contar como se sentia para Eros, dizer que ele a tinha machucado e que ela *não estava* bem com a maneira como eles deixaram as coisas todos aqueles meses antes. E, apesar de isso significar que talvez destruísse a amizade que tinham, seria melhor do que suportar a erosão constante de seu coração. Se ela tinha conseguido impressionar Hera, a situação com Eros não era nada a se temer. O que era um casinho romântico de será-que-vai-será-que-não no trabalho perto de sugerir uma ideia para a mulher mais influente do mundo da mídia? Ela estava pronta. Antes de pegar o celular na mesa, ela notou uma pequena caixa de joias branca em cima de seu laptop. A palavra "Ambrósia" estava gravada em letra cursiva dourada no couro acolchoado da caixinha. Psi sabia que um presente de uma das marcas de luxo mais prestigiadas do mundo deveria ser para Vênus, mas ela não pôde evitar abrir a caixinha — um último ato de privilégio de assistente.

Dentro de um invólucro de veludo azul *royal* brilhava uma graciosa corrente de ouro com um lindo e delicado pingente de arco e flecha. Psi perdeu o ar. Quando ela leu o bilhete no papelzinho azul dobrado na caixa, seu pulso acelerou:

Sabia que você ia conseguir. Podemos conversar? Terraço?

— Foi Fama quem te contou?

A voz de Psi tirou Eros de seus próprios pensamentos agitados enquanto ele caminhava pelo terraço, tentando escavar suas emoções e transformá-las em palavras que pudesse dizer. Eros parou de andar e se virou para as pesadas portas industriais pelas quais Psi acabara de passar. O sol da manhã brilhou diretamente sobre ela, fazendo com que seus cachos castanhos brilhassem dourados enquanto saltavam a cada passo que ela dava em direção a ele. Quanto mais perto ela chegava, mais de Psi o sol mostrava para Eros — a proximidade revelou o brilho dos olhos, a torção inclinada dos lábios em um sorriso meio provocador e meio encantado, e o colar de arco e flecha cintilante pendurado em seu pescoço, o ouro destacando os tons de cobre profundos de sua pele. Todas as palavras que Eros havia planejado dizer até o momento se dissiparam numa exalação profunda. Ela era tão encantadora.

Eros se endireitou e tentou deixar o corpo em uma postura casual.

— Hum. Sim. Ela literalmente tuitou durante a reunião. Hashtag "PsiqueArrasou".

Psi riu, e seu riso sobrepujou as sirenes da cidade e o burburinho da rua logo abaixo.

— Óbvio que ela ia fazer isso... Obrigada pelo colar, inclusive. É maravilhoso. Eu amei. Como você arranjou ele tão rápido? Você tem um estoque pronto para ser distribuído para mulheres como se fosse um souvenir da Experiência Eros? — a voz de Psi estava descontraída, mas hesitante, e a maneira vulnerável como ela o olhou deixou o ar mais pesado e difícil de descer pela garganta.

Eros engoliu em seco.

— Não... Hum... Eu comprei um tempinho atrás. Para quando você conseguisse sua promoção.

O sorriso brincalhão sumiu do rosto de Psi e seus lábios se abriram levemente, os olhos brilhando.

— Peraí, sério?

Eros deu de ombros.

— Eu sabia que você ia conseguir, Psi. Eu sabia que algo ia acontecer. Sabia que você ia tentar e que Musa seria um sucesso, porque você é inteligente e corajosa e incrível. Falando nisso... Acho que a gente precisa conversar sobre o que rolou mais cedo...

Psi balançou a cabeça, ainda parecendo atordoada, e limpou uma lágrima no canto do olho.

— Sim, sim, acho que a gente precisa. Você é muito fofo. Tipo, o cara mais fofo que eu já conheci. E acho que isso é parte do problema. Você não pode continuar fazendo coisas como essa e esperar que eu esqueça que aquele beijo aconteceu, só porque você já esqueceu. Não é justo...

A voz de Psi falhou e ela baixou o queixo. O coração de Eros falhou uma batida com a voz dela. Ele ainda não tinha descoberto a fórmula de palavras que transmitiriam com precisão como ele se sentia, mas percebeu que não importava. Tudo que ele precisava fazer era evitar que existissem mais momentos em que Psi desconhecesse que ela era a coisa mais importante do mundo para ele. Ele se aproximou um passo.

— É sobre isso que eu queria falar com você, Psi. Eu não esqueci. Nunca esqueci. Faz seis meses que só consigo pensar nisso. E me mata você achar que não foi nada para mim, porque foi tudo. Vênus descobriu sobre a gente e disse que, se eu tentasse qualquer coisa com você, ela te demitiria. Ela me mandou para longe. Eu não falei com você por um mês porque eu não achava que tinha uma forma de falar com você sem demonstrar o que eu sentia. Achei que seria mais fácil simplesmente fingir que nada tinha acontecido. Mas até dizer isso em voz alta soa estúpido. E egoísta. E me desculpa por ter feito você se sentir como se o que aconteceu não tivesse importância. Acho que no fundo fiquei... aliviado, porque assim eu não teria uma chance de estragar tudo ou decepcionar você ou te dar uma chance de ver algo em mim que você não gostasse. Eu estava inseguro e fui idiota. Enfim, eu me demiti. Antes da sua reunião, na real. Fui direto no RH. Percebi que Vênus tinha poder sobre mim porque eu a deixei acreditar que tinha. Mas, mais do que isso, percebi que era óbvio que ela não ia demitir você. Você é poderosa, e ela tem medo disso. Manter você sob o controle dela a beneficiava. Além disso, eu falei com meu amigo Ares do departamento jurídico, o grandão com quem eu jogo basquete nas quintas, e *ele* disse que...

Psi encarou Eros incredulamente e chegou mais perto dele.

— Peraí, eu... Ainda tô digerindo. Ela *chantageou* você? E você *se demitiu*? Por mim? Isso é loucura. Você sabe que ela vai te destruir, né? Por que você faria isso?

Eros deu de ombros.

— Eu estou apaixonado por você, Psi. Além disso, minha irmã é uma bruxa. Mas, na real, é mais pelo primeiro motivo. Tenho certeza de que você é o amor da minha vida. Eu, hm... gosto da sua cara e gosto de quando palavras saem dela. Desculpa, isso não soou nem um pouco romântico. Eu só... tá calor aqui, né?

Os olhos de Psi estavam pinicando. Ela mordeu o lábio para disfarçar o sorriso.

— Não. Mas acho que é uma conversa muito intensa para se ter assim antes do meio-dia, então...

Eros forçou a voz a soar casual:

— Quer saber? Chega de falar de mim, do meu amor eterno por você e da minha atual situação de desemprego. Vamos mudar de assunto. Conte mais sobre a reação de Vênus na reunião.

Psi abriu um sorriso.

— Ela estava cuspindo sangue quando Hera anunciou que quer que eu coordene o Musa como uma nova plataforma nas redes sociais. Foi incrível. Hum... o que mais de novidade? Ah, sim! O cara por quem eu sou apaixonada há dois anos acabou de me falar que também me ama. Mas ele também me contou que está desempregado, então... Talvez eu tenha que repensar algumas coisas. Afinal, eu sou uma das chefes fodonas agora.

Eros sentiu o coração provocar um sorriso que se espalhou pelo seu rosto e fez brilhar uma luz tão forte em seus olhos que Psi deu uma risadinha, agarrou a frente da camiseta dele e o puxou para mais perto. Eros deslizou os braços em torno da cintura dela e a puxou para perto até que o peito encostasse no dela.

— Caramba. O cara é bonito, pelo menos?

Psi balançou a cabeça.

— Não, nem um pouco. E se veste muito mal. Mas ele é fofo. E tem bom gosto para joias.

Psi subiu as mãos pelo peito de Eros e as deixou ficar no pescoço dele. Ela sorriu.

— Sabe de uma coisa? Você pode ser meu assistente. Vai ser um salário bem menor, mas os benefícios são razoáveis. O que você acha?

— Seria uma honra. O que você precisa que eu faça primeiro?

— Ah, a lista é longa. Café. Lavagem a seco. Comida para meu porquinho-da-índia... e você sabe que Ninfa gosta de morder. Muitos beijos...

Eros assentiu, concentrado.

— Uhum. E como você gosta do seu café? Porque eu posso ir agora mesmo...

Psi riu contra a boca dele.

— Já bebi café o suficiente por hoje.

Eros puxou Psi para perto até que não fosse possível diferenciar as batidas do coração dos dois. Quando eles se beijaram, com a *Olimpo* sob os pés e o céu ao redor, Eros sentiu como se o que eles tinham não estivesse apenas muito além do mundo que conheciam, mas muito além dele, fora de alcance, uma energia propulsora que os impulsionava e os puxava para um universo só deles.

Attem

Ituen conhecia o cheiro da riqueza. O canto de sua boca se curvou para cima junto com o aroma. Era delicioso, terroso e azedo enquanto subia, penetrando e contornando a curva de suas narinas antes de repousar doce dentro dele. Era indetectável para o nariz inexperiente, misturando-se à cacofonia de aromas inebriantes que saturavam o mercado movimentado. Ele era capaz de destilá-lo habilmente dos outros aromas: milho, assado por um dos magros rapazes da aldeia, o suor temperando a espiga enquanto ele a virava e torcia até que o amarelo ficasse dourado. Ele conseguia distinguir este aroma específico do cheiro de carne condimentada, espetada em um pedaço de pau e grelhada até que os sumos escorressem transparentes.

Com um olhar experiente e as costas musculosas apoiadas na coluna de madeira lisa de uma banca, Ituen percorreu um olhar falsamente casual pela cena. Tudo era familiar para ele, impresso em sua mente. Todos os

mercados de todas as cidades pareciam iguais. Havia peixe fresco e carne mais acima na fileira e, se ele avançasse
pela via principal, encontraria bancas cheias de roupas,
joias, latão, mercadorias exóticas e arte. Ele observou
onde ficavam as lacunas entre as bancas de madeira:
Ituen conhecia o caminho mais fácil de volta à floresta
e tinha adivinhado corretamente qual Tio guardava um
cutelo nos fundos de sua loja e qual Tia tinha uma adaga
enrolada nas dobras de seu traje.

Era meio-dia do Quarto Dia. O mercado estava em
seu momento mais movimentado, os habitantes da cidade compravam mercadorias com o salário da semana. Ele
podia ouvir búzios batendo uns contra os outros, e aquele som era o ritmo em que seu coração batia. Ituen era
um caçador profissional. Quando sua flecha era apontada
para um antílope, ele estava tirando da floresta. Isso fazia
parte do ciclo da floresta, e ele era parte integrante de
sua natureza. As pessoas precisavam comer e a floresta
precisava se purificar, para não afundar em si mesma. E
quando Ituen roubava de humanos, ele os estava ajudan-
do a reavaliar o que eles amavam. É possível valorizar,
saborear e reverenciar algo de maneira adequada sem o
medo de perder? É o medo de perder a propriedade que
mede a integridade. Esse medo define se um homem é
ganancioso ou generoso. Define o que o define. O mundo precisava de Ituen.

Em sua mente, o caçador e o ladrão estavam mis-
turados, fundidos. A forma como ele agia fazia com que
um fosse tão nobre quanto o outro. Ituen mirava nos
animais mais fortes da mesma forma que mirava nos homens mais ricos. Entre o momento em que puxava seu
arco e aquele em que pele e tendões eram perfurados,
criava-se um vácuo temporal, dentro do qual tudo o que
ele conseguia ouvir era o som ofegante da própria res-

piração, as batidas do próprio coração. Se não fosse tão fantasioso, juraria que também conseguia ouvir o batimento cardíaco do animal sincronizado com o dele. Era quase como se o espírito de um deus o movesse — ou como se *ele* fosse um deus.

Quando roubava dos ricos, sentia a mesma sensação. Só que, naquele caso, não era uma sensação de controle sobre a vida e a morte que o fazia se sentir todo-poderoso, era o fato de que ele, Ituen, o filho único de agricultores pobres de uma aldeiazinha explorada, estava tirando algo daqueles que pensavam ser superiores. Ele estava usurpando — à sua própria maneira — dos líderes e reis que, com tributos injustos, enriqueciam com o sofrimento de seu povo. Ituen tomava as riquezas deles e as usava para libertar aqueles que eram forçados a trabalhar para pagar dívidas. O equilíbrio era o negócio de Ituen.

— O senhor vai comprar? — uma voz doce e persuasiva o chamou da banca da frente.

Ituen semicerrou os olhos contra o sol para olhar para a vendedora de miçangas. Dava para saber, pela maneira elaborada como o lenço amarelo e azul dela estava amarrado e pelas camadas de miçangas vermelhas que pendiam em seu peito farto — firmemente amarrado de um jeito que o levantava e destacava —, que ela não era casada. Ela gesticulou para seus produtos espalhados em um tapete de tecido.

—... para sua esposa — acrescentou a paqueradora, inclinando a cabeça.

Ituen jogou na poeira o palito que trazia na boca e abriu um sorriso fácil. Ele conhecia aquele canto de pergunta e resposta. Vinha praticando, aprendendo e aprimorando seus versos desde os 14 anos, quando o rosto se tornou anguloso e os músculos mais rígidos, e os olhares das donzelas passaram a demorar nos dele por mais tempo, com olhos suaves e sorrisos afiados. Ituen lançou um olhar rápido pelo mercado e caminhou até a banca.

— Ainda estou procurando uma esposa, rainha.

A vendedora de miçangas sorriu mais amplamente e passou os olhos pela forma musculosa e bem-acabada do rapaz.

— Então você deve ser cego.

Ituen riu, apoiou a mão na coluna da banca e olhou no fundo dos olhos dela.

— Estou apenas procurando alguém que me veja como eu a vejo.

A mulher assentiu e riu, ouvindo, mas não escutando, os olhos percorrendo o peito nu de Ituen.

— Eu vejo o senhor.

Ituen sorriu. Ele sabia que sua melhor camuflagem era sua aparência, porque ninguém se importava com quem ele era por baixo. Ele se apresentava para as pessoas das vilas, piscava para as moças, bebia vinho de palma com os homens e deixava as mães apertarem suas bochechas, enchê-lo de comida e lamentarem por não serem vinte anos mais novas. Isso permitia que ele entrasse e saísse despercebido. Mas também havia uma parte dele que gostava de fazer parte de uma comunidade, mesmo que apenas por um ou dois dias. Os pais de Ituen haviam morrido quando ele era bem novo, e seu vilarejo fora completamente saqueado. Um lar transformado em terreno baldio por causa de ganância e interesses. Ituen não tinha para onde voltar depois que sua própria família lhe disse que era melhor que ele fosse se aventurar por conta própria. Ele se perguntava como seria ser bem-vindo em uma casa por pertencer a ela, e não apenas como um hóspede.

No entanto, ele tinha um papel a cumprir para sobreviver. Havia algumas limitações. Ituen tinha que ser uma sombra de si mesmo para conseguir entrar e sair facilmente dessas vilas, então as amizades que fazia também eram sombras. Aceitava tudo isso e aproveitava ao máximo sua transitoriedade. Ele se esforçara muito para se convencer de que aquilo era uma aventura.

Ituen se inclinou para dentro da banca, prestes a perguntar à vendedora de miçangas o que exatamente ela viu nele quando de repente sentiu uma mudança na atmosfera. O cheiro de riqueza ficou mais intenso. Ele também conseguia perceber que algo tinha mudado pelas ondulações no ar, os murmúrios baixos no mercado quando alguém da comitiva do rei estava por perto, o ciúme reverente e as fofocas. A vendedora revirou os olhos e fez um muxoxo que imediatamente informou Ituen que ela estava olhando para uma mulher que ou odiava ou queria ser.

Quando voltou a falar, sua voz já não era mais doce:

— Não sei quem aquela lá pensa que é.

Ituen se endireitou e se virou para a banca de peças de latão para onde a vendedora estava olhando. Ele viu de onde vinha o cheiro de riqueza. Ela tinha a pele tão escura e rica quanto a terra da floresta, tão macia e farta quanto uma fruta prestes a cair de um galho, brilhante e cintilante ao sol do meio-dia. Ele viu apenas o perfil dela, mas foi o suficiente. Notou o rico tecido vermelho texturizado que ela vestia, bordado com símbolos *nsibidi* brancos que ostentavam uma história da realeza de guerras e seres celestiais. Em geral, esse tecido era usado somente por homens que pertenciam aos escalões superiores da sociedade. O material envolvia uma cintura que afundava e quadris que floresciam.

Com um braço macio e elegante, ela pegou uma escultura de um leopardo de latão e a girou na mão. Estava sob uma sombrinha construída com ramos de palmeira secos, empalidecidos pelo sol. A sombrinha era erguida por uma de suas moças, que usava uma roupa com uma estampa de pardal amarelo, a cifra real do rei Offiong. Ituen sentiu o coração parar e, naquele momento, todas as verdades do universo lhe ocorreram subitamente. Então voltou à vida e todas as verdades desapareceram até que a única que restou foi a mulher para quem ele estava olhando.

A vendedora de miçangas continuou, a voz baixa e comprimida de ressentimento, revelando complexas informações pessoais de uma maneira que apenas uma inimiga faria:

— É a esposa mais jovem do rei Offiong, Attem. Uma menina insolente. Durante o Festival da Colheita, o velho rei a viu dançando e se apaixonou na hora, então ele a tomou como sua sétima esposa. Você deveria ter visto ela dançando. Ah! Sem vergonha. Bem na frente do rei, na frente de suas esposas. Eu não confio nela. Agora sai pela cidade como se fosse dona de tudo. Ela se tornou a esposa mais elevada. Nenhuma esposa, a não ser a primeira, tem permissão para vir ao mercado, e, no entanto, todo Quarto Dia ela vem.

Ituen não conseguia tirar os olhos de Attem, agora totalmente visível. Ela sorriu para o vendedor das peças de latão e disse algo para sua criada que fez todos rirem.

— E o rei se importa?

Ituen conseguiu ouvir a vendedora revirando os olhos.

— Não. O rei não está pensando com a cabeça, então como se importaria?

Ituen sorriu e caminhou em direção à banca de peças de latão.

Attem sorriu.

— Ele é realmente lindo, não é?

Affiah, sua criada, apoiou o pequeno elefante de madeira entalhado de volta na mesa e se virou para a direção que Atten estava olhando, até que avistou o alvo. Sua arfada intensa confirmou a Attem que Affiah vira o que ela vira.

— Ah, sim, senhora. Uma ótima escolha. Alto. Parece forte. Bonito.

Attem avançou um pouco mais até um comerciante de roupas e acariciou um tecido roxo grosso, o mais caro da coleção, raro, exibido apenas como prova de que o comerciante tinha como comprá-lo. Não estava à venda, mas servia como uma referência para indicar como o comerciante definiria seus preços. Attem pegou o tecido.

— Bem, todas as minhas escolhas são altas, fortes e bonitas, mas este também tem um ar diferente. É quieto. Nada a provar para ninguém. A maioria das pessoas nunca seria capaz de perceber que ele é um ladrão.

Ela sabia que ele era; ela mesma tinha sido uma ladra, poucas luas atrás.

Elas estavam sussurrando, apesar de os guardas reais de Attem estarem bem atrás delas, a pedido de Attem. Até agora, ninguém havia descoberto o verdadeiro motivo de suas expedições ao mercado todo Quarto Dia, mas elas não podiam correr o risco de que alguém as escutasse.

Attem tinha 21 anos e era casada com um velho enrugado que lhe causava repulsa. Um rei, sim, mas mesmo assim um homem. Os homens, na opinião de Attem, eram tolos em geral, e Offiong talvez fosse o maior tolo de todos. Isso funcionava bem para Attem. Ele estava tão enfeitiçado pelo falso afeto dela e era tão arrogante em sua crença da própria desejabilidade que Attem percebeu que poderia basicamente viver a vida da maneira como quisesse. Ela poderia mantê-lo distraído por seus desejos básicos enquanto ela atendia aos dela. Attem achava que não deveria desperdiçar seus dotes como uma bela jovem, ou viver uma vida sem prazer, então ela partia todo Quarto Dia para comprar mais do que apenas badulaques.

Ela escolhia um homem e enviava Affiah para entrevistá-lo mais tarde. Quando Affiah estava convencida de que eles atendiam aos requisitos de Attem, ela os trazia, sob o manto da escuridão, para os aposentos secretos de Attem: uma caverna nas colinas acima da vila. Pela manhã, eles eram retirados clandestinamente de lá. Era uma operação tranquila que dependia da astúcia das mulheres palacianas que Attem mantinha por perto. Depois de rejeitar a oferta de ser cuidada pelas filhas dos mais relevantes homens de negócios e líderes, a maioria entre escudeiros e guardas internos eram servas que Attem havia libertado, educado e treinado para fazer parte de sua comitiva. Ela as vestiu com uniformes finos e garantiu que estivessem bem alimentadas e felizes. Attem fez saber que, se os guardas homens tocassem nas mulheres contra a vontade delas, ela mandaria que lhe cortassem as virilidades com eles ainda vivos. No início, o rei Offiong resistiu por causa da consternação de sua corte. Alegavam que Attem estava perturbando a ordem daquela terra, que aquilo irritaria os deuses. Ela foi implacável e imperturbável, manteve a cabeça erguida diante dos olhares pesados dos homens furiosos do rei. Attem havia passado a mão suavemente pela bochecha flácida e cheia de crateras de Offiong, segurado seu queixo e sussurrado em seu ouvido que ela se sentia mais segura com as mulheres ao seu redor porque o único homem que ela queria perto dela era ele. O imbecil lambeu as palavras que lhe enchiam o ego da palma da mão dela e ordenou que os homens obedecessem.

Affiah era diligente em garantir que os homens escolhidos por ela fossem discretos — e eram. Era fácil conseguir discrição, mesmo sem levar em consideração o leve fato de que esses homens com certeza seriam esfolados vivos se o rei descobrisse que eles haviam se associado com sua esposa. O segredo era mantido devido à sua essência: eles haviam sido escolhidos pela rainha Attem.

Attem não tinha ilusões quanto à natureza da atração que sentiam por ela. Era descomplicado, e ela gostava de ver as coisas pelo que eram. O que lhe era importante era que a escolha era dela, uma amostra tangível do único poder que ela possuía. O casamento com Offiong acontecera por total falta de escolha. Seus pais eram artesãos humildes que se viram totalmente endividados com o trono depois de confiarem suas economias a alguém em quem não deveriam ter confiado. O regime do rei Offiong lhes dera duas opções: desistir do território que fora deles por gerações e viver o resto de seus dias escravizados ou fugir. Enquanto isso, a propriedade de Offiong enriquecia com os luxos que ele roubava de todas as pessoas. Um rei benevolente poderia ter renunciado à dívida, mas Offiong não era um rei benevolente. Era filho de um homem que havia matado e manipulado para chegar até o trono; um mentiroso violento, cuja realeza fora gerada por sangue.

AMOR EM CORES

Attem sabia que os pais, orgulhosos, prefeririam ser levados a fugir. Eles a encorajaram a fugir com seus irmãos mais novos, mas deixar que sua mãe e seu pai fossem escravizados era impensável, e Attem jamais poderia deixar seus dois irmãos mais novos para se virarem sozinhos. Logo, percebeu que tinha apenas uma opção. Ela seduziria o rei. No Festival da Colheita, ela se esgueirou até a frente do grupo reunido de meninas revoltantemente jovens e tímidas e usou tudo o que tinha para se destacar. Não teve outra escolha: ser corajosa ou deixar sua família na miséria. Ou o velho lascivo se apaixonava por ela ou seu mundo inteiro seria destruído. Ela reprimiu o nojo e o olhou sedutoramente. A adrenalina fez seus quadris balançarem com mais energia; os pés bateram na poeira com mais força. Ela estava dançando pela vida de sua família.

O rei Offiong pagou um belo dote. Sua família não ficou feliz com o acordo, mas não podia contestar os fatos: todas as suas preocupações seriam resolvidas com o casamento. Eles mantiveram suas terras e foram capazes de ajudar outras pessoas em situações semelhantes. Tudo que Attem tinha que fazer era beber licor de palma fortificado com ervas anticoncepcionais diariamente, fechar os olhos e permitir que Offiong se forçasse nela uma vez por semana, enquanto ela desejava o fim do pesadelo de dois minutos.

As expedições de Attem ao mercado lhe deram escolha, poder e liberdade. Ela teve a sorte de conquistar a clemência e a boa vontade de Offiong. Ele dizia que gostava do atrevimento dela (as outras esposas resmungavam, reviravam os olhos e diziam que não era do *atrevimento* dela que ele gostava), então permitia que ela andasse pela cidade uma vez por semana. Ela constatou que estar amarrada não significava necessariamente que tinha que estar presa.

Aquele homem no mercado, com a pele feito cobre sedoso esticada sobre os músculos, parecia uma escolha perfeita. Ela viu o fogo nos olhos dele enquanto percorriam o mercado, a inclinação na boca enquanto ele absorvia tudo. Ele era um homem com ambição.

Attem cutucou Affiah.

— Vamos chegar perto dele.

Affiah olhou para Attem com curiosidade. Não era assim que elas operavam. A proximidade podia atrair suspeitas, e isso não era algo que elas podiam se permitir. Apesar de saber disso, Affiah confiava em Attem sem questionamentos. Affiah vinha de uma família de pastores, mas Attem nunca a fez se sentir como se ela fosse menos do que alguém de sangue nobre. Durante as primeiras semanas de seu casamento, Attem vira Affiah dar uma bronca em um homem depois que ele tentou enganá-la para tomar algumas de suas vacas no mercado: Affiah bateu nas partes íntimas dele com um pedaço de pau. O homem tentou fazer com que ela fosse presa, mas Attem interveio e a convidou para sua corte. Affiah tinha certeza de que Attem iria puni-la pessoalmente por ter desonrado o nome de todas as mulheres em sua proximidade, mas, em vez disso, Attem disse que precisava de mulheres ao seu redor que não temessem homens. Logo depois, o homem que tentara roubar o ganha-pão de Affiah desapareceu. Affiah sabia que Attem nunca as colocaria em perigo, então assentiu com a cabeça.

— Vamos passar para a barraca de latão ali em frente. Ele vai nos encontrar lá — disse Attem.

Affiah estava prestes a perguntar a Attem como ela sabia que ele as encontraria ali, mas então ela se lembrou: Attem simplesmente sabia o que sabia.

Ituen sabia que era arriscado, mas o que era a vida sem nenhum risco?

Caminhou em direção à banca enquanto o plano se formulava em sua mente. Um olhar casual e superficial informou a Ituen que a rainha estava se movendo com três guardas que ficavam um tanto atrás dela. Aquilo era incomum. Ele gostou. Ela era obviamente uma mulher com confiança e poder.

Ela estava passando a mão pelas esculturas e conversando com sua criada quando Ituen se aproximou. Havia uma distância respeitável entre eles — não tão perto a ponto de levantar suspeitas, não tão longe para que puxar conversa fosse estranho. Ela ficou parada por alguns momentos antes de continuar a avaliar as peças, conversando com o comerciante sobre o artesanato, os detalhes. Ela conhecia arte. Ituen pigarreou e pegou um leopardo de bronze. Era uma peça elegante; a criatura tinha costas arqueadas prontas para o ataque, olhos afiados e focados, pequenas garras estendidas.

Ele virou a peça na palma da mão e olhou para o comerciante.

— Ogã, chefe, quanto é?

O comerciante lhe lançou um olhar incrédulo. A rainha Attem ainda não tinha olhado em sua direção. Ele se sentiu exposto pela falta de atenção dela, e foi então que percebeu o quanto queria que ela o olhasse.

Irritado, o comerciante estalou a língua.

— Não vê que estou ocupado? Menino mal-educado. Quer interromper meus negócios com uma rainha...

Foi então que a rainha Attem levantou o queixo. Mesmo vendo-a de perfil, Ituen conseguia enxergar que o canto da boca dela estava virado para cima, numa expressão que parecia de divertimento. A criada estava sorrindo também. Isso, de maneira objetiva, era uma coisa boa, mas deixou Ituen surpreso e inquieto. Ele pressentiu que ela se irritaria, sentimento que ele visava acalmar, mas ela tinha tomado o controle da situação com a pequena curva de seus lábios. Ituen quis desesperadamente ver o resto do sorriso de Attem. A metade que ele tinha visto enlaçou seu peito e o puxou para mais perto dela. Era uma isca e ele estava caindo. Pela primeira vez, Ituen se sentiu como uma presa.

— Não — a voz dela era doce e rouca como uma brisa noturna que percorre a floresta. O som se enrolou no pulso dele e apertou firme. — Deixe que ele compre antes de mim. Ainda estou escolhendo.

Ituen tentou reformular seu plano — a voz dela o tinha desmanchado, rasgando-o em pedacinhos.

— Obrigado, Sua Alteza.

Ela assentiu, ainda sem olhar para ele. Ituen perguntou mais uma vez ao comerciante:

— Quanto é?

O comerciante olhou irritado para Ituen, as sobrancelhas franzidas entre as velhas dobras do rosto coriáceo, braços cruzados. Quando falou, sua voz era um rosnado:

— Vinte.

— Ah, Baba, como assim? Por favor. Estou indo visitar a família de minha mãe, e o caminho é longo. Preciso economizar dinheiro para a comida. Dez, eu imploro...

A irritação fez o comerciante enrugar ainda mais o rosto. Ele queria voltar para a rainha para conseguir a venda garantida, mas sabia que ser rude com aquele homem seria uma afronta para ela.

— Então guarde seu dinheiro para a comida e não para comprar a peça. Ah! Você não está vendo a perfeição com que ela foi feita? Por acaso já viu algo assim?

— Não, senhor, é por isso que preciso dela. Ela me lembra de um sonho que tive sobre a mulher por quem me apaixonaria. As curvas dela — ele encostou o dedo na reentrância das costas da criatura metálica — são macias assim. Ela tem a selvageria e a elegância do leopardo. Olhos que...

Foi quando a rainha Attem olhou de verdade para Ituen. O olhar dela o prendeu, pressionou seu peito e expulsou o ar de dentro de seus pulmões em uma pesada lufada de ar. Ela era ainda mais bonita de perto, lábios carnudos num sorriso convencido, um nariz redondo e majestoso que se alargava um pouco mais com o sorriso.

— Olhos que o quê? — perguntou ela, o sorriso agora dando sabor à sua voz.

— Olhos que... — Ituen engoliu em seco —... olhos que parecem como se a noite estivesse envolvendo o sol.

Attem olhou para o leopardo na mão dele.

— Interessante. Não tinha percebido isso. Você tem um gosto requintado. Qual seu nome?

— Ituen, Sua Majestade.

Attem assentiu.

— Gavião. Então você é corajoso, eh?

O chão pareceu se contrair e trazê-los para mais perto um do outro. Ituen conseguia escutar o coração batendo nos ouvidos. Attem sentiu o tempo parar. Nem ele nem ela sabiam dizer quem estava enganando quem.

Ituen se endireitou, mostrando força.

— Faço o que tenho que fazer, Sua Majestade.

— Isso é algo que gente corajosa diz, Ituen. Você está com fome?

Ituen inclinou a cabeça.

— Eu comeria. Obrigado, Sua Majestade.

Attem abriu um sorriso.

— Escute só, tenho uma proposta. Minha garota, Affiah — ela gesticulou para a mulher ao seu lado, com lindos nós trançados na cabeça e olhos sarcásticos —, está procurando marido. Eu sou o mais próximo que ela tem de uma família. Todos os mais velhos dela estão mortos. Acho que você é um possível pretendente.

Affiah arregalou os olhos, em choque e nervosismo bem treinados, antes de parecer lembrar de si mesma e olhar para o chão com timidez, dando um pequeno sorriso, desempenhando seu papel perfeitamente. Ituen abriu a boca para falar, mas, pela primeira vez, se viu sem palavras.

Attem gesticulou para o comerciante.

— Baba, por favor, me traga o leopardo, e Affiah, por favor, pague este cavalheiro.

A irritabilidade do comerciante se dissipou de forma instantânea.

Attem finalmente virou-se para um Ituen intrigado.

— No pôr do sol, minhas mulheres virão lhe buscar aqui neste ponto e o levarão para comer com os homens da corte.

Ituen abriu a boca para falar, mas a voz de Attem pulou na frente de quaisquer que fossem as palavras desajeitadas que ele estava prestes a despejar.

— Venha e participe do banquete esta noite, e então podemos discutir a possibilidade de você cortejá-la. — Ela pegou o leopardo de bronze da mão de Affiah e o entregou a Ituen. — Um presente. — Ela virou-se para a criada. — Vamos, Affiah, precisamos informar aos guardas que chamamos um convidado para a corte nesta noite.

Com essas palavras, Attem e sua comitiva se foram, e Ituen ficou com a certeza absoluta de que qualquer ilusão de controle que pudesse ter sobre a situação tinha ido embora.

Apesar de ter tentado ficar longe, Ituen se viu sempre voltando para Attem, como que puxado por uma força gravitacional. Era como uma compulsão. Naquele primeiro Quarto Dia, não demorou muito para que ele descobrisse seu ardil, assim como não demorara muito para que ela descobrisse que ele era um ladrão. Quando Ituen entrou na caverna secreta de Attem pela primeira vez, ela estava deitada em um tapete cheio de badulaques valiosos, presentes pelo serviço dele.

— Já que — disse ela, sorrindo — eu interrompi seus negócios.

Ela era mordaz e direta. Ele havia se perguntado se aquilo era algum tipo de armadilha elaborada. Ele havia presumido que ela era como os outros nascidos na nobreza, enfadonha e imperiosa, mas Attem havia revirado os olhos diante do choque dele e dado risada.

— Venha, sente-se, relaxe. Não fique tão nervoso. Não é uma armadilha. Eu também já fui ladra por algum tempo. Antes de colocar comida na boca da minha família sendo esposa do rei, colocava roubando do mercado. Mas, no fim, não foi o suficiente. Não julgo você. Fazemos o que precisamos fazer, como você disse. É sobrevivência. Mas acho que precisamos de mais do que meramente sobreviver, não? Nós merecemos algum prazer. Você tem escolha e pode recusar, é óbvio. Pode levar os tesouros de qualquer forma.

Essa era uma experiência nova para Ituen; o caçador virando caça. Ele se surpreendeu com o quanto apreciava ter sido escolhido, ter sido visto pelo que era. Ela o vira através da máscara com facilidade e acolhera o que estava por baixo dela. Depois de se deitarem juntos, se viram conversando, os pensamentos achando lugares para serem acolhidos dentro um do outro, as filosofias encontrando companhia. Ele descobriu sobre a sabedoria abundante, a maciez de aço, o coração imenso e, sobretudo, a força de Attem. Ele descobriu um novo tipo de riqueza; um tipo cuja existência jamais contemplara, um tipo que ele não sabia estar procurando.

Ela pediu que ele ficasse por mais uma noite. Uma parte dele até então desconhecida saltou à vida. Quando ele foi embora, os tesouros que ela havia trazido permaneceram intocados.

— Senti saudade — disse Ituen, quando entrou nos aposentos secretos de Attem seis meses depois de terem se conhecido.

Attem o esperava na caverna na montanha que ela havia descoberto nos primeiros dias de casamento. Era iluminada por tochas que faziam as paredes rochosas brilharem douradas, decorada com tapetes felpudos, carpetes e almofadas que transformavam a toca em aposentos de rainha. Havia vinho de palma e frutas em abundância, e o incenso estava sempre queimando. Era o refúgio dela. Depois de jantares e festividades, ela costumava se recolher ali nas montanhas com suas criadas, dizendo ao rei que precisava meditar e comungar com os espíritos.

— Como eu poderia não ser devota aos deuses quando eles me trouxeram até você? — dizia ela, dengosa.

Attem estava esticada no tapete felpudo, bebendo de sua taça. Ela sorriu e balançou a cabeça com gentileza.

— Você e eu sabemos que isso é contra as regras, Ituen.

Ituen sorriu abertamente e tirou o colete marrom de couro. Ele o colocou no lugar de costume e deixou as sandálias na entrada.

— E desde quando seguimos as regras, Leoparda?

Attem revirou os olhos ao ouvir o apelido pelo qual Ituen lhe chamava.

— Preciso conversar com você sobre isso. Por mais divertido que seja, precisamos ter cuidado. Você não pode simplesmente aparecer desse jeito. Combinamos que a última vez seria a última vez.

Ituen sentou perto dela no tapete felpudo. O *lappa* de Attem estava amarrado mais embaixo em seu peito, a pele lisa brilhando sob o âmbar quente das tochas. Ituen abaixou a cabeça para beijar o ombro dela e depois o pescoço, onde inspirou o cheiro de ilangue-ilangue e sândalo esmagados, e sorriu contra sua pele enquanto ela relaxava e soltava um suspiro tão macio e farto quanto seu corpo.

— Nós dissemos que era a última vez nas últimas cinco vezes — murmurou ele contra a garganta de Attem.

Attem engoliu, tentando se solidificar de novo de seu estado cada vez mais derretido. Ela se afastou com gentileza de Ituen e segurou o queixo dele.

— Você raspou a barba.

— Você disse que arranhava.

Attem sorriu contra os lábios dele.

— Ituen, nós estamos sendo descuidados. Precisamos conversar sobre isso. Repetições são perigosas para nós dois.

Ituen assentiu.

— Corremos o risco de sermos pegos? Ou de outra coisa? — Ele percorreu a mandíbula dela com o polegar. — Temo que a outra coisa já tenha acontecido, Leoparda. Vamos nos poupar do fingimento.

Attem ignorou a insinuação dele, ignorou a maneira como seu coração havia saltado ao escutar o apelido carinhoso e balançou a cabeça.

— Com essa língua de ouro, você deveria manter a boca fechada. Proteja-a.

— Ah, mas como é que eu iria beijar você?

Ele se aproximou dela e Attem sorriu e se afastou, provocando-o, aproveitando o poder da expectativa.

— Você é um homem ridículo. Como foram suas viagens?

Ituen suspirou e se reclinou no tapete, colocando um caimito sem sementes na boca.

— Tediosas. Eu me infiltrei numa corte real a sete vilas a leste. Foi muito fácil. Gente rica é muito estúpida. Tudo que você precisa fazer é seguir seu papel, e ninguém pergunta nada. Eles também são entediantes. E gananciosos. *Eles* são os ladrões. Só falam de maneiras de explorar gente pobre, das mulheres que pagam para dormir com eles e das esposas que preferiam que eles parassem. Mas trouxe um presente para você.

Ituen pegou um bracelete ônix de dentro do pano enrolado em sua cintura e o segurou diante de Attem. Ela sorriu presunçosa quando ele o amarrou em volta de seu pulso delicado.

— Obrigada, senhor. Mas nós dois sabemos que você tem que ficar com isso. Pela última vez, não preciso que você me dê nada.

A mágoa atingiu Ituen, mas ele tentou não transparecer.

— Não. É para você. Eu quero te dar alguma coisa. Para pagar pelo leopardo que você comprou para mim, meses atrás.

— Foi para você lembrar de mim.

— Eu quero que você me lembre você. — Ituen estava frustrado: ele havia achado uma maneira de viver a vida como mais do que apenas uma sombra. A vida despreocupada e descuidada que ele dizia a si mesmo que apreciava desvaneceu como uma existência insípida e incolor em comparação com os momentos que tinha com ela. — Attem... você merece o mundo. Eu odeio não poder ser a pessoa que o dá a você.

Attem passou as costas das mãos na mandíbula dele. Ituen era muito mais terno agora do que quando ela o havia conhecido.

— Você me dá o que eu quero. É mais do que suficiente.

Attem sempre se sentia livre com Ituen; nada era contido, todas as emoções dela corriam livres, sem amarras. Não havia dever, moldes ou regras. Ali, eles eram a jurisdição. Quando ela conhecera Ituen meses antes e o escolhera como a próxima conquista, havia se surpreendido ao lhe pedir para ficar na noite seguinte. Ele se surpreendeu ao dizer sim. Os dois pareciam surpresos pelo fato de suas mentes combinarem tão bem quanto seus corpos, a ponto de ficarem conversando até o amanhecer, sorrindo sobre a pele um do outro e falando das teorias que tinham sobre o universo. Sempre tinham o cuidado de evitar falar sobre o futuro, sem querer corromper a sublimidade impressionante do presente. Toda manhã, quando Ituen tinha que ir embora, eles se despediam, e cada um segurava sua própria tristeza silenciosa bem perto do peito. Sabiam quão perigosa era a situação, então cada vez parecia a última. Attem nunca tinha certeza se veria Ituen outra vez. Então, disseram a si mesmos que seus corações não estavam envolvidos no arranjo. Uma mentira inocente que os protegia do amor tão bem quanto um rato era capaz de lutar com um gavião.

Ituen deu um sorrisinho, projetado para dissolver a dureza da realidade, o abismo gigantesco entre seus mundos.

— Engraçado. Apesar de eu ter comido bastante no banquete que Affiah trouxe hoje, ainda estou faminto.

Attem riu e deixou que Ituen puxasse o *lappa* frouxamente amarrado em seu peito.

— Você é um tolo. Temo que não haja nada em que se banquetear aqui, senhor.

Ituen a puxou gentilmente para o tapete.

— Eu sou um caçador. Vou encontrar alguma coisa.

Os lábios dele esbarraram nos dela, e não levou muito tempo para que a boca de Attem o acolhesse, para que o corpo de Attem o convidasse. Ituen só se sentia tranquilo perto dela, não mais desesperado para ir para a próxima vila. Ela era tão forte que ele queria ser forte para ela. Ela era tão inteligente que ele se via querendo ser inteligente para ela. Era gentil, então ele queria ser gentil como ela. Conhecê-la foi a aventura mais arriscada e ainda assim a mais satisfatória que ele já havia vivido.

Com a cantoria matutina dos pássaros, veio uma angústia familiar, pesada e indigesta que pesava no estômago de Attem. Ituen se agitou e a puxou para mais perto do peito. Ela conseguia sentir o coração dele batendo perto de sua coluna, a respiração dele aquecendo seu pescoço. Era agonia em meio ao deleite. Ela encarou diretamente a luz da manhã na abertura da caverna. Era estranho que o ar aberto representasse a liberdade enquanto ela só se sentia livre no escuro, nos braços de Ituen. Ela achava que tinha a situação sob controle, que tinha como viver duas vidas ao mesmo tempo, sobreviver a uma se tivesse a outra, mas, desde que conhecera Ituen, a vida que ela vivia com o rei havia se tornado ainda mais vazia. Não era só porque tinha se apaixonado; era a insatisfação crescente de ter que agradar a Offiong, um homem odioso e nojento sem dignidade nem respeito pelo seu povo. Ituen, por outro lado, distribuía mais do que a metade do que conseguia, mantendo para si apenas o necessário

para viver. Se quisesse, poderia viver como um príncipe. Estável. Poderia arranjar uma esposa — *esposas*. Ele
havia escolhido não o fazer. Aqueles momentos com os
homens escolhidos por elas tinham o objetivo de servir
como uma fuga; um mundo de sonho que Attem podia
aproveitar por algum tempo. Mas, com Ituen, esse sonho
estava virando uma realidade sólida. Ela lutava com a
vontade de se agarrar a essa realidade, com medo de que
fosse uma miragem.

— O que você está pensando, Leoparda?

Ituen grunhiu nas costas dela. Caçada pelos lábios
macios dele, Attem se virou e o encarou.

— Ituen... Eu não escolhi ninguém além de você
desde que te conheci.

Ituen pegou a mão de Attem e a beijou, com olhos
brilhantes.

— Nem eu...

— Você não precisa mentir para mim. Eu entende-
ria se...

Os olhos de Ituen brilhavam como ferro numa for-
nalha.

— Eu juro, Attem. Que os deuses me destruam se
eu estiver mentindo.

Attem sentiu algo feroz e elétrico aquecer sua barriga. Ela sentiu o laço entre eles se apertar e os puxar para
mais perto um do outro.

— Ituen, eu quero que você saiba que pode ter
sua liberdade. Você põe sua vida em risco sempre que
vem aqui.

O olhar de Ituen pareceu ter mudado de dimensão,
tornando-se repentinamente mais profundo, mas cheio,
transbordando com algo que se derramava no coração
de Attem até parecer que ele ia explodir. Ele a segurou
com mais firmeza e encostou a testa na dela. Ela tinha

descoberto que o ar era mais doce quando saía diretamente dele.

— Attem, me escute. Eu não estava vivendo antes de conhecer você. Estava caçando, indo de vila em vila, faminto e selvagem, tentando me satisfazer com badulaques valiosos. Então você chegou, e eu percebi que estava procurando por você. Eu tinha que achar o caminho para chegar até você.

A doçura encheu Attem até que lágrimas pinicassem seus olhos. Por um momento, ela realmente acreditou que realidade e fantasia pudessem se fundir, que juntos eles poderiam dar vida ao impossível.

— É sobre isso que eu queria falar com você...

— Eles estão vindo!

Uma voz desvairada cortou o ar entre eles, o que fez Attem e Ituen se separarem e Ituen correr em direção à abertura da caverna, onde estava Affiah — ofegante, olhos selvagens, roupas escorregando do corpo e cabelo bagunçado.

O estômago de Attem virou pedra. Ela mal sentiu as palavras deixando sua boca enquanto amarrava com pressa o *lappa* no próprio corpo.

— Quem?

Os olhos de Affiah estavam marejados quando ela correu para dentro da caverna e levantou sua senhora.

— Attem...

Era sério. Por mais próximas que fossem, Affiah nunca se dirigia a Attem pelo primeiro nome.

Affiah continuou:

— Precisamos *ir*. Alguém nos traiu e contou para o rei. Eles estão vindo. Eles estão vindo... Ah! — Ela estava chorando agora. — Os homens de Offiong estão vindo. E esperam encontrar alguma coisa. Vamos embora, por favor!

Ela agarrou o braço de Attem e tentou arrastá-la para a abertura da caverna, mas Attem ficou parada. Affiah olhou para Attem como se ela tivesse cinco cabeças. Attem tentou acalmar a amiga, mas isso só deixou Affiah ainda mais em pânico. Attem segurou os ombros de Affiah, na esperança de que a pressão acalmasse seus próprios temores.

— Affiah. *Affiah*, olhe para mim! Eu nunca ordenei que você me obedecesse. Agora eu vou ordenar. Eu preciso ficar aqui. Se eu for embora, vou parecer suspeita. Eu disse a Offiong que estava adorando os deuses, e é isso que ele vai me encontrar fazendo. As frutas e o vinho são oferendas. Você está ouvindo? Eu preciso ficar. Vá.

Attem conseguia escutar a marcha distante, os cânticos de guerra abafados. O sangue pulsava em seus ouvidos. Affiah assentiu, a respiração só um pouco mais lenta.

— Eu vou ficar com você, ma. Assim tem mais chances de eles acreditarem.

Attem não tinha como argumentar com isso. Ela virou para Ituen, que de alguma forma encontrou tempo para ir até a bolsa e pegar uma adaga. Os olhos deles estavam duros e sombrios; ele estava pronto para matar. Ela balançou a cabeça.

— Não. Guarde isso. Você precisa ir embora.

Ele deu um passo para mais perto dela.

— Não vou deixar você.

— Se você ficar, nós dois vamos morrer. Minha família vai morrer. Minhas garotas morrem. Se você for embora, ainda temos uma chance, mas você precisa prometer que não vai voltar aqui.

Ituen balançou a cabeça, os olhos marejados. O som da marcha estava aumentando. Eles estavam perto.

— Não posso.

A voz de Ituen falhou e Attem estapeou o peito dele, as lágrimas dela escorrendo livremente. Ituen mal se mexeu.

— Acorde! Use seu juízo. Você precisa ir, Ituen. Por favor. Se você me ama, você vai embora e não vai mais voltar. Se eu sobreviver a isso, vou encontrar você, só prometa que não vai vir me procurar.

Ituen a puxou para mais perto, para que Attem pudesse sentir as batidas desesperadas do coração dele, puxou a cabeça dela para trás e a beijou, querendo estar tão próximo dela quanto possível, querendo sentir a completude antes de se tornar um homem perdido de novo. Ele sentia como se sua alma estivesse partindo no meio.

— Eu te amo.

Attem se afastou e beijou o pulso dele.

— Prometa para mim.

Ituen assentiu e engoliu em seco.

— Eu prometo.

Attem fungou e o empurrou rapidamente para a entrada da caverna, enquanto caminhava para trás, para a escuridão.

— Vá. Não olhe para trás. Não pare.

Nos momentos antes de eles chegarem, Attem agradeceu silenciosamente aos deuses por lhe darem a chance de viver de verdade antes de morrer.

Ituen ouviu o som de crianças alegres gritando e dando risadinhas fora de sua cabana. Levemente irritado, ele deixou de lado o cinzel que estava usando para esculpir outro leopardo muito bem trabalhado de madeira da melhor qualidade. Ele era um caçador que havia virado carpinteiro; um destruidor que virara criador. Ele havia aprimorado o ofício até ser capaz de ganhar a vida honestamente com seu trabalho. Logo quando decidiu visitar aquela vila, Ituen achava que seria temporário. Attem iria sobreviver — ela tinha que sobreviver — e, de alguma forma, mandaria notícias para ele. Um mês se passou, depois três, depois seis e então trinta e seis, sem nem ao menos um sussurro da parte dela. Em algum momento, Ituen havia se forçado a parar de sentir, para impedir o coração de continuar se partindo. Ele se estabeleceu e virou aprendiz de um velho taciturno sem filhos que gostava do recém-adquirido mau humor estoico de Ituen. Os leopardos de madeira de Ituen eram conhecidos por sua elegância e perfeição; seus clientes se maravilhavam com a dedicação que ele dispensava ao ofício, notando a firmeza de coração necessária para criar tais peças. Ele derramava todo o amor que sentia por Attem em suas criações, sem saber onde mais colocá-lo.

Ituen deixou seu local de trabalho e caminhou até a porta.

— Se não falarem baixo, não vou fazer nenhum brinquedo para vocês. É isso que querem?

As crianças estavam correndo em sua direção animadas, ofegantes, falando uma por cima da outra, apontando para ele e gesticulando para o mercado. Geralmente, mantinham uma distância reverente de Ituen, respeitando-o pelos brinquedos que lhes fazia de graça, mas receosas de sua constituição musculosa, da barba espessa que brotava de seu rosto e da maneira como ele grunhia as palavras. Agora, no entanto, estavam puxando-o pelo pulso, como se ele fosse um colega de brincadeiras, levando-o para a praça do mercado.

— Senhor, senhor! Tem uma pessoa procurando você!

— Uma *rainha*! Ela é de uma vila distante! Ela é tão linda! Como você conhece ela?

— Ela nem tem marido! Ela é uma rainha, só ela! Acho que ela é uma deusa!

— Ela deu bolinhos pra gente!

— Ela tá procurando o homem que faz o leopardo. Ela disse que ele é conhecido! Ela disse que quer uma reco-recomenda.

— Encomenda, idiota!

— Ela tá procurando você, tio! Vem! Acho que você devia colocar óleo no rosto. Parece meio empoeirado.

Ituen tropeçou pelo mercado, guiado pelo grupo de generais minúsculos e tagarelas. Por puro pavor, ele tentou impedir o amolecimento do próprio coração — ele não tinha capacidade física de sobreviver a um luto por ela de novo. Então sentiu o cheiro de riqueza. Era um buquê inconfundível de sabedoria, gentileza e força. Ele sabia que era ela, mesmo antes de ver sua silhueta, mesmo antes de ela se virar e o atingir com aquele sorriso que fez seu coração bater de novo, mesmo antes de ela dizer:

— Por favor, perdoe meu atraso, meu amor. Eu tive uns problemas para resolver. Veja só, é que havia uma revolução com que lidar e um golpe para organizar. Vejo que você deixou a barba crescer. Precisamos nos livrar dela o quanto antes.

Ituen abriu e fechou a boca, incapaz de se mexer, preso no lugar com o choque e a felicidade arrebatadores.

Attem sorriu com olhos marejados.

— Também achei que eu deveria finalmente agradecer em pessoa pelo presente que você me deu.

Ituen franziu o cenho, confuso, ainda atordoado demais para falar, quando viu o garotinho se escondendo timidamente atrás da perna dela, com os mesmos olhos de amanhecer de Attem e a pele acobreada. Em apenas alguns minutos, o mundo de Ituen ganhou cor novamente. Seu murcho coração se encheu de vida, ficando maior até que o seu corpo. Ele mal conseguia respirar, tamanha era sua alegria.

Attem deu um sorriso brilhante, passando os dedos pelo cabelo do menino.

— O maior presente que alguém já me deu.

Ela se abaixou e sussurrou no ouvido do filho:

— Pequeno Gavião, por que você não vai dizer oi para seu Baba?

Ituen conhecia o cheiro de casa.

Yaa

Yaa esticou o braço para fora da janela do carro. Ela estava numa viagem para a praia de Ankroba no meio do semestre da primavera, no segundo ano. Estava estressada pensando nas provas do meio do semestre; estressada pensando em quem deveria ser e quem de fato era.

Ele tinha detectado a queda no ânimo dela — sempre percebia. Ele sempre detectava as mudanças, o movimento dos pensamentos dela, sem precisar tentar. Ele tinha aparecido na porta do quarto dela às seis da manhã e dito para ela ir se vestir. Era uma viagem de cerca de sete horas até a praia. Yaa insistiu para que eles dividissem a direção, mas ele recusou. Então ela relaxou e dormiu em paz durante o caminho, enquanto ele colocava as músicas favoritas dela para tocar e de vez em quando esticava o braço para passar as costas da mão gentilmente na bochecha dela. Ela sorria enquanto dormia. Até hoje, Yaa não conseguia pensar em outra ocasião em que havia sentido tamanho contentamento.

Quando chegaram à praia, conversaram sobre a vida, sobre o futuro e sobre desejos, tudo isso bem aninhados, traçando mapas nas peles nuas e bêbadas de sol um do outro, com estradas que só levavam à felicidade. Naquele dia — fora da alta temporada, no meio da semana — estavam a sós naquele pedaço da praia e tão embriagados com aquele coquetel inebriante de juventude e amor que queriam acreditar que Deus havia criado aquela praia só para eles. Eles eram o eixo do mundo. Bebiam água direto do coco, comiam tilápia fresca e se esbaldavam na abundância um do outro, sentindo-se bem nutridos, cheios de vida.

Ela não escutava o rugir das ondas, só a doçura do próprio nome na língua dele.

— Yaayaa — sussurrava ele.

Eles eram as maravilhas naturais um do outro.

— Mas como você *sabe?*

Yaa fez uma pausa no processo de aperfeiçoar o tom de vinho-escuro em seus lábios e desviou os olhos perfeitamente delineados de seu próprio reflexo para o celular que jazia no balcão de mármore do banheiro. Ela sabia que a melhor amiga não tinha como ver o olhar incrédulo que ela estava lhe lançando só pelo viva-voz do celular, mas também sabia que Abina o sentiria por instinto. Depois de alguns segundos, Yaa sentiu a melhor amiga revirar os olhos quando sua voz disparou do telefone.

— *Abeg,* não me olhe assim. Eu odeio quando você me olha assim.

Yaa sorriu.

— Então não faça pergunta besta. Como eu sei que Kofi vai fazer o pedido esta noite? Talvez porque é meu aniversário e nós vamos para o melhor restaurante da cidade e porque ele pagou minha manicure. Ah, e talvez porque acabei encontrando um anel escondido no bolso do paletó dele?

Yaa voltou o olhar para o espelho para terminar de passar o batom e averiguar o resultado final. As maçãs do rosto dela estavam brilhando sutilmente de um jeito que imitava o brilho do amor. Os olhos escuros estavam acentuados para parecerem maiores e mais brilhantes, o que ajudaria na expressão de surpresa agradável que ela planejava fazer mais tarde. A pele escura brilhava, macia e sem poros — pronta para quaisquer fotos de perto que pudessem vir a acontecer. Yaa passou a mão em seus *twists* lisos e finos até a cintura, para garantir que não estivessem embolados nas pontas, e inspirou profundamente. Ela estava exatamente como sabia que aquela noite também seria: perfeita.

— Ah, sim. O anel que você encontrou *acidentalmente* porque, por acaso, estava bisbilhotando todos os paletós dele.

Yaa riu e continuou a passar rímel preto nos cílios.

— Foi um acidente. Eu estava procurando uns trocados para dar de gorjeta a um entregador, só isso. Ele deveria ter sido mais discreto.

A melhor amiga de Yaa soltou um risinho de escárnio.

— Mantendo sua versão da história, né? Como se bisbilhotar os bolsos dele não fosse parte da sua rotina matutina. De qualquer forma, não era isso que eu estava perguntando. O que quis dizer foi: como você sabe que quer casar com ele?

A pergunta paralisou Yaa, que estava prestes a borrifar perfume no pulso. O frasco ficou parado no ar, em suspensão. A pergunta lhe era tão estranha que fez sua mente saltar e recuar, chocando-se com a concepção que ela tinha da própria vida. O fato de que Yaa iria se casar com Kofi sempre fora uma certeza certa.

As famílias de Yaa e Kofi eram as mais influentes da região Ashanti e eram consideradas algo como realeza em Kumasi, a capital da província. A família de Kofi era uma dinastia política de líderes, vereadores e governantes que se espalhavam por gerações, enquanto a família de Yaa havia se originado de um destemido comerciante que, tendo começado com apenas uma banca na velha feira de Kejetia, tornou-se proprietário da maior cadeia de lojas de departamento da região. A família de Yaa havia aberto sindicatos e criado medidas de proteção para comerciantes, agitando o governo local. A família de Kofi era rica e poderosa havia muitas gerações, representando um momento no passado em que ainda existia uma distinção bem definida entre o que era uma mulher da feira e uma *ohemaa*, uma rainha, ao passo que a família de Yaa diluía esses limites e fundava um novo mundo em que mulheres comerciantes podiam se tornar rainhas, com a tataravó dela — de quem ela herdara o nome — abrindo o caminho.

Por quase um século, as duas famílias foram inimigas naturais, representando uma guerra entre classes, povo *versus* privilégio, ambas ocupando o mesmo espaço e se ressentindo uma da outra por isso. A família de Yaa servia ao povo como podia, gerando empregos e benefícios onde o governo não agia o suficiente, enquanto a família de Kofi se aborrecia com a de Yaa por agitar o povo e despertar desilusão em relação às classes dominantes. No entanto, na geração dos pais de Yaa e de Kofi, a animosidade já havia se enfraquecido, pois a posição da família de Yaa na sociedade havia se fortalecido e estagnado. As famílias logo começaram certa aproximação, ligadas pelo poder e pela proximidade. Na época em que Yaa e Kofi nasceram — no mesmo ano, ambos filhos únicos —, as duas famílias haviam se tornado aliadas e, supostamente, amigas, compartilhando casas de praia e ambições.

Desde que Yaa conseguia lembrar, ela era carinhosamente conhecida como "Esposinha" na família de Kofi. Desde a morte do pai de Kofi, ele chamava o pai de Yaa de "Pa". As duas famílias reconheciam que a melhor chance que tinham para continuar (e controlar) seus respectivos legados era fundi-los em um só. Então, Kofi e Yaa frequentaram as mesmas escolas e, quando chegaram à idade certa — mais por criação do que por natureza —, os dois viram o relacionamento amadurecer e se transformar num romance. Tirando os três anos em que se separaram durante a universidade, quando combinaram de forma pragmática que terminariam para que pudessem eventualmente ser melhores parceiros um para o outro — ideia de Yaa, prontamente aceita por Kofi —, eles sempre estiveram juntos. Nunca tinha sido bem uma amizade, era um acordo. Uma parceria. Eles se complementavam. Kofi tinha se formado em Direito e Yaa em Política e Administração. Agora um advogado de sucesso, Kofi havia começado a estratégia de campanha para se tornar o vereador mais jovem do distrito, o que, por sua vez, o consolidaria na trajetória para se tornar o ministro mais jovem da região, enquanto Yaa dirigia a divisão de Responsabilidade Social Corporativa da empresa de sua família. O plano dela era trabalhar ao lado de Kofi — no papel político de esposa — para encorajar o desenvolvimento de medidas de assistência social. Yaa tornava Kofi mais acessível para o povo. Kofi tinha o legado e Yaa tinha as ideias. As identidades de Kofi e de Yaa se misturavam, um fato consolidado que se manifestava fisicamente no apelido do casal, uma aglutinação que aparecia abaixo das fotos de alta resolução luminosas dos dois em bailes de gala: *Kofiyaa*. Eles eram o casal modelo: jovens, prósperos, apaixonados e bem-sucedidos. Lindos, uma inspiração, perfeitos nas fotos.

A mãe de Kofi falava de netinhos como se já tivessem nascido; falava de como eles seriam uma mistura perfeita da mente de Kofi com a beleza de Yaa e, talvez, com a cor da família de Kofi — detalhe que ela sempre adicionava com um sorriso impassível. Afinal de contas, Yaa tinha a pele escura, embebida de sol, de uma ambiciosa mulher da feira. Yaa não se importava, pois sabia que a mãe de Kofi precisava acreditar que ele tinha mais a acrescentar do que ela à parceria dos dois. Apesar de as famílias agora serem, na teoria, socialmente iguais, e apesar de toda a cordialidade, a família de Kofi ainda era a família de Kofi. A aliança que tinham com a família de Yaa era uma necessidade tática, uma aposta para manter o trono. Anos de posicionamento autoritário marcaram o sangue deles com um tipo de elitismo que implicava a mãe dele tendo que afirmar que Yaa precisava mais de Kofi do que Kofi precisava de Yaa. Yaa, gentilmente, deixava ela acreditar nisso. De várias formas, aquilo era um elogio, porque Yaa era prova de que era possível ser mais do que um amuleto da sorte no braço de um homem, usado para adocicar acordos de negócios, ou do que um remedinho para deixar os homens mais gentis, uma evidência de que tinham coração. Yaa podia ignorar a mãe de Kofi dizendo que havia cremes que ela poderia usar para "elevar" a pele, como se ela supostamente fosse ficar ainda mais bonita se "tirasse um pouco do sol da tez", tudo porque Yaa sempre assumira todos os primeiros lugares na escola, ganhando de Kofi. Em eventos políticos, era *ela* quem era procurada para responder perguntas espinhosas, que se envolvia em debates que perturbavam os homens a ponto de os deixar tanto assustados quanto impressionados. Ela sabia que aquilo deixava a velha senhora desconfortável — distorcia o que ela considerava como norma, desestabilizava sua alegria. Então, Yaa deixava a mãe de Kofi soltar suas farpas fúteis. Não importava, o futuro dele e o dela estavam fundidos. A certeza de que ela e Kofi haviam nascido para ficar juntos não foi apenas passada para Yaa, foi embutida nela, e então sacramentada como a única possibilidade de mundo. Virou parte intrínseca dos pensamentos dela, parte vital de suas estratégias de vida e carreira. Yaa reconhecia o poder que tinha, mas também percebia que a parceria com Kofi o ampliava. Ela reconhecia que ele ajudava o mundo a se abrir para ela.

Tudo isso era difícil de resumir para a amiga, mesmo que quisesse, então Yaa deu de ombros; um gesto que ela sabia que Abina ouviria em sua voz, mas também que ela esperava que dissipasse as miúdas partículas de inquietação que começaram a se juntar em sua barriga.

— Eu só sei. Só é assim. Não existe um mundo em que a gente não esteja junto.

— Bem, por mais fofo que isso soe... é mentira. Existe sim. Existia. O mundo em que eu te conheci. A universidade. Lembra? Lembra daquela menina? Você não sente saudade dela?

Yaa engoliu em seco, numa tentativa de abafar a tensão que começava a subir pela sua garganta.

— Ei, hm... Acabou de aparecer a notificação do motorista do Hitch, avisando que chegou na porta do prédio.

Felizmente, a verdade deu a Yaa uma oportunidade de fugir das perguntas que ela não conseguia responder.

— Yaa...

— Tenho que ir.

Yaa tirou o celular do viva-voz e o encaixou entre o pescoço e a orelha enquanto saía do banheiro para o corredor, onde enfiou os pés com a manicure recém-feita, com brilhantes unhas cor de pérola, em suas sandálias de salto pretas.

Abina suspirou.

— Desculpa. Você sabe que eu só quero que você seja feliz. Ele faz você feliz?

Yaa encontrou o próprio olhar no espelho do corredor. Apesar de os olhos terem sido meticulosamente decorados de maneira a ressaltar uma alegria suave, os cílios alongados só chamavam atenção para algo de sombrio em seu olhar. Era algo afiado e cru, uma parte que ela havia se acostumado a esconder. Agora parecia estar emergindo para tentar lhe dizer alguma coisa. Yaa piscou e forçou um sorriso, brilhante e largo o suficiente para afastar o sentimento ruim. Era o sorriso que ela dava em jantares, quando Kofi apertava seu joelho para fazê-la maneirar no que ele chamava de "discurso passional de justiça social", o aperto firme que dizia que ela estava vazando do molde de "namorada inteligente, mas não o suficiente para me constranger". Yaa alisou o vestido amarelo de tecelagem *kente* que envolvia suas curvas. O decote era generoso, mas não além da medida, e a barra ficava logo acima dos joelhos. Era sexy, mas recatado, adequado para uma futura esposa de ministro, pronto para as fotos que estariam estampadas em blogs sociais e no Instagram cerca de meia hora depois do pedido de casamento. Kofi com certeza teria contratado um fotógrafo. Yaa assentiu para seu reflexo no espelho.

— Nós somos perfeitos um para o outro.

*Atrasei no escritório. A reunião se estendeu. Adiei
a reserva. Mais uns 20 minutos. Até daqui a pouco.
K.*

O carro começou a andar no momento em que
Yaa lia a mensagem de Kofi no banco de trás. Ela revirou
os olhos. Aquilo não poderia estar acontecendo *naquele*
dia. De todos os dias possíveis. Mesmo que não fosse *o*
dia, ainda era o aniversário dela. Por saber que ficariam
juntos para sempre, Kofi não dava o devido valor a Yaa,
ele achava que ela estaria sempre ali. Ele a enchia de
presentes, viagens de luxo e jantares chiques, mas, quando se tratava de ter tempo, de escutar, de enxergar, o
fato de o relacionamento ser predestinado acabava com
qualquer necessidade de esforço da parte dele. Eles aca-
bariam juntos, e nada mudaria isso. Ele sabia disso. As
festas que ela dava para ele, a forma como ela o exal-
tava para multidões de pessoas nas campanhas, o riso
alto e o carinho no braço que ela lhe dispensava nos
jantares e a lingerie desconfortável que ela usava para
ele eram resultado, aparentemente, de um dever apenas
dela de se esforçar. Tudo que Kofi sentia que devia fazer
era comparecer, e parecia que nem isso ele conseguia
fazer. Tudo que ele tinha que fazer era fingir por apenas
uma noite que não estava trepando com a assistente, mas
nem *isso* conseguia fazer. Ela permitia que ele continuasse fodendo a assistente. A assistente era ambiciosa e
inteligente; Yaa sabia disso pois também sabia que Kofi
estava pagando pelas aulas de administração que ela tinha depois do expediente. Yaa a considerava útil. Depois de deixar bem óbvio que sabia sobre os dois, Yaa
acalmou o pânico da assistente ao informá-la que aquilo
não precisava ser um problema; tudo que Yaa queria era
saber das reuniões importantes das quais Kofi participava

e não contava para ela. Queria saber sobre as políticas draconianas nas quais ele estava trabalhando para implementar que protegiam a elite e suprimiam o povo pobre, a quem ele tinha prometido proteger quando assumira a função. A assistente havia sorrido com esperteza e dito:

— Sem problemas, senhora.

Aquilo era vantajoso para ambas.

Ainda assim, havia um nível básico de respeito que Kofi às vezes não se dava o trabalho de atingir, e aquilo irritava Yaa. Eles se conheciam desde sempre e, para o bem ou para o mal, estavam nessa juntos. Aquilo devia valer alguma coisa. A única vez em que Kofi chorou por causa do pai foi com Yaa, protegido pela privacidade da intimidade única que partilhavam. Ela era a única que sabia que a raiva que ele sentia por causa da ausência do pai em vida só havia piorado depois de sua morte. Além disso, sempre que os golpes da mãe dele atingiam fundo demais, Kofi lutava por ela. Apesar de qualquer coisa, eles eram uma equipe.

Mas não havia pedido de desculpas no fim da mensagem. Por que se desculpar se você não sente que fez algo errado? Yaa praguejou baixinho. O xingamento foi impressionante, um coquetel especial com ênfases específicas em palavras específicas. Kofi sempre odiava quando ela xingava, dizia que era o sangue de mulher da feira que ela tinha mostrando as asinhas. Yaa estava considerando dizer ao motorista do Hitch para levá-la para casa quando, depois de parar no sinal vermelho, ele falou:

— *Yaayaa.*

A voz grave e familiar a invadiu, se enrolou em seu coração e apertou tão forte que Yaa arfou. Só uma pessoa a chamava de "Yaayaa". Era ela, em dobro. Ela o mais inteira possível. Um apelido com gosto de beijo melado de cachaça, indulgente e intoxicante.

Yaayaa. O nome ficara enterrado por tanto tempo — sufocado, na verdade — que, quando se libertou, sugou todo o ar do carro, dificultando a respiração de Yaa. A tela do celular dela já tinha começado a borrar quando ela levantou os olhos para encontrar o olhar do motorista do Hitch. Mas não precisava olhar para checar. Ela sabia. As chances de aquilo acontecer eram pequenas demais para que não estivesse acontecendo. Era uma piada horrível, uma ironia torturante que teria feito Yaa rir se não fosse a vítima. Talvez ela risse no dia seguinte. Talvez isso pudesse ser uma piada de solteira. Havia uma versão dela que queria escapulir do carro naquele sinal vermelho e correr de volta para o apartamento, mas essa parte estava ficando menos realista a cada segundo. Aquela versão parecia mais uma impostora. Cada centímetro dela estava num estado de lembrança, se remoldando para retornar a uma forma anterior. Só com o som da voz dele.

Ela o encarou pelo retrovisor.

— *Adric.*

Havia duas pessoas no mundo que a conheciam, a versão potente, a versão essencial e a versão honesta. Uma delas era Abina, sua melhor amiga e irmã de alma, e a outra era o homem cujo olhar no momento estava abandonando a expressão de surpresa terna e suave e adotando uma distância fria e forçada.

Ele assentiu. Ela pôde ver a tensão no rosto dele, o endurecimento da mandíbula afiada que ela costumava gostar de alisar com o dedo e depois salpicar beijos no caminho traçado.

— Eu vi o nome no aplicativo, mas não saquei que podia mesmo ser... — Ele se interrompeu e olhou para ela no espelho retrovisor. — Eu soube que era você quando entrou no carro, mas aí eu não sabia se seria melhor fingir que não tinha te reconhecido ou dizer alguma coisa. Aí você xingou e, bem, eu sempre gostei de ouvir você xingando. Um monte de coisa nojenta. Extremamente gráfico. Poético, até.

Yaa riu e sentiu os nós em sua barriga se afrouxarem. Ela lhe assistiu dar de ombros.

— Yaayaa simplesmente escapuliu. Desculpa.

Ela engoliu em seco.

— Não se desculpe. Você é a única pessoa que já me chamou assim. Você sempre vai ser a única pessoa que vai me chamar assim.

Yaa e Adric tinham se conhecido numa manifestação estudantil no primeiro ano da faculdade. Ele não sabia quem ela era; ele só a conhecia como a menina na frente do protesto, criando palavras de ordem contra políticos elitistas que queriam tornar os requisitos para conseguir bolsas ainda mais rígidos. Quanto menos pessoas conseguisse frequentar a universidade, mais poder permaneceria nas mesmas mãos. Adric não tinha ideia de que Yaa estava protestando contra o grupo do qual ela seria parte assim que casasse. Ele chamou a atenção dela e ela quase tropeçou com a forma como ele olhava para ela. Era mais do que atração preliminar; era um desejo de conhecer. Eles foram para uma confraternização pós-protesto numa residência estudantil e lá Yaa descobriu que Adric era filho de um carpinteiro e uma costureira habilidosos. Yaa disse que a família dela também trabalhava com artesanato e comércio e logo mudou de assunto. Ela sabia que deveria ter contado a verdade para ele de uma vez, mas fora seduzida pela bolha em que estava, tonta com o fluxo da conversa deles. Tiveram uma conexão fácil e divertida de cara. Ela gostava da mente dele, gostava que ele queria conhecer melhor a dela. Ela logo ouviu o chamado do amor. Um tipo de amor que nunca havia sentido; sem fardos, puro e sem expectativas. Amor transparente, incondicional. Eles se beijaram pela primeira vez na noite daquela festinha estudantil enquanto dançavam, no canto de uma sala à meia-luz e repleta de copos plásticos cheios de vodca quente com refrigerante sem gás. O ar estava elétrico por causa do R&B, das possibilidades e das promessas. Eles eram jovens se unindo para fazer mudança, jovens com o futuro nas mãos, jovens com os braços em torno um do outro, os dele abraçando a cintura dela, os dela em torno do pescoço dele, bebendo um ao outro, crescendo um dentro do outro.

Se apaixonaram rápido, profunda e assustadoramente, um amor inebriante que pulsava nas veias de Yaa e convidava sua essência a viver à flor da pele a ponto de fazê-la brilhar, a ponto de fazer a mãe se perguntar por que ela estava diferente e as amigas rirem dela. Eles discutiam ideias e perspectivas, aprendiam um com o outro, as mentes perguntavam e respondiam uma à outra e os corpos seguiam logo atrás. Yaa separou seu futuro pré-escrito de seu mundo com Adric. Quando estava com ele, ela podia fingir que era apenas Yaayaa, desimpedida. Ela sabia que não podia durar muito. Eles estavam juntos havia um ano quando Adric viu uma mensagem de Kofi aparecer na tela do celular de Yaa.

Briguei com minha mãe. Pode falar? Preciso de você. Saudade. Ninguém me entende como você. K.

Apesar de não estarem juntos, Yaa e Kofi ainda tinham uma ligação da qual não podiam se desvencilhar.

Em meio a soluços desesperados, Yaa explicou que nunca tinha traído Adric — que *nunca* o trairia.

Mas ela tinha que explicar que tinha mentido para ele sobre quem era. Ele ficou confuso, com raiva, de coração partido. Ele não se incomodou com o contexto social dela — Yaa ainda era quem ela era, ainda acreditava no que acreditava —, mas o fato de que o relacionamento tinha uma data limite o matou. Ela disse que tinha um plano, que Kofi era um meio para um fim, que ela sentia que podia mudar o sistema de dentro para fora. Adric riu amargamente e a encarou até que a compreensão suavizou a expressão dele. Ele quase pareceu sentir pena dela.

— Você realmente acredita nisso, né? Eu vi você mobilizar estudantes e fazer o departamento tremer, e agora está me falando dessa merda arcaica, noivado de criança. Você precisa ficar com esse cara por causa de alianças de família? Você acha que vai casar com ele e mudar o mundo? Acha que isso não vai corromper você? Acha que vale a pena sacrificar a gente por uma fantasia? Yaa, do que é que você tá falando? Quem é você?

Ela não pôde responder a nenhuma daquelas perguntas. Simplesmente não via uma saída daquilo. Era um mundo do qual ela não sabia se podia se desvencilhar sem que partes dela ficassem pelo caminho. Kofi era parte dessa estrutura de suporte. Ele sempre checava como ela estava, lembrando-a do dever que tinha, do tic-tac incessante do relógio de sua felicidade.

Tanto Adric quando Yaa choraram na noite em que ela contou a verdade. Eles sentaram no chão e sussurraram, de mãos dadas, se levantaram e gritaram um na cara do outro, andaram, se abraçaram. Conversaram, conversaram e conversaram. Então, finalmente, numa voz baixa que reverberou por Yaa e lhe partiu o coração, Adric perguntou se o relacionamento deles havia sido um experimento. Ele perguntou se fora apenas uma aventura para uma menina rica que achava que ficar com um favelado a faria se sentir melhor a respeito do próprio privilégio. Ele perguntou se ela ria dele pelas costas, se ria do carro fuleiro que ele tinha, do emprego de garçom. As lágrimas estavam caindo mais rápido pelas bochechas de Yaa quando ela agarrou o rosto dele e o beijou em resposta. Ele beijou de volta. Foi intenso, o tipo de beijo que vai até o coração e o retorce, o tipo de beijo em que as duas pessoas se encontram e se perdem. Quando finalmente se separaram, ela balançou a cabeça.

— Você é a melhor pessoa que conheço. Foi real, Adric. É real. Eu sou a versão mais real de mim quando estou com você. Eu sou uma bagunça com você. Toda exagerada com você. Eu não preciso ser perfeita com você, só preciso ser. Não foi um experimento. Fui eu, da forma mais pura que já senti. Pela primeira vez, tomando as rédeas da minha vida...

— Então tome as rédeas, Yaayaa. Escolha você mesma. E se livre dessas pessoas e das expectativas delas.

Yaa abriu e fechou a boca. Não era tão simples. As famílias tinham acordos juntas, o futuro dela e o de Kofi estavam amarrados um no outro. Kofi e Yaa não conheciam um mundo em que o outro não existisse. Kofi sempre estivera lá: ele foi todas as primeiras vezes dela. Kofi não sabia como amar porque o pai e a mãe dele também não sabiam, mas ele tentava da maneira dele, compensava como podia. Havia formas piores de fazer a diferença no mundo. Depois de alguns minutos de silêncio mortal, Adric assentiu, com olhos de aço, brilhantes.

— Vou sentir saudade da pessoa que eu achava que você era.

Ele foi embora do quarto dela.

Yaa não sabia o que esperava que acontecesse. A bolha estouraria mais cedo ou mais tarde. A ruptura parecera maior do que um término com um cara — parecera mais um término com ela mesma. Não por ele ser costurado a ela como Kofi era, mas porque Yaa nunca tinha se sentido tão ela mesma como quando estava com Adric. Ela sabia que jamais sentiria aquilo de novo. A mágoa foi tão brutal que teve que se dividir em duas para sobreviver àquilo. Ela conseguiu guardar metade de si, a Yaayaa que queria ser, e reprimi-la com a metade que precisava acreditar que Kofi era seu destino e Adric não era. Adric era a folga que ela precisava para conseguir se concentrar em seu dever. Não restava mais frivolidade em seu corpo.

Ela deixara a Yaa afiada tomar conta das coisas a partir de então; a versão que no futuro teria a capacidade de ignorar o fato de que seu namorado estava fodendo outra mulher no seu aniversário. Do pai, Kofi herdara o dinheiro e a falta de determinação, mas Yaa sabia que, se Kofi fosse escutar alguém, esse alguém seria ela. Ele confiava nela mais do que em qualquer outra pessoa no mundo. Ele era inseguro e, por mais estranho que fosse, ela sabia que ele a admirava, se apoiava na força dela. Durante o tempo que passaram separados na universidade, apesar de estar trepando com metade do corpo discente, Kofi mandava mensagens para ela constantemente, precisando de reafirmações, precisando de alguém que visse além do dinheiro e do nome dele. O tempo sem Kofi permitiu que ela pudesse crescer sem a coluna da responsabilidade, aprender quem ela realmente era. Agora ela entendia o próprio propósito ainda mais. O poder que ela tinha precisava ser canalizado através dele. Agora Yaa precisava se podar e se contorcer para caber novamente no mundo dela e de Kofi, mas ela havia entendido que essa era a maneira mais efetiva que conhecia de fazer a diferença.

Naquele momento, no entanto, ela sentia partes de si crescendo de novo, desabrochando no banco de trás do táxi, o corpo quente, o coração martelando.

— Então, o que você anda fazendo, quer dizer, não tem nada de errado com isso, mas... — Ela estava tropeçando nas palavras, a língua desajeitada, tentando se acostumar a estar perto de Adric de novo.

— Eu sei que não tem nada de errado com dirigir um táxi, Yaa. — A voz dele soou dura, e empurrou o coração de Yaa até afundá-lo na barriga.

— Sim. Claro.

Houve uma pausa quando o semáforo abriu e Adric avançou. Ele suspirou e esfregou a testa.

— Eu dou aula de política na Politécnica Municipal. Minha mãe ficou doente alguns meses atrás. Ela está bem, não se preocupe, mas eu faço isso depois do trabalho às vezes para ajudar a pagar algumas contas.

Yaa estava fazendo lobby havia alguns meses para um projeto de lei que proveria subsídio para pessoas idosas caso ficassem doentes e precisassem parar de trabalhar. Ela estava encorajando Kofi a incluir o projeto na campanha. Assim como fazia diante da maioria das sugestões dela, Kofi havia dito: "Tudo em seu tempo, Yaa".

Yaa limpou a garganta.

— Sinto muito pela sua mãe. Fico feliz que ela esteja bem. Sinto saudade dela.

Ela viu Adric assentir.

— Ela sente saudade sua também. Fala de você o tempo todo. Ela gosta de te ver no jornal, falando de coisas importantes. Mas não gosta de quando você aparece perto de Kofi. Ela diz que não confia nele. As orelhas dele são muito pequenas.

Yaa sorriu. Ela podia contar com Adric para trazer um pouco de normalidade ao constrangimento, para acalmar os nervos dela.

— Hmm. São *mesmo* meio pequenas, né? Deve ser por isso que ele tem tanta dificuldade de ouvir qualquer coisa além do som da própria voz.

Em meio ao silêncio que se seguiu, no som do carro um rapper rimou "cintura" com "segura" e se ofereceu a "martelar fundo até você ficar macia que nem fufu". Após alguns momentos, Yaa e Adric riram alto, cataticamente, do quão absurdo e inapropriado era aquilo e da tragédia que era aquela situação. Eles pararam em outro sinal vermelho.

— Você pode destravar o carro, por favor? — perguntou Yaa.

Adric virou no banco, olhos horrorizados.

— Sério? Yaa... Deixe pelo menos que eu te leve até um lugar seguro!

— Destrave o carro. Por favor. Estou desconfortável.

Adric piscou, assustado, antes de assentir e virar para a frente. As portas fizeram um clique. Sem dizer uma palavra, Yaa escapuliu do banco de trás e bateu a porta atrás de si. Ela abriu a porta da frente e sentou no banco do passageiro ao lado de Adric.

Yaa exalou profundamente.

— Bem melhor.

Adric balançou a cabeça para ela, e um sorriso se espalhou pelo rosto lindo dele, tão brilhante que parecia um amanhecer, só para ela.

Ele riu.

— Você me pegou.

Yaa soltou uma risadinha, um som que havia muitos anos não produzia.

— Não pude evitar. Desculpa. — Seu sorriso desvaneceu. — Desculpa *mesmo*.

O sinal ficou verde e Adric assentiu com o olhar no caminho, a mandíbula retesando mais uma vez.

— Foi uma vida inteira atrás, Yaayaa. A gente era criança.

A garganta de Yaa apertou e ela olhou para baixo.

— O que a gente teve não foi coisa de criança.

Adric deu um longo suspiro.

— Não. Não foi.

Yaa levantou a cabeça e engoliu em seco.

— O que eu fiz foi egoísta. Eu sei. Eu só... Pela primeira vez, pude viver minha vida sem todas aquelas expectativas. Pela primeira vez, alguém estava *me* vendo. Eu queria me agarrar àquilo o máximo de tempo possível. Me agarrar a você. Acho que estava com medo de me desvencilhar de Kofi porque tinha medo de quem seria se meu futuro não estivesse mais escrito. Quando você tem liberdade, se você fode tudo, a culpa é toda sua, sabe?

Adric a encarou e, por mais rápido que tenha sido, Yaa viu algo terno que aliviou a dor das partes quebradas de seu coração antes que ele falasse.

— Essa é a beleza da coisa, na real. O poder está com você. E o poder sempre esteve com você, Yaa. Eu sempre vi esse poder em você. Eu vi quando te conheci na manifestação, e vejo em tudo que você faz agora, na sua luta pelo progresso, quando você tenta usar seu status para o bem. Acho que você se subestima. Eu entendo por quê. Você foi criada para acreditar que precisava deles. Eu não entendi na época, mas entendo agora. Eles fizeram você sentir como se não fosse o suficiente por si só, e isso é difícil de superar. Desculpa por ter sido tão duro com você. Desculpa pela última coisa que eu falei para você. Eu sei que quem você foi comigo era real.

Yaa encarou o perfil de Adric, o declive do nariz, os lábios cheios, e percebeu que ela reconhecia o rosto dele como seu lar. De alguma forma, ele era capaz de vê-la em meio à própria mágoa. Sem pensar, ela deslizou a mão por cima da mão dele na marcha do carro e deu um apertão. Um calor imediatamente subiu pelo corpo dela e lhe revirou a barriga. Ela removeu a mão em pânico, humilhada pelo limite ultrapassado. Ela havia partido seu coração e agora achava que podia simplesmente *dar em cima* dele enquanto ele trabalhava, como uma pervertida? Yaa estava considerando se jogar do carro em movimento quando sentiu ele alisar a bochecha dela gentilmente com os nós dos dedos, cheio de doçura. Os olhos dele seguiam na estrada. Ela virou a mão dele e pressionou os lábios contra a palma.

A respiração de Yaa acelerou quando eles pararam na frente do restaurante onde ela havia marcado com Kofi. Adric destravou as portas. O estômago dela afundava cada vez mais com o peso da realidade, forçando o calor a deixar seu corpo. Ambos ficaram quietos por um momento, com os olhos voltados para a frente.

Adric limpou a garganta.

— Falando nisso, desculpa por não ter comprado nenhum presente para o seu aniversário. Eu esqueci por conta do lance dos seis anos em que a gente não se falou porque você partiu meu coração em um milhão de pedacinhos para ficar com um príncipe com orelhas pequenininhas.

A voz dele estava séria, mas ele virou e deu um sorrisinho enquanto Yaa gargalhava. Ela riu até que os olhos se enchessem de lágrimas, até que as bochechas doessem. Balançou a cabeça e grunhiu, esfregando os olhos e borrando a maquiagem alegremente, fazendo uma bagunça.

— Ah, cara. Você é o amor da minha vida.

Adric não disse nada. Ele olhou para o restaurante glamouroso e movimentado e depois olhou de volta para a rua. O ar no carro era pesado, mas confortável. A energia entre os dois não havia envelhecido. Era tão fresca, vital e fértil quanto sempre tinha sido, e Yaa soube então que não queria deixá-la para trás.

Eventualmente, a voz de Adric — agora mais rouca — quebrou o silêncio.

— Essa ia ser minha última corrida da noite.

Yaa olhou para o restaurante. Aparentemente, eles tinham passado algum tempo ali sentados, porque ela avistou Kofi chegando no saguão de entrada. Kofi, a personificação de tudo que a mantinha distante de si mesma, que havia sido aprisionado por expectativas e pressão assim como ela. Era hora de libertar eles dois. Yaa olhou para Adric.

— Então aonde estamos indo?

Adric virou para ela. Se estava surpreso, seu rosto não transpareceu.

— Aonde você quiser.

Yaa se aproximou e o beijou. Ele a beijou de volta. Foi intenso, o tipo de beijo que vai até o coração e o retorce, o tipo de beijo em que as duas pessoas se encontram e se perdem. Ela se afastou, passou o polegar na mandíbula dele e sussurrou:

— Dessa vez eu dirijo.

Ele entregou a chave do carro.

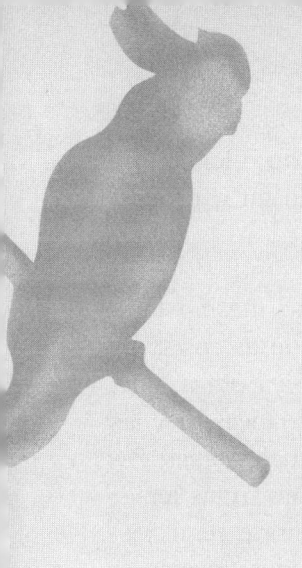

Siya

Siya Cisse prendeu a respiração. Qualquer movimento brusco resultaria em morte; não só para ela, mas para todo o seu povo. Ela era o escudo deles, então precisava permanecer forte. Ela enrolou o braço mais firmemente em torno de um galho grosso, firmando o corpo no tronco da árvore enquanto corrigia o ângulo de seu arco e flecha para apontá-lo para baixo. Sua mira era incisiva. Siya sentia a presença de seus homens e mulheres, esperando nas sombras das copas frondosas pelo seu sinal, vestidos de preto dos pés à cabeça para desaparecerem em meio à noite nanquim. O cabelo de Siya estava firmemente preso sob um lenço roxo-escuro enrolado em seu rosto de maneira a deixar expostos apenas o nariz e os olhos contornados por linhas escuras. Ela virou para a árvore ao seu lado para ver Maadi. O trabalho dele era prever todos os movimentos dela e, dito e feito, quando ela virou para encará-lo, os olhos dele já a esperavam, brilhantes no escuro. Ela assentiu para ele. Maadi puxou o lenço que usava para descobrir a boca antes de ajustar o próprio arco e flecha.

— Voa!

A voz dele percorreu a floresta ao mesmo tempo que a flecha de Siya desceu e perfurou as costas de um homem, derrubando-o. O arco de Siya era a Mãe, e sob seu comando estavam todas as crianças, flechas embebidas em um elixir que subjugava suas vítimas. Essas flechas despencaram das árvores como frutas letais, trazendo uma nova estação que chovia morte certa, justiça vinda dos céus. Abaixo de Siya, homens gritavam e soltavam palavrões enquanto se esforçavam para apontar suas armas para cima, tentando lutar contra o que não conseguiam ver em meio ao caos.

— Quem é seu comandante? Deixe que ele desça e lute como um homem de verdade! — gritou uma corajosa e estúpida alma moribunda, enquanto tentava se levantar.

O homem apontou sua lança para o alto, a arma que pretendia usar para invadir a cidadela de Wagadou e matar o povo dela. Siya conseguia ver pelos trajes do homem que ele devia ser o líder.

Maadi gargalhou.

— Tem certeza de que quer isso?

A unidade de combate deles treinava no alto das montanhas e, por causa disso, era chamada de Águias. Treinavam de noite e de dia, o que os havia acostumado à escuridão. Ou, mais precisamente, a escuridão se curvava e enfraquecia perante eles.

Siya viu o chefe da guerrilha bater no peito três vezes, olhando para cima e procurando pelo seu oponente nas árvores. Ele era obviamente mais forte que seus comparsas, que estavam gemendo no chão da floresta.

— Mostre a cara! — gritou ele. — Você é uma pantera ou um pardal?

Ele cuspiu no chão — o ápice do desrespeito, um insulto direto aos ancestrais de Wagadou. Ele deixou cair a lança e puxou a adaga. Estava requisitando um combate um a um, lâmina a lâmina. Ele abriu bem os braços e sibilou como uma píton; o grito de guerra de seu povo.

— Venha lutar com a serpente! Em nome de Bida!

Do chão, seus soldados sibilaram em resposta, dando consentimento para que a luta prosseguisse sem eles. Encorajado, o terrorista continuou:

— Ouvi dizer que esse pelotão de pombos é liderado pelo maior guerreiro de Wagadou. Revele-se, meu amigo! — desdenhou ele. — Vamos ver se você é tudo isso mesmo. Você é um homem ou uma puta?

Siya e Maadi se olharam e sorriram. Maadi bateu no peito três vezes — um sinal de aceitação do desafio —, mas foi Siya quem jogou seu arco e flecha no chão da floresta, saltou do galho da árvore e caiu de pé na frente do inimigo.

Ela esticou os joelhos dobrados, desenrolou o lenço da cabeça e o amarrou em torno da cintura. Seus dreads espessos se espalharam nas costas quando ela desembainhou sua adaga favorita — ela a chamava de "Princesa".

Siya sorriu para o imbecil.

— Uma puta, senhor.

O líder da gangue olhou Siya de cima a baixo, esfregou os olhos e deu uma gargalhada.

— Vem cá. Eu tenho uma outra adaga que você vai gostar muito mais. Não precisa ser desse jeito.

Os homens dele fizeram coro ao riso.

O sorriso de Siya congelou no rosto enquanto seus soldados desceram das árvores atrás dela e — sob os co-

mandos de Maadi — começaram a capturar os Homens-
-Cobra. O chefe olhou ao redor, assustado, observando
o exército de homens e mulheres de Siya encurralar e
prender seus camaradas com habilidade. Ele virou de
volta e viu Siya caminhando em sua direção. Siya girou
Princesa entre os dedos e a pegou pelo punho.

O oponente dela se endireitou e levantou a adaga,
pronto para o combate, engolindo uma dose de realidade
e se agarrando à própria arrogância. Ele rosnou para Siya:

— O povo Soninquê é mais fraco do que eu pensava. Mandaram uma mulher para defender o território?
— Ele balançou a cabeça em um fingimento grotesco de
arrependimento. — Sinto muito por precisar fazer isso.
Você ia ficar tão bonita deitada de costas.

Siya riu; um riso doce como o canto dos pássaros,
ou como o som de um riacho fresco depois de uma longa e seca jornada. Tilintou em meio aos grunhidos e batalhas que ecoavam pela floresta. Ela inclinou a cabeça.

— Você também vai ficar. Sem vida.

Siya observou o sangue descer pelo ralo enquanto se
lavava com sabonete preto. A água da fonte termal da
caverna onde ficavam seus aposentos corria sobre seu
corpo e lavava a dureza da noite de sua pele. Siya ainda
conseguia sentir a batalha dentro dos ossos. Havia sido
mais caótico do que era de costume. A emboscada de
hoje tinha mais homens do que os ataques anteriores e
havia sido mais agressiva. Os Homens-Cobra eram lidera-
dos pelo conquistador sem rosto conhecido como Bida,
que queria usurpar o solo fértil e o ouro de Wagadou.
Siya conseguia sentir que ele estava ficando cada vez mais
faminto. Depois de rejeitadas todas as propostas suspeitas, depois que Wagadou se recusou a vender a alma para
o demônio, Bida declarara guerra. Roubo de gado aca-

bou por se transformar em terrorismo explícito nas aldeias mais afastadas de Wagadou. Então, Wagadou trouxe sua população para mais perto para protegê-los, mas a situação continuou piorando rapidamente. Os Homens--Cobra passaram a sequestrar mulheres e crianças, e os homens de Wagadou com corações partidos tornaram-se espiões, virando as costas para a terra ancestral no intuito de trocar segredos pelo retorno seguro de suas famílias. Os Homens-Cobra de Bida cumpriam com suas palavras. Os traidores de Wagadou poderiam, sim, ver suas famílias novamente; os Homens-Cobra só esqueciam de mencionar que isso aconteceria na vida após a morte.

No ano que havia se passado, os Homens-Cobra de Bida haviam atacado Wagadou seis vezes. O exército de Siya os derrotou cinco vezes. O primeiro ataque fora reprimido pelo pai de Siya, Khina Cisse, líder guerreiro bom e amado, o Gana — Rei Guerreiro — de Wagadou. Ele morrera na batalha sangrenta. Wagadou chorou, mas Siya canalizou seu luto na criação de uma estratégia de guerra eficiente. Ela usou toda sua raiva para dar força ao treinamento marcial intensivo. Ela garantiu que toda a água salgada das lágrimas deixasse seu corpo através do suor. A mãe dela havia morrido quando ela era jovem, e o pai dela a havia criado como guerreira, treinando-a junto de seus homens, levando-a para correr em montanhas e terrenos acidentados, ensinando-a a escalar e a lutar; a usar o medo como combustível. Ele quem tinha ensinado Siya a saltar de uma grande altura e cair de pé sem se machucar. A dobrar o joelho de um jeito específico, apoiar o peso em um ângulo específico, esvaziar a mente de maneira estratégica para conseguir concentrar todo o foco apenas naquele objetivo. Ele a ensinou a voar. Ela conseguia dobrar a natureza como quisesse. Outras pessoas usavam cordas para descer das árvores, mas Siya era companheira do vento.

Então, quando a corte e o conselho de seu pai ignoraram a qualificação, aptidão e paixão por proteger o povo de Siya para coroar seu tio, Dyabe Cisse, ela soube que era melhor ficar quieta e agir estrategicamente. O irmão mais novo de seu pai era um cafajeste invejoso, preguiçoso e sedento por poder que, quando nomeado para a posição, promulgou uma moção para formar uma coalizão com Bida. As suspeitas de Siya se confirmaram; Dyabe havia traído o pai dela. Ela não começou uma revolta, como o tio queria que ela fizesse. Ele teria se livrado dela e dito que ela havia enlouquecido por causa do luto. Siya não permitia que as leis da natureza a limitassem, então não havia motivo para que ela fosse suprimida pelas leis de um homem. Em vez disso, imediata e diligentemente, Siya organizou um regimento renegado em segredo. Por meio de mensagens clandestinas enviadas através de aliados de confiança, ela convocou todas as pessoas que acreditavam na missão de seu pai a ajudá-la a salvar Wagadou. Siya não deixaria que a morte dele fosse em vão; ela impediria sua grande nação de se curvar à Serpente que era Bida.

Boa parte do exército oficial de Wagadou desertou e passou a integrar o batalhão secreto de Siya, incluindo Maadi, um jovem soldado exemplar que havia sido mentoreado pelo pai dela. Foi Maadi quem reuniu e trouxe os mais céticos para o grupo de Siya. Ele era um soldado confiável, de coração limpo e de grande poder, conhecido por sua integridade e dedicação inabaláveis. Aos 32 anos, ele fora apontado como o oficial mais jovem a assumir o batalhão de Khina antes de sua morte prematura. Dyabe Cisse, sabendo da habilidade e da influência de Maadi, planejava fazer dele seu vice-líder, tentando persuadi-lo com terras de origem duvidosa, palácios e proteção. Dyabe sabia que, com a lealdade de Maadi, vinha a lealdade de grande parte do exército. Sabia que ter a confiança dele era ter a confiança da nação.

No entanto, após o anúncio oficial da nomeação de Dyabe Cisse, Maadi foi até Siya. Os olhos dele estavam escuros, brilhantes, cheios de raiva e dor. Siya estava onde ele sabia que ela estaria; um lugar na floresta perto de um lago onde ele, Siya e o pai dela costumavam descansar quando faziam trilhas recreativas. Em silêncio, com o olhar fixo no dela, Maadi cravou sua lança no solo macio e dobrou o joelho diante dela.

— Vou fazer tudo o que você quiser que eu faça, Siya Cisse. Você é minha guerreira-chefe. Eu reconheço dois comandantes Cisse. O primeiro é seu pai, que foi como um pai para mim depois que perdi o meu ainda jovem. O segundo é você. Não conheço ninguém mais capaz. Não sou leal ao trono, sou leal a Wagadou. Você é a única esperança desta terra. A partir de agora, estarei à sua frente, abrindo os caminhos, e atrás de você, protegendo suas costas.

Apesar da mandíbula tensa e da raiva que lhe enrijecia o corpo, Maadi falou com uma voz compassada e terna, de maneira firme. Ela gostou da firmeza. Ele era a única coisa firme que ela tinha além da busca por vingança e justiça.

Siya estendeu a mão para tocar a bochecha de Maadi. Ele se ergueu.

Pela primeira vez desde que seu pai morreu, Siya permitiu que uma lágrima corresse por seu rosto sem interrompê-la. Ela não forçou as lágrimas a pararem, não disse a si mesma que não tinha tempo para esse tipo de fraqueza. Siya descobriu que, na verdade, não se sentia fraca. Maadi viu tudo o que ela era, uma filha de coração partido e uma lutadora destemida e, nos olhos dele, ela viu um espaço em que sua força e sua suavidade podiam se fundir, a força sustentando a suavidade, a suavidade dando sabedoria e direção para a força. Com o fim da guerra entre as duas partes de si, ela sentiu alguma estabilidade. Segura para sofrer seu luto e também para lutar.

Ela limpou a garganta e o olhou nos olhos.

— O que eu mais preciso é que você esteja ao meu lado. Você pode fazer isso?

Maadi inclinou a cabeça.

— Enquanto meu coração bater. — Ele fez uma pausa. — Eu juro proteger meu lar para sempre.

Siya assentiu.

— Por Wagadou.

Com Maadi como seu vice-líder e conselheiro mais próximo, o exército de Siya cresceu rapidamente. Ela também recrutou e treinou mulheres, e logo sua unidade rebelde estava rivalizando com o exército oficial de Wagadou no quesito poder e o ultrapassava no quesito habilidade. Siya plantou espiões nas forças de Dyabe e, nas montanhas ao redor de suas terras, as Águias recuperaram e renovaram as antigas fortalezas esculpidas nas cavernas, tornando-as sua base; um lar longe do lar que se tornou uma minicidadela na fronteira da cidade. A recusa das Águias em se curvar a Bida constrangeu Dyabe e o obrigou a retirar sua moção para que negociassem com o inimigo. Ciente dos efeitos que viriam se parecesse mais fraco do que uma força armada comandada por um líder sem rosto, Dyabe escolheu ficar inerte. Ele se apoiou na crença de que os Homens-Cobra de Bida logo esmagariam as Águias. Até então, o plano não havia se concretizado. Siya triunfou sobre Bida em cada batalha, tornando-se cada vez mais forte, mais inteligente e mais rápida.

Se as batalhas constantes afetavam Siya, ela não deixava transparecer. Apenas Maadi sabia que, após cada uma delas, Siya passava cada vez mais tempo lavando o conflito do próprio corpo.

— Comandante, eles estão prontos para o seu discurso. — A voz de Maadi veio através da porta após uma batida rápida.

Siya girou o registro de madeira que interrompia a água e inalou profundamente o cheiro misturado de sabonete preto e óleos de ervas enquanto a sujeira, a fuligem e o medo escorriam pelo ralo.

Siya sabia que era bonita. Sua pele era seda negra e seu corpo era flexível e ágil. Ela tinha o poder de parar o coração de um homem com um chute rápido ou um beijo suave no pescoço, dependendo de seu humor. Antes de o pai morrer, Siya teve uma série de pretendentes que se consideravam maridos em potencial. Ela nunca os considerou de forma alguma. O pai a criara para conhecer seu poder, então ela reconhecia que todo homem que ia atrás dela queria usá-la exclusivamente para fortalecer o próprio ego. Ela era conhecida como a Leoa de Wagadou, e eles falavam abertamente em querer domesticá-la. Eles viam sua força como um desafio, mas tinham o que era preciso para derrubá-la? Além de achá-los tediosos, Siya sabia que eles iriam enfraquecê-la e atrasá-la. Esse sentimento se intensificou após a morte do pai. A atenção que sua beleza atraía, somada ao fato de que se tornara a líder de uma rebelião, fez com que Siya buscasse esconder seus atrativos o máximo possível. Ela vestia apenas roupas pretas e nenhuma joia, para deixar sua missão bem evidente. Ela não queria que houvesse nenhum mal-entendido: ela era uma guerreira. Seu objetivo era lutar.

No entanto, depois de um ano de comando, Siya começou a se reaproximar de si mesma após a batalha. A guerreira e a mulher. A mudança aconteceu quando, em um raro dia de relaxamento, em que não estavam traçando estratégias, ela e Maadi foram ao mercado. Ele era o amigo mais próximo dela, seu confidente experimental. Eles lutavam lado a lado, se equilibravam e se liam facilmente. Ele a observou olhar em silêncio para alguns vestidos coloridos no mercado. As mãos elegantes de Siya, que em outra vida estavam sempre intrincadamente pintadas com hena preta, passaram pelas joias, pigmentos labiais e tinturas para olhos com saudade.

Maadi dissera:

— Por favor, me diga se eu estiver falando quando não devo, comandante...

Siya sorriu enquanto seus olhos se dedicavam a observar uma longa corrente de ouro com um delicado pingente de ave do paraíso.

— Maadi, por favor. Você pode falar a qualquer momento comigo. O que você está pensando?

— Você é encantadora.

Foi direto e completamente desprovido de qualquer sentimento enjoativo. Siya tirou a mão da corrente e olhou para Maadi, o sorriso derretendo de seu rosto, tamanho o choque. Embora fosse verdade que Maadi era gentil com ela, ele sempre teve o cuidado de não dizer nada que pudesse ser interpretado como desagradável. Eles se tratavam com respeito mútuo, cordialidade e até companheirismo, mas nunca falaram do fato de que ela era uma mulher que desejava homens e que ele era um homem que desejava mulheres, ou que, quando treinavam juntos, os olhos dela se demoravam no peito nu dele por mais tempo do que seria normal, ou que, quando ele a ajudou a se alongar para aliviar os músculos doloridos depois de um treino particularmente vigoroso, havia faíscas no ar entre eles. Eles nunca falaram sobre como Siya descobriu que Maadi tocava *kora*. Como, certa vez, tarde da noite, caçada pelos próprios medos, ela saíra para a varanda e o encontrara tocando uma melodia linda, de partir o coração, com as mãos voando sobre as cordas, manipulando-as da mesma forma que ela manipulava a natureza. Ela disse que não sabia que ele tocava, e ele disse que tocar o ajudava a relaxar depois da batalha, porque provava que havia beleza no mundo, que havia esperança. Maadi se perdeu em sua explicação antes de parar de maneira abrupta, constrangido por soar tão sentimental. Eles não tinham tempo para sentir. Siya sorriu. Disse que era lindo. Disse que gostou de escutar, que a melodia a fazia se sentir à vontade. Ela sentou em uma espreguiçadeira para ouvir e, em seguida, adormeceu. No dia seguinte, ela acordou na própria cama. Desde então, sempre que Siya ouvia a música distante de uma *kora*, fluindo pelo ar sob sua porta, ela sentia a dor se afrouxando e se dissipando, criando um espaço para algo mais. Nessas noites, ela descansava e dormia profundamente. Eles nunca falaram sobre isso.

Então, no mercado, Siya piscou para Maadi em choque, abalada pelo confronto de algo não dito. Maadi pigarreou.

— Eu digo que você é encantadora como um fato. Independentemente da minha opinião. É isso. Por dentro e por fora. Mesmo quando você tenta esconder. Você é boa em muitas coisas, Siya, mas falhou nisso.

Ele ergueu de leve o canto da boca e Siya riu e balançou a cabeça, na esperança de dissipar o rubor de sua face.

— Eu sinto saudade, às vezes. De minha vida antiga. De me arrumar com minhas amigas, das festas e dos flertes... Mas agora sou uma comandante, não sou mais aquela menina. Houve um tempo em que eu podia lutar com um homem no chão e dançar com um vestido bonito, um tempo em que essas duas pessoas podiam coexistir, mas... não é mais o caso. Preciso que meu exército me respeite.

— Eles respeitam você por quem você é, comandante. Forte, inteligente e passional. — Os olhos de Maadi brilharam, Siya nunca tinha escutado a voz dele soar mais forte. — E sempre vão respeitar. O mais importante é que você sinta que está sendo você de verdade, plenamente.

Siya ficou em um silêncio atordoado, enquanto Maadi dizia algo sobre ter que voltar ao quartel-general. Mais tarde, ela encontrou a corrente de ouro com o pássaro do paraíso pendurada na maçaneta da porta de seus aposentos.

Siya a prendeu ao redor do pescoço na noite após a sexta batalha com Bida. Ele pendia para baixo em seu peito, acentuado pelo decote de seu robe roxo-escuro, que abraçava seu corpo. Havia uma fenda no tecido que revelava o contorno de sua coxa e o comprimento firme de sua perna. Agora, embelezar-se havia se tornado parte de seu ritual pós-batalha. Uma mulher cujo poder primordial transitava por diversas formas, uma assassina sensual. Era quando se sentia mais como ela mesma. Antes de entrar na sala de guerra, ela se banhava com perfumes e adornava os dreads com argolas trançadas de ouro, permitindo que sua suavidade e sua força se cumprimentassem como amigas.

Os seis soldados que formavam seu gabinete levantaram-se quando ela entrou na sala. As conversas cessaram e a jovialidade esvaiu-se do recinto. Eles a respeitavam e gostavam dela, Siya sabia, mas a natureza de sua posição implicava certa distância entre eles. Ela não podia se sentar e beber com eles ou participar de suas brincadeiras indecentes pós-batalha. Sua mente sempre tinha que estar um passo à frente, olhando além.

Siya assumiu sua posição na ponta da mesa, com Maadi à sua direita. Ela viu que sua taça já estava cheia com vinho de frutas da floresta e a ergueu.

— Estou orgulhosa de todos vocês. Organizar um ataque durante as festividades sagradas de Wagadou foi baixo até mesmo para Bida, e eu sei que alguns de vocês estavam céticos, que acreditavam que a missão dessa noite era fútil, que Bida não nos atacaria novamente tão cedo, então agradeço por terem fé em mim. Eu sei que vocês prefeririam estar com suas famílias e estou ciente do sacrifício que é necessário para lutar. Eu sei o que vocês estão arriscando. Obrigada.

— Para nossa líder guerreira!

Uma membra de seu conselho, Kadida, ergueu a taça, e outros soldados se juntaram a ela no brinde, aplaudindo. Maadi ergueu sua taça na direção de Siya e piscou para ela com um pequeno aceno de cabeça.

— Para nossa rainha — disse ele, calmamente.

Siya limpou a garganta, colocou a culpa pela sensação em sua barriga no vinho consumido às pressas e deu um pequeno sorriso.

— É uma honra servir vocês. A vitória é nossa. Vão para casa e aproveitem o que ainda resta das festividades com suas famílias. Isso é uma ordem. Digam o mesmo para suas unidades. Nós nos encontraremos novamente amanhã à noite.

A sala esvaziou. Maadi ficou. Ele sempre ficava. Eles compartilhavam a grande casa de pedra que também servia como o quartel-general principal das Águias. Seus aposentos privados eram próximos um do outro para facilitar a administração. Isso dificultava outras coisas.

Siya tomou outro gole de vinho e ergueu uma sobrancelha.

— Insubordinação, sargento?

— Você disse para ir para casa e comemorar com a família. Estou obedecendo você, comandante.

Siya ignorou a agitação em seu pulso e sorriu.

— Muito doce, mas sei que você tem um irmão e dois sobrinhos que o idolatram. — Ela olhou para o mapa espalhado na mesa à sua frente, marcado, denotando estratégias. — E eu tenho vinho para beber e planejamentos para fazer. — Ela se virou e encostou as costas na mesa, tocando gentilmente o braço dele. — Você não precisa ficar, Maadi. De verdade.

Maadi franziu a testa enquanto se movia diretamente para a frente dela. Sob o brilho âmbar das tochas, a pele escura dele brilhava. Ela queria estender a mão e traçar as curvas daqueles lábios elegantes e carnudos com o polegar.

— Eu não fico porque preciso, Siya. — Ele deu mais um passo na direção dela. — Posso ver que está preocupada.

Siya deu um suspiro profundo. Maadi sempre conseguia ver por detrás da capa e da armadura dela.

— Meu tio pediu para me encontrar. Amanhã. Bem, ele pediu para encontrar o "Rei das Águias". Uma pessoa trouxe a carta para mim ontem.

Siya havia mantido as aparências participando de banquetes como sobrinha dele, justificando suas ausências com o luto. Até onde ela sabia, o tio não tinha ideia de que era Siya quem estava atrapalhando a busca dele por poder.

Ela riu, mas era uma risada seca.

— Ele disse que quer agradecer ao Rei pelo seu trabalho protegendo Wagadou. Algo que ele e seu exército falharam em fazer todas as vezes. De homem para homem, cara a cara. No Vale Vermelho.

O Vale Vermelho era onde ficava a antiga clareira onde os duelos aconteciam, onde homens discutiam as diferenças à maneira marcial tradicional: com um bastão e mãos nuas. Dois homens debatiam e, se não conseguissem chegar a um acordo pacífico, lutavam. Até a morte. Com o passar do tempo, o debate se tornou uma performance ritualística.

Maadi ficou mortalmente imóvel.

— Ele quer matar você.

Siya tomou outro grande gole de vinho e deu um sorriso amargo para Maadi.

— Sim. E provavelmente contratará seu melhor guerreiro para fazer isso, já que meu tio não sabe lutar porra nenhuma. Se eu não for, ele provavelmente usará a oportunidade para nos declarar como terroristas traidores que rejeitaram sua oferta de união. Ele vai declarar que somos uma ameaça a Wagadou e travar uma guerra contra nós, tirando a atenção de Bida. E aí ele vai tentar matar todos nós. Já chega. Enquanto Bida tiver Dyabe na palma da mão, vamos ter que lutar para sempre. Eu preciso subjugá-lo. — Siya balançou a cabeça, olhando para qualquer lugar, menos para o rosto de Maadi. Sua voz estava amarga de nojo, vergonha e arrependimento. — Estive colocando esses homens e mulheres em perigo constante por nada.

Maadi apoiou a mão no ombro de Siya, forçando-a a olhar para ele.

— Siya, você é a razão pela qual Wagadou durou todo esse tempo. Em *paz*. Você protege esta terra. Esses homens e mulheres lutam porque sabem que você é uma boa líder.

Os olhos de Siya brilharam em resposta. Maadi tinha visto coisas indescritíveis na guerra, mas o que viu no olhar de Siya o congelou até os ossos. Ele balançou a cabeça.

— Não. Siya… você não pode ir. Se alguma coisa acontecer com você…

Siya deu um sorriso sombrio.

— Insubordinação novamente. Você não confia em minhas habilidades?

Maadi se aproximou de Siya, o rosto tenso com uma emoção que ela nunca vira nele antes. Pânico? Maadi nunca entrava em pânico.

— Siya, você é a maior guerreira que já existiu em Wagadou. Você ultrapassou até seu pai quando ele tinha a sua idade. É por isso que não podemos correr o risco de perder você. Deixe outra pessoa ir em seu lugar. Dyabe nem sabe quem você é.

Siya franziu a testa. Aquela irracionalidade era estranha vindo dele.

— Maadi, você sabe que não posso colocar ninguém em perigo desse jeito...

— Não podemos perder você. — A voz geralmente estável de Maadi tornou-se tempestuosa e rouca e ecoou pela sala de banquete. Tanto ele quanto Siya se surpreenderam com isso. Alguns segundos silenciosos se passaram antes que Maadi pigarreasse. — Além disso, você precisa organizar uma equipe para te acompanhar. Alguém da equipe médica, alguém para cuidar de suas armas, e provavelmente já é tarde demais para isso...

A voz dele foi sumindo enquanto ele avaliava Siya. A compreensão obscureceu seu rosto, e ele esfregou o queixo.

— Você já organizou. Você já decidiu. Você não está pedindo minha opinião.

Siya engoliu em seco.

— Eles vão me encontrar lá amanhã ao meio-dia. Desculpa, Maadi. Eu confio em você mais do que em qualquer outra pessoa no mundo. Você sabe disso. Mas eu sabia que você não concordaria com o plano, e isso é algo que preciso fazer. Não se preocupe. Treinei para isso a minha vida inteira.

Maadi a olhou em silêncio. Ele tomou um gole de vinho. Maadi normalmente exercia uma calma suave quando Siya estava voando de forma passional, muitas vezes abrandando a estratégia dela para transformá-la em uma que a mantivesse longe do perigo mortal tanto quanto era possível. Aquilo a irritava às vezes, mas ela sabia que era apenas para protegê-la. Então ficou um tanto surpresa quando ele assentiu.

— Você tem razão.

— Tenho? — Siya limpou a garganta. — Tenho.

Ela conseguia ver a mente dele zumbindo, pensamentos que faziam sua mandíbula ficar tensa. O olhar dele vagou para trás dela, evitando encará-la.

— Se não fizer diferença para você, eu gostaria de te acompanhar.

Siya olhou para Maadi suavemente e estendeu a mão para apertar a dele.

— Claro. Eu ficaria feliz em ter você ao meu lado, amigo.

Uma sombra passou pelo rosto de Maadi, e ele encontrou o olhar dela com algo que a fez perder o fôlego.

— Não somos amigos, comandante.

Seu tom era uniforme, inescrutável. Um frio absoluto diminuiu o calor que anteriormente havia inundado Siya. Era óbvio. A associação de Maadi com ela só se tratava de lealdade a Wagadou e ao pai dela.

— Você tem razão. Eu... Nós somos colegas. Camaradas...

Maadi fez uma pausa enquanto seu olhar desceu para o colar que estava pendurado entre as curvas dos seios dela.

— Não foi isso que eu quis dizer, Siya.

Ela colocou a taça na mesa depois de beber o resto do vinho. Um erro terrível. Só pareceu amplificar as batidas rápidas de seu coração e as reclamações de seu corpo, com raiva dela por causa da distância que estava mantendo de Maadi. O colete ocre-escuro dele estava aberto, expondo o marrom cintilante de seu peito tenso, e suas calças de linho pendiam na parte mais baixa de sua cintura. Assim como a alma de Maadi, cada parte do corpo dele era definida e robusta. Siya tentou não se distrair e fixou o olhar no dele, tentando negar a química e a biologia para se concentrar na lógica.

— De todas as pessoas do mundo, nós definitivamente não podemos nos dar ao luxo de distração.

Maadi se aproximou.

— Com todo o respeito, Siya, não estou distraído. Estou concentrado no que é mais importante.

A respiração de Siya falhou. O ar entre eles ficou mais espesso, cada vez mais difícil de descer pela sua garganta. Uma vez um homem com o dobro do tamanho dela colocou uma lâmina em seu pescoço, mas, ainda assim, Siya nunca sentiu seu coração bater tão forte como agora, com Maadi olhando para ela daquele jeito.

Ela empurrou a voz para que ultrapassasse o nó calcificado de ar em sua garganta.

— Maadi. Estamos lidando com vida e morte...

Os olhos dele eram um reflexo do incêndio dentro de Siya.

— Exatamente.

Ela hesitou. Maadi não era exatamente loquaz, mas, quando falava, suas palavras eram cheias e pesadas com a compreensão dela e do mundo em que viviam. Ele estava certo. Eles olharam demônios nos olhos e sobreviveram. Compartilharam o vazio deixado por alguém que amavam e viram de perto quão próxima era a vida após a morte. Eles sabiam que cada fôlego era um presente. E, em meio a tudo isso, eles tinham um ao outro. A vida era frágil e rápida, e a única maneira de desacelerá-la, de dar a ela qualquer senso de resiliência, era se deleitando com o calor e a alegria de viver.

Siya ergueu o queixo, como fazia quando se dirigia ao seu exército.

— Eu tenho mais uma ordem, sargento.

Algo como decepção surgiu nos olhos de Maadi, mas ele inclinou a cabeça.

— Qualquer coisa, comandante.

Ele deu um passo para trás, mas Siya estendeu a mão para agarrar o pulso dele.

— Me beije.

Maadi sustentou o olhar dela por uma eternidade docemente dolorida e os nervos de Siya desmancharam.

— A menos, é claro, que você não...

Em um único movimento rápido, Maadi envolveu a cintura de Siya com as mãos e a sentou na mesa, no mapa de Wagadou, sobre a estratégia meticulosamente marcada deles. As mãos de Siya subiram para o peito dele e ela sentiu as batidas que quase acompanhavam seu pulso. Quando ele segurou o rosto dela gentilmente e a beijou, Siya percebeu que seu medo de se magoar, a coisa que a assustava mais do que homens maus com adagas e tios despóticos, a levara a sufocar aquele mesmo coração. Ela percebeu isso porque agora sentia como se finalmente pudesse respirar depois de prender a respiração por tanto tempo. Tempo demais. Siya estava acostumada a se sentir como um elemental, unida ao vento e no controle da natureza, mas naquele momento se sentia à mercê de todas as forças da vida fluindo intensamente por ela. Maadi puxou o cinto que mantinha o vestido dela fechado e o fez cair de seu corpo como uma casca de fruta madura, enquanto ela envolvia a cintura dele com as pernas, a pele colada à de Maadi, seus corpos se movendo no ritmo. Suas bocas se encontraram e responderam todas as perguntas que eles já haviam feito sobre o significado da vida; descobriram que eram filósofos, questionando e debatendo apesar de saberem as respostas, perguntando apenas para que pudessem responder de novo e de novo. Maadi carregou Siya para seus aposentos e seus papéis de comandante e sargento se intercalaram suavemente, com autoridade compartilhada e cedida. Siya parou de pensar e se permitiu sentir, e se sentiu segura, mas não presa, à mercê dele, mas poderosa. Ela se sentiu amada, amada e amada mais uma vez.

Maadi acariciou o cabelo de Siya enquanto ela deitava no peito dele, o coração dele batendo sob seu ouvido e vibrando em seu sangue, acalmando-a. Ela sorriu.

— Diga o que você quer dizer.

— Como você sabe?

Siya se ergueu para poder apoiar o cotovelo em um travesseiro e olhar para o rosto dele, iluminado pelo luar. Ela traçou os arcos de seus lábios.

— Consigo ler seu silêncio.

Maadi curvou a boca contra o dedo dela antes de mordiscá-lo suavemente.

— Siya... Não sou bom com palavras. Nunca fui. Eu sei lutar e traçar estratégias. E faço isso bem. Mas tentar lutar contra o fato de que estou apaixonado por você foi minha batalha mais desafiadora. Quando seu pai estava vivo, pensei que isso complicaria as coisas. Quando ele morreu... Precisávamos nos concentrar em outras coisas. Mas essa batalha sempre esteve perdida, Siya. Estou cansado de lutar. Nunca estive tão feliz por perder. Estou me rendendo a isso. Me rendendo a você.

Siya se ergueu ainda mais para sussurrar "eu te amo" nos lábios dele antes de beijá-lo, depositando toda sua adoração no beijo. Ela não sabia que estava chorando até que ele se afastou para limpar uma lágrima da bochecha dela.

Ele levantou o canto da boca.

— E prometo que nunca vou te pedir em casamento.

Siya bufou. Ele a conhecia bem.

— Mas — continuou Maadi — juro manter os votos que fiz a você. Na sua frente, abrindo caminho. Atrás de você, protegendo suas costas. E quero que saiba que, mesmo quando não estiver fisicamente ao seu lado, estarei ao seu lado. Protegendo você.

O coração de Siya pareceu inchar.

— E você disse que não era bom com as palavras.

Naquela noite que de alguma forma continha uma eternidade de alvoradas, Siya se habituou tanto ao calor de Maadi, os braços firmes a segurando e os sussurros em seu pescoço que, quando ela acordou e encontrou um espaço vazio na cama, ficou desolada. Maadi era quem normalmente cozinhava para eles, então ela suspeitou que ele tinha ido preparar o café da manhã. No entanto, ao entrar na cozinha, pronta para esgueirar-se por trás dele e envolvê-lo nos braços, Siya encontrou o aposento vazio. A atmosfera da casa havia mudado da maneira que acontecia quando ele não estava compartilhando o mesmo ar que ela. Mesmo assim, reprimiu a sensação de mal-estar no estômago e chamou o nome dele. Sem resposta. Com uma respiração afetada e irregular e as pernas fracas, Siya correu para seus aposentos. Sua armadura havia sumido. Ela correu para todas as portas que davam para fora de sua casa e encontrou todas trancadas por fora. Suas chaves não estavam em lugar nenhum. Ela se jogou contra as portas, atirou coisas nelas com toda a força, tentou abrir fechaduras com os dedos trêmulos, tudo sem sucesso. Siya gritou até sua voz soar áspera, correndo por todos os cômodos como uma louca, tentando encontrar qualquer coisa que pudesse libertá-la. Todas as ferramentas haviam desaparecido. Maadi fora lutar contra Dyabe em seu nome e a trancara porque sabia que ela nunca concordaria em deixar que ele tomasse seu lugar.

Naquele momento, ela o amou tanto quanto o odiou. Maadi poderia morrer. Por ela. Com os joelhos falhando, ela cambaleou até seu quarto e pegou o pingente de ouro da ave do paraíso, que tinha sido removido na noite anterior, e o colocou em volta do pescoço. Ela se vestiu rapidamente e enrolou um lenço verde-esmeralda no cabelo. Siya correu para a única outra saída que conhecia: uma varanda que dava para as colinas e para a íngreme estrada da montanha. Era alto, mais alto do que qualquer uma das árvores das quais ela tinha saltado antes. Seu estômago rodou quando ela encarou a altura. Era um risco. Ainda assim, ela não viu outra opção; de qualquer forma, era uma questão de vida ou morte. Ela respirou fundo e subiu no parapeito de pedra, exatamente quando seus olhos se fixaram em uma figura familiar à distância, a cavalo, ficando menor a cada segundo. Siya chamou o nome de Maadi, duas, três, cinco vezes, de forma cada vez mais desesperada, o choro lhe tomando a voz. Ele não se virou. Siya praguejou em voz alta. O homem que ela amava era um idiota teimoso e corajoso e, se ele acabasse morto, ela chamaria todas as sacerdotisas em Wagadou para ressuscitá-lo apenas para que ela pudesse matá-lo novamente. Ela se recusava a deixá-lo partir seu coração. Fechando os olhos e inalando profundamente, Siya saltou, sem pensar na quantidade de espaço abaixo dela, mas na missão à sua frente.

Ela era, afinal de contas, uma garota que sabia voar.

Nefertiti

Meus sapatos de salto alto estalavam no chão da biblioteca do porão. As paredes eram cobertas por prateleiras do chão ao teto, cheias de textos de todas as épocas, de todos os gêneros. Sou uma acadêmica autodidata e sei que conhecimento é poder, mas meus livros tinham um objetivo maior do que apenas alimentar minha mente. Eles absorviam o som. Embora o tumulto abafado e a música da boate no andar de cima vazassem para a biblioteca, nenhum som jamais subia do porão. Olhei para a caixa de vidro no meio da sala: tinha dez metros quadrados e era, definitivamente, à prova de som. Eu não podia correr riscos. Duas de minhas meninas estavam guardando-a, com as armas habilmente escondidas dentro de seus *kalasiris*, as duas alças grossas do vestido justo lhes cobrindo o peito. Embaixo de cada alça estava a haste fina de uma adaga.

Fiz um sinal com a cabeça e elas abriram a porta da caixa de vidro. Fui imediatamente atingida pelo fedor de suor rançoso e pelo som de choramingos abafados. No meio da caixa estava um homem bem amarrado a uma cadeira, apenas de cueca. Não havia nenhuma marca ou hematoma nele, nem uma gota de sangue no chão. Minhas meninas tinham se saído bem. Eu odiava bagunça. Os olhos do homem se arregalaram ao me ver e os gemidos ficaram mais altos. Eu me inclinei para ficar no nível de seus olhos.

— Vejo que você sabe quem eu sou, sr. Hemti. Geralmente não desço para visitar quando temos convidados especiais, porque confio que minhas meninas vão... entretê-los de acordo com os meus padrões. Mas abri uma exceção para você.

Estendi a mão e, em um segundo, uma faca de esculpir foi colocada nela. A cadeira balançou um pouco enquanto o homem se contorcia, os guinchos abafados aumentando de volume. Sem dizer uma palavra, minhas meninas se moveram para firmar a cadeira e mantê-la no lugar, segurando o encosto.

Eu sorri diante dos olhos úmidos do sr. Hemti.

— Queria te dar esse presente pessoalmente. Uma lembrança de sua visita.

Cortei a coxa dele com destreza e esculpi a imagem de um disco solar. Não levou mais de um minuto e a dor não foi maior do que a de uma tatuagem intrincada, mas Hemti guinchou como um javali ensandecido. Revirei os olhos. Homens eram tão dramáticos. Devolvi a faca e recuei um pouco para que o sangue não pingasse nos meus sapatos.

— Tirem a mordaça dele — ordenei.

Minhas guardas arrancaram a fita adesiva da boca de Hemti e ele cuspiu o pano enfiado nela.

— Por favor! Eu tenho família! Sou um homem honrado. Tenho esposa e um filhinho! Por favor, faço qualquer coisa... Eu tenho dinheiro! Terras! Você pode ter o que quiser.

Eu o deixei continuar enquanto o observava impassivelmente por alguns segundos antes de levantar a palma da mão para que ele calasse a boca. Ri levemente.

— Eu sei que você tem família. Como você acha que minhas meninas souberam exatamente onde encontrar você? Foi sua esposa quem nos chamou, sr. Hemti.

Ele arregalou os olhos e balançou a cabeça.

— Não! Não...

— Uma mulher bonita, forte e inteligente. Ela nos contou que você bate nela. Vimos os hematomas, as marcas. Ela disse que perdeu dois bebês. Sim. Você é um verdadeiro homem de família.

Então ele começou a tremer, cuspindo enquanto implorava.

— Eu vou parar. Você não sabe como ela me desrespeita às vezes, ela... Por favor, não me mate. Por favor. Eu nunca mais vou encostar um dedo nela!

Levantei a mão novamente e mantive a voz suave e cordial. Eu odiava barulhos altos.

— Senhor Hemti, faça-me o favor, não vou te matar. Não sou um brutamontes que nem você. E sei que você nunca mais vai encostar um dedo nela.

O alívio varreu o rosto patético e suado do homem e seu corpo desabou, ofegante. Eu estava acostumada a ver rostos de homens desesperados e, como esperava, com o alívio, vi a velha ameaça começar a ocupar o lugar do medo.

— Obrigado. Obrigado...

Continuei, alegremente:

— Você nunca mais vai encostar um dedo nela porque não vai conseguir.

Ele franziu a testa em confusão e temor enquanto eu continuava:

— Todas as partes — eu percorri o corpo dele com o olhar — do seu corpo que você usou para machucar sua esposa serão removidas. Acho que é uma decisão razoável. — Sorri amplamente quando a compreensão sombria do que estava por vir o atingiu. Ele começou a tremer. — Tenho certeza de que você entende, sr. Hemti.

Fiz um sinal com a cabeça para minhas meninas e elas o amordaçaram novamente, abafando seus gritos.

— Senhoras, vocês podem, por favor, levar nosso convidado para o abatedouro?

— Sim, senhora.

Inclinei a cabeça num gesto apologético e encarei o rosto pálido e encharcado de Hemti.

— É só um apelidinho que damos ao lugar. Agora, espero que me dê licença, sr. Hemti. Tenho uma boate para administrar e um show para fazer. Se você sequer sussurrar uma palavra sobre o que aconteceu com você aqui para qualquer pessoa, sua língua será cortada. Sua esposa e seu filho estão em um local seguro com muito dinheiro para se manterem, então não se preocupe com eles. No entanto, garanto que, se você tentar encontrá-los, eu vou saber. E você não quer que isso aconteça, sr. Hemti.

Parei antes de sair da caixa e me virei.

— Ah. Cadê minha educação? Seja bem-vindo à Casa de Áton.

— Senhoras... Vocês estão prontas? — a voz de Mãe Isis, sensual e suave ao mesmo tempo, ressoou em meio à sala barulhenta à meia-luz. Ecoou e se misturou com o cheiro de luxo e álcool, luxúria e amor.

Gritos animados me invocavam de onde eu estava nos bastidores, atrás das cortinas. Mãe Isis estava do outro lado, a multidão ao redor dela. Ela resmungou, desapontada com a falta de resposta à sua pergunta, e colocou a mão na cintura audaciosa. A luz foi direcionada para ela, toda branca e dourada, com pulseiras e tornozeleiras tilintando, anunciando minha chegada.

— Isso é o melhor que vocês conseguem fazer? Estou decepcionada. Não gosto de me decepcionar. Ela não pode sair com esse barulhinho mixuruca.

A cadência de Mãe Isis vibrava e oscilava, subia e descia como uma canção de ninar ao contrário, uma canção cujo objetivo era acordar. A voz dela se elevou como o nascer do sol.

— Vamos lá. Vocês sabem por quem estamos aqui. Ela bateu palmas uma vez e os sinos soaram.

— Aquela por quem vocês estavam esperando a noite toda. A rainha da Casa de Áton. A Grande Louvada, ela é...

A voz de Mãe Isis soou baixo e os gritos da multidão aumentaram, estrondando como um rugido. Eu sabia que Mãe Isis sorria para o microfone enquanto deslizava pela plataforma, com seu *kaftan* ondulando atrás dela. Ela deixava um aroma de lírios, mirra e cardamomo no caminho por onde passava; sua própria mixologia de perfume que eu às vezes a deixava vender nos fundos da casa. "Poção do Amor da Mamãe Isis." Eu amava Mãe Isis como se ela tivesse me parido, mas muitas vezes ela tinha suas próprias ideias quando se tratava de ganhar dinheiro extra... não, eu tinha que me concentrar. Naquele momento eu não era a Mãe da Casa, dona do bar/boate/lar/santuário mais grandioso e famoso — ou infame, dependendo do ponto de vista — da cidade de Tebas, em Kemet, eu era...

—... Senhora da Graça... — A cada nome dito soavam um batuque e uma nota no baixo, e Mãe Isis começou a cadenciar uma melodia vibrante e excitante:

—... Doce de Amor, Senhora de Todas as Mulheres, Amada de Aquen, *Nossa* Amada... — Ela flutuou pelo palco, preparando-o para mim. — A primeira e única, Rainha Nefertiti.

Holofotes.

Abri os olhos e, assim, dei permissão para que a música começasse. A melodia é minha amante, mas às vezes ela pode ser meio imprudente, meio descuidada. Tenho que me preparar para ela, ensiná-la a ter paciência. Ela não pode me ter de acordo com as exigências dela. Tem que ser de acordo com as minhas. Sempre as minhas. As notas do baixo entraram fundo dentro de mim e se enroscaram em minha coluna com tanta força que a fizeram estremecer. Movi os quadris do jeito certo, um movimento suave para a esquerda e para a direita. Meu coração foi entrando no ritmo da batida. Eu me acomodei em minha própria pele.

Cantei, feito seda escorregando sobre ouro. Eu sabia como minha voz soava e, se não soubesse, teria sentido e, se não tivesse sentido, teria visto no rosto do público. Estavam na palma da minha mão. Em êxtase, com os olhos grudados em mim. Eu estava em casa.

Para a maioria das pessoas de Tebas, Kemet, a Casa de Áton era um lugar de desonra. Minha crítica favorita veio da *Folha de Tebas*. De acordo com um artigo, a Casa de Áton era uma

"fossa cheia de mulheres brutas e selvagens governadas pela rainha criminosa conhecida como Nefertiti Áton, ex-cantora e viúva do famoso gangster Aquen Áton. Sob a gestão de Aquen, o lugar era um clube de cavalheiros que servia como centro de atividades antigovernamentais. Com a ascensão de Nefertiti ao trono, a Casa se tornou um cabaré onde as mulheres, e somente mulheres, têm o privilégio de se tornarem guerrilheiras, entregando-se a seus vícios enquanto organizam protestos e desordem civil. Cada vez mais mulheres estão usando a tatuagem do disco solar — a infame insígnia da boate. O governo alega que a Casa de Áton transformou-se em uma perigosa seita misândrica que contribui diretamente para a inquietação e a decadência da sociedade. A questão é, como fechar a boate se ninguém consegue se aproximar de Nefertiti? A ardilosa chefona do crime é intocável. Ela não teme nada nem ninguém."

Sempre fico emocionada quando leio essa parte. E continua:

"Embora elas não escondam suas atividades ilegais, os corajosos oficiais do Duat acharam quase impossível encontrar rastros de crime que os levassem até as mulheres da Casa de Áton. A força policial removeu com sucesso a ameaça de Aquen; agora é evidente que sua esposa representa uma ameaça muito maior. A Casa de Áton está longe de ser neutralizada; pelo contrário, está fortalecida. Nefertiti é uma bandida elegante e uma assassina incisiva. Ela limpa tão bem os próprios rastros que não precisa esconder o rosto. Ela quer que você saiba quem ela é. As mulheres que trabalham na Casa de Áton a reverenciam e a protegerão para sempre. Ela é a deusa do submundo. Enquanto ela tiver a lealdade de suas fiéis, quem poderá impedi-la?"

Pendurei o artigo na parede do meu escritório. O texto chegava perto de soar como bajulação. Eu quase tatuei "bandida elegante" no braço. A jornalista errou algumas coisas, no entanto. Eu não era uma "ex-cantora". Embora os negócios da boate ocupassem a maior parte do meu tempo atualmente, de vez em quando, como naquela noite, eu subia no palco. Era um presente para o meu povo. Elas me salvaram tanto quanto eu as salvei. Nós éramos família.

Porém, naquele momento as mulheres não estavam me olhando como uma irmã ou como a dona da boate favorita delas. Elas me olhavam como se quisessem ser eu ou ficar comigo, às vezes as duas coisas ao mesmo tempo. Cantei e dancei, e a beleza dos meus movimentos as encheu de desejo doloroso — só para acalmá-lo em seguida. Passei as mãos pelo corpo, confortável em meu vestido de miçangas cintilante, feito de faiança e de contas cilíndricas pretas e douradas, e inclinei o queixo para cima, levantando minha tiara azul-escura adornada com turquesas e um rubi que combinava com meu batom. A Casa de Áton era meu reino.

Pouco antes de Aquen morrer, ele beijou a parte de dentro do meu pulso, como sempre fazia — ele dizia que gostava de sentir meu sangue pulsando nos lábios —, e me disse para administrar o negócio como eu bem entendesse. Aquen sabia como tinha sido minha infância e o que eu tinha visto nas ruas; ele queria que eu desse um lar e um refúgio para aquelas que eram como eu, que tinham vivido o que eu vivi. Ele me disse para ignorar os abutres que tentassem tomar o lugar dele, que pensavam que eu ia precisar de um homem para me sentir vista. Aquen foi o único homem que amei. Ele sabia quem eu era, não apenas quem eu era para ele. Antes de meu marido me deixar, ele disse:

— Obrigado por me deixar te amar. Obrigado por me amar de volta. Obrigado por ficar. Eu sei que às vezes foi difícil. Espero que agora você viva livre.

Então eu vivi livre, transformando a Casa em um lar exclusivo para mulheres, um lugar onde mulheres perdidas podiam se encontrar. Continuei protegendo as ruas de Tebas que Aquen e eu governamos juntos quando ele estava vivo, como iguais, lado a lado. Nós lutamos contra um governo opressor — Ifset — e acabamos com sua paz. Aquen era um grande homem, mas ainda era um homem. Eu não precisava mais compensar seus pontos cegos. Meu marido costumava ser seduzido pela promessa de dinheiro fácil a fim de promover nosso trabalho, e isso geralmente implicava negócios ruins. Foi assim que ele acabou morto.

A Casa de Áton estava longe de ser sagrada, mas protegia quem precisava de proteção: as pessoas oprimidas e maltratadas. Ifset nos pintava como o submundo, quando eram eles que eram corruptos, que roubavam dos pobres e que reprimiam as pessoas sem poder para obter o controle. A riqueza do Estado dependia do sofrimento e da prisão. A Casa de Áton era liberdade. Nós decidíamos nosso próprio destino.

Na plateia, vi que muitas haviam decidido que seus destinos iriam se entrelaçar com o meu, pelo menos naquela noite. Era a magia que eu fazia no palco que as chamava, eu sabia, porque a minha realidade, a versão de carne, sangue e ossos de mim que tinha que lidar com carne, sangue e ossos para nos manter seguras e para manter Ifset longe, eventualmente as assustaria e afastaria. Nossa situação era muito delicada. Elas gostavam do glamour, mas não da carnificina, sem saber que era a carnificina que dava brilho ao glamour.

Tenho uma cicatriz nas costas de quando tentaram me matar. Rasgada, profunda. As mulheres amavam traçar o rastro dela com os dedos e me perguntar como a havia conseguido, mas não gostavam quando eu chegava

em casa cheirando a sangue. As mulheres que me cercavam gostavam do poder que eu tinha, mas não queriam
saber o que eu fazia para mantê-lo. Elas não queriam
saber a quantidade de ossos de homens que eu tinha
que quebrar para construir as cercas que as protegiam.
Elas queriam estar com uma rainha, mas nenhuma rainha
consegue ser rainha sem também ser uma guerreira. Eu
não conseguia esconder isso delas, então parei de tentar.
Relacionamentos estavam fora de cogitação. Era minha
distância que mantinha meu poder... a distância emocional, pelo menos.

Era hora de escolher alguém para a noite. Meu olhar
vagou, passando pelas mulheres que me esperavam cheias
de desejo, e parou nela. Os olhos eram cristalinos e negros, um olhar que me invadia e fazia minha alma ficar paralisada em estado de choque. O cabelo era desfiado nas
pontas, mas macio como uma nuvem na parte superior,
destacando as maçãs do rosto afiadas onde eu queria cortar minha língua. O decote de seu macacão preto descia
até uma profundidade em que eu queria mergulhar. Mais
do que tudo isso, no entanto, o que chamou minha atenção foi que ela não estava nervosa. Ela não se pavoneou
sob meu olhar atento, nem quando levantei o braço e girei
a mão em sua direção, cantando e dançando diretamente
para ela. Ela não se exibiu para conseguir meu afeto como
as outras mulheres costumavam fazer. Ela permaneceu
calma e serena, levantou muito de leve o canto da boca,
levou a taça de vinho aos lábios e bebeu em desafio.

Eu precisava conhecê-la.

— Como assim ela *não* vem?

Bastet deu de ombros e balançou a cabeça, sua
cabeleira de cachos brilhantes enfatizando sua confusão
com um leve movimento.

— Eu disse a ela que você queria que ela viesse em seu espaço privativo, e ela disse: "Estou bem onde estou, obrigada", e ficou lá. Ela é muito bonita, inclusive.

Eu estava sentada em minha mesa no meu canto do bar, toda feita de veludo macio e mogno. Era separada do salão principal por cortinas bordô de renda, bem trabalhadas o suficiente para que eu tivesse privacidade quando quisesse, mas finas o suficiente para que eu conseguisse ver tudo do outro lado.

Eu levantei a sobrancelha.

— Eu *sei* que ela é linda, Bas. — Fiz uma pausa.
— Você acha que é porque ela quer você? Porque você pode me dizer, sabe...

Bastet era minha amiga mais próxima, meu braço direito e gerente da Casa de Áton. Ela também era feroz como uma felina e muito atraente, com olhos castanhos afiados, um sorriso esperto e uma ousadia que trazia o equilíbrio perfeito entre sensualidade e perigo, bem representada pela tatuagem de uróboro que subia por seu braço direito. Ela mirava e atacava. Ela ronronava e fazia suas mulheres ronronarem, e então se esgueirava para longe.

Bastet revirou os olhos e riu.

— Neffi — ela era a única pessoa que podia me chamar assim e não temer a morte —, eu sei o que tenho e quem sou, mas acho que nós duas sabemos que nunca houve uma vez em que chamei uma mulher para você e ela não veio.

Ela me deu um sorriso malicioso e uma piscadela, pegou minha taça e deu um gole na bebida.

Peguei minha bebida de volta.

— Não beba em serviço. Ela estava com alguém?

Bastet sorriu.

— Olha para você. Você não está mesmo acostumada com isso, né? Não, ela não estava com ninguém.

Não que eu saiba. Ela também não estava conversando com ninguém. Só... observando. Absorvendo a atmosfera. Esta noite está muito boa. Quer dizer, todas as noites são boas, mas esta noite? Caramba. Você arrasou demais.

Eu balancei a cabeça, preocupada.

— Tem algo estranho.

Bastet ergueu a sobrancelha.

— Por quê? Só porque ela não quer você? Neffi, calma aí...

— Você pode perguntar às bartenders se elas já viram essa mulher por aqui antes?

As sobrancelhas arqueadas de Bastet franziram em confusão, antes que ela congelasse. Os olhos dela brilharam.

— Você acha que...

Tomei outro gole de minha bebida.

— Não sei.

Com o modo de irmã brincalhona desligado e o modo de guardiã feroz ativado, Bastet assentiu e saiu do meu espaço.

— Cinco minutos.

Bastet voltou em três. O olhar em seu rosto estava sombrio e lívido, alerta. Eu pude ver a caçadora que havia nela ganhando vida. Ela era das ruas e, ao passo que eu cresci nelas, Bastet fora criada por elas. Era por isso que eu precisava dela do meu lado.

— As meninas disseram que nunca viram ela por aqui. Ela está fazendo perguntas.

Eu virei minha bebida.

— Certo.

Bastet verificou se a cortina estava bem fechada, depois sentou perto de mim e baixou a voz:

— O que você quer que eu faça? Posso resolver isso.

— Bas, por favor, fique calma.

Bastet chiou.

— Neffi, tem uma traíra na nossa casa e você quer que eu me acalme?! Lembre do que o Duat tirou da gente. Do que tiraram de você...

Os Duat eram os guardiões de Ifset, eram aqueles que impunham sua maldade. Mas claro que eles não viam a situação exatamente dessa forma. Eles se autodenominavam "a força policial de Tebas, restaurando a ordem e mantendo a paz". Coloquei a mão sobre a de Bastet para tranquilizá-la, mas também para tranquilizar a mim mesma.

— Eu lembro. Óbvio que lembro. Vivo com isso todos os dias. Sem ele.

Bastet colocou a mão sobre a minha, sua respiração começou a desacelerar.

— Desculpa, Neffi. Eu só...

— Eu sei. Mas a gente ainda não sabe se ela é do Duat. Precisamos ser inteligentes. Vou lidar com isso. Não se preocupe. Só... fique de olho. Observe. Cheque e garanta que ela está sozinha. Eu cuido disso.

Bastet assentiu.

— Se você precisar que eu reúna as tropas, é só dar o sinal.

— Sempre.

— Não estou acostumada a trabalhar tanto para conseguir o que quero.

Sorri de uma forma que sabia que era desorientante. A moça piscou várias vezes antes de sorrir de volta — um sorriso amplo, nem um pouco tímido ou recatado. Ele destacou suas bochechas, levantou seu rosto de uma forma que a deixou ainda mais deslumbrante. Minha frequência cardíaca aumentou bizarramente com isso, mesmo sabendo que ela poderia ser uma inimiga.

Ela gesticulou para a cadeira vazia em sua mesa. Sentei e coloquei minha bebida na mesa.

— Achei mesmo que você viria.

Ela era confiante. Apesar de tudo, gostei daquilo.

— Então você está dizendo que sou previsível.

Ela balançou a cabeça e riu. Seu riso era um som doce, alegre, que destoava de sua sofisticação.

— Estou dizendo que você provavelmente está acostumada a ter tudo do seu jeito. — Ela baixou a voz: — Eu não quero ser algo com o que você está acostumada.

Ela era muito boa.

— Qual é o seu nome?

— Ma'at. — Ela piscou os olhos como se tivesse dito algo errado ou dado informação demais. A confiança dela se desestabilizou. — Minhas amizades me chamam de Mattie — acrescentou.

Eu assenti. Peguei a mão dela, apertei e fiz um carinho com o polegar.

— Oi, Mattie. Eu sou...

Ela se aproximou e soprou seu perfume em minha direção: adocicado, com cheiro de mel.

— Nefertiti Ay. Todo mundo sabe quem você é.

Deixei um dedo circular um ponto no pulso dela e senti o ritmo de seu sangue acelerar.

— Todo mundo conhece partes de mim. E, na verdade, é Nefertiti Áton. Nefertiti Ay era uma menina. Eu não uso esse nome há anos. E, ainda assim, poucas pessoas aqui me conhecem por esse nome. A maioria das que conhecem está morta ou é da polícia federal. — Desviei o olhar de seu pulso e o direcionei para seus olhos.

O sorriso de Ma'at congelou no rosto, e eu a vi engolir em seco. Mantive a voz jovial e segurei o pulso dela de maneira ainda gentil, mas agora com mais firmeza. Encontrei o olhar de Bastet, que estava falando com uma dançarina do outro lado da sala. Ela levantou uma sobrancelha, fazendo uma pergunta silenciosa, e eu balancei a cabeça de forma suave. Eu estava no controle da situação. Olhei de volta para Ma'at. Ela ainda estava tentando se controlar, tentando bancar a sedutora novamente para esconder o pânico em seus olhos. Eu sorri para ela.

— Você é nova nisso, né, Mattie? Dá para perceber. O que aconteceu, eles acabaram de promover você para a unidade secreta? E você estava animada para me ter como seu primeiro caso, né? É glamouroso e eu supostamente sou uma puta bem charmosa, então você achou que podia se divertir também.

Ela deu uma risadinha abafada, ainda bancando a profissional perfeita.

— Não faço ideia do que você está falando. Dá para ver que você está meio paranoica... tensa. Eu posso te ajudar com isso...

Eu continuei:

— Eu entendo por que escolheram você. Dedicada.

Algo mudou em seu olhar. Não era derrota, era adaptação. Ela estava tentando descobrir uma maneira de escapar da situação.

— A aparência também. — Abaixei a voz e inclinei a cabeça. — Você é linda. E inteligente. Você me fez vir até você. Foi uma boa jogada. Geralmente, quando mandam uma de vocês traíras para cá, é raro, mas mandam, ela é óbvia. Senso de moda extravagante, dada demais, desleixada. Mas você? Você tem bom gosto... — Estendi a mão para tomar um gole de sua bebida e sorri. — E você é profissional, então queria manter a cabeça limpa e ficar sóbria essa noite. Eu respeito isso. É uma pena que você tenha feito a besteira de me dizer seu nome verdadeiro. Você está chateada consigo mesma porque foi um erro bobinho de principiante. Sei que é seu nome verdadeiro porque você se arrependeu de ter falado assim que ele saiu de sua boca. *Ma'at*. Então você decidiu aceitar o erro, me dizendo seu apelido. É bonito. *Mattie*. Os dois nomes são bonitos.

Ma'at assentiu devagar, e algo escorregou de seu rosto, revelando uma beleza ainda mais devastadora. Ela não tinha medo de mim. Ela sorriu.

— Obrigada. Então... E agora? Vai me matar?

A voz dela era quente e suave em meus ouvidos e, naquele momento, senti algo frio, duro e afiado na minha coxa. Olhei por baixo da mesa para ver que Ma'at estava pressionando uma pequena lâmina de caça na minha pele. Eu ri de surpresa e satisfação genuína.

— Como você conseguiu trazer isso para cá? Não revistaram você?

— Ah, revistaram, sim.

Ela era realmente uma oponente digna. Eu tinha que admitir. Nós duas sabíamos que ela não ia fazer nada; ela não tinha como fazer. Estava cercada. Ela estava tecnicamente em um território hostil e inseguro. Eu poderia rasgar as entranhas dela se quisesse. Ela tinha colocado minha família em perigo. Era isso que tornava a lâmina encostada na minha coxa fascinante; era um desafio. Ela não tinha medo de mim. Queria que eu soubesse que ela também era perigosa. Era até fofo. Ela estava brincando comigo.

Eu sorri.

— Não seja rude, Mattie. Claro que não vamos matar você. Não há necessidade de tudo isso. Você vai voltar para seus chefes e dizer que não conseguiu entrar. Ai, inclusive.

Ela havia pressionado a lâmina com força demais, perfurando um pouco a pele, uma picada minúscula que senti em todo o meu corpo. Foi o oposto de dor. Ela limpou a garganta.

— Ah, me desculpe. Eu... Foi um acidente.

Em um movimento rápido e habilidoso, ela fechou a lâmina e a enfiou em algum lugar do macacão. Ela voltou a mão para debaixo da mesa, colocou na minha coxa e passou um dedo na maciez farta. Melou a ponta do dedo no sangue e o enfiou na boca. Seu rosto estava impassível e algo afiado e quente passou pelo meu corpo. Ela estava brincando consigo mesma também, vendo o quão longe poderia levar aquela situação comigo, vendo o quão longe ela poderia suportar a atração física óbvia sem comprometer a realidade em torno daquilo tudo.

Eu precisei me lembrar forçosamente que ela era minha inimiga.

Balancei a cabeça e me inclinei para mais perto dela.

— Eu poderia gostar de você. É uma pena que você seja quem você é.

— Eu poderia dizer o mesmo sobre você. Lutando contra as pessoas que tentam manter nossa cidade segura...

Eu não pude evitar gargalhar ao ouvir isso.

— Você está falando sobre o Duat? Caramba. A cara que você fez quando disse isso. Como se você realmente acreditasse...

A expressão dela estava rígida.

Ma'at se aproximou também, prestes a dizer algo, quando de repente as portas do salão principal se abriram com um estrondo que fez com que as dançarinas parassem. A música foi abafada pelo som de gritos desesperados. Eu senti cheiro de sangue. Abalada, pulei e vi duas de minhas guardas carregando uma menina cuja pele marrom estava ficando cinza, cujas roupas estavam tão empapadas de sangue que estavam ficando rígidas.

Praguejei e imediatamente chamei Bas para me ajudar; ela era meu braço direito, rápida e incisiva nessas situações, e geralmente aparecia ao meu lado em segundos. Na verdade, ela geralmente já estava no lugar onde precisava estar. Mas, quando cheguei mais perto, vi que ela não estava em lugar nenhum. Confusa, chamei ela mais uma vez, esticando o pescoço para vasculhar a sala com o olhar.

— Alguém viu Bastet?!

Os gritos das meninas se transformaram em choramingos. Elas se viraram para mim, tremendo com os olhos arregalados enquanto eu passava pela multidão que se reunia para ver quem elas estavam carregando. Eu franzi a testa. Esse tipo de incidente não era comum, mas também não era raro. Minhas meninas foram treinadas para emergências, então era estranho vê-las tão abaladas.

— Olha só, eu sei que isso é assustador, mas eu preciso que alguém responda...

Um braço, decorado com uma tatuagem de uróboro e salpicado de sangue, escorregou em direção ao chão. Meus joelhos cederam e um grito escapou de minha garganta. Olhei desesperadamente para os rostos agitados das meninas, precisando de uma resposta.

— Ela foi verificar uma confusão lá fora. Um homem estava atacando uma mulher. Ele puxou uma arma — gaguejou uma delas.

Eu nunca perdia minha compostura. Eu tinha visto tudo que havia para ver sob o sol e sob a terra. Coisa horrível em cima de coisa horrível. Eu tinha habilidades para lidar com esse tipo de situação. Eu sabia remendar, suturar, embalsamar, extrair, tratar — mas ver minha melhor amiga sangrando até a morte me imobilizou.

Os sons do alarme se misturaram, virando parte da cacofonia. Alguém estava mandando as clientes saírem, mandando as guardas ficarem perto da porta para manter o Duat do lado de fora, mas eu não conseguia descobrir quem era. Eu não conseguia respirar. Os olhos de Bastet estavam vazios, a pele úmida, a respiração lenta e irregular.

Elas estavam me perguntando o que fazer. Eu sabia o que fazer — óbvio que sabia —, mas não conseguia extrair nenhuma solução do pântano viscoso que minha mente tinha virado. Todo o pânico e medo que eu não havia sentido por todos esses anos me inundaram.

— Eu preciso de jarros de água, toalhas e um balde. Agora. Coloquem ela ali, naquela mesa. Rápido. Ela está perdendo sangue. — A voz desconhecida novamente.

Virei-me para ver Ma'at comandando as meninas com uma expressão de concentração no rosto. Elas me olharam em dúvida. Eu não confiava nela, mas ela estava certa. Eu engoli em seco, forçando minha voz a sair:

— Façam o que ela disse. Não temos tempo.

Ma'at se virou para mim e segurou meus braços.

— Olhe para mim. Precisamos levar ela para o hospit...

Isso me tirou do choque. Puxei meus braços de suas mãos.

— O quê? Claro que não podemos levar ela ao hospital! Eles são controlados pelo... não podemos chamar ninguém. Eles vão deixar ela morrer para chegar até mim. Eles vão...

Minha voz estava estridente e Ma'at agarrou meus braços novamente e os esfregou.

— Tudo bem. Desculpa. Foi uma sugestão estúpida. Olha só, eu posso tratá-la, fui treinada...

Claro que foi. Todo mundo do Duat tinha treinamento médico básico. Eu a empurrei para o lado, fungando, enxugando as lágrimas, a raiva lutando com o medo.

— Não. Você devia ir embora. Alguém pode pegar meu kit?

Eu me ajoelhei perto da mesa e enxuguei a testa de minha melhor amiga com um guardanapo. Ela estava gemendo, perdendo rapidamente a consciência.

— Nef...

— Shh, não fale nada. Vai ficar tudo bem.

Eu rasguei o vestido dela e mordi a boca para me impedir um grito ao ver o ferimento. Meu estômago embrulhou. Fiquei tonta. Meu kit apareceu, mas minhas mãos tremiam. Meus olhos ficaram turvos.

O sangue de Bastet estava escorrendo para o veludo da cadeira, tornando-o mais intenso, mais bonito. Eu conseguia escutar o esforço de cada respiração. Ela estava me deixando. Senti uma mão sobre a minha, me puxando gentilmente, me empurrando para longe. Eu não poderia lutar contra aquilo, mesmo que pudesse. Eu estava mole. Ma'at passou por mim, pegou meu kit e se ajoelhou diante do corpo moribundo.

— Como você está se sentindo?

A voz de Ma'at estava estável quando ela me olhou com olhos brilhantes do outro lado da cozinha. Ela também estava em estado de choque. De alguma forma, ela tinha salvado a vida de Bastet. Rápida e incisivamente, comandando minhas garotas com perícia. Tinha sido uma ferida profunda e Bastet ainda estava por um fio, mas ela estava viva e ia resistir. Ma'at me ajudou a voltar para meus aposentos, onde limpei o terror da minha pele e me servi um copo da bebida mais forte que encontrei no armário. Eu balancei a cabeça para Ma'at.

— Se você não estivesse lá, ela teria morrido. Eu deveria estar no controle. Deveria ter sido capaz de salvá-la.

Ma'at atravessou a sala e segurou minha mão.

— Não faça isso consigo mesma. Você estava em choque.

Eu recuei, lutando entre minha cautela e a confiança plantada pelo fato de que ela tinha salvado a vida de minha melhor amiga. Quando abri a boca, ficou óbvio que a confiança estava ganhando.

— Ma'at, quando eu tinha 15 anos, um homem matou minha mãe na minha frente enquanto ela tentava me proteger. O Duat não fez nada, disse que a culpa era nossa. Comecei a cantar em clubes masculinos aos 16 para sobreviver. A maioria dos homens que frequentavam era do Duat. Eu olhei Osiris nos olhos e sobrevivi muitas vezes. O Duat envenenou meu marido. Eu não deveria ter ficado chocada. Eu deveria ter sido mais forte. Para que serviu tudo isso se eu não fiquei mais forte?

A voz de Ma'at soou suave:

— Nefertiti. Você pode ser mais forte do que a maioria, mas você é humana. Não é uma deusa. Você pode ter sentimentos.

Eu olhei para ela com desconfiança.

— Imagino que você vai contar a seus superiores sobre isso?

Ma'at se mexeu e se encostou no balcão a meu lado.

— Não. Mas você precisa saber que existem algumas pessoas boas lá. Eu não sabia de tudo isso. Tenho certeza de que, se eu explicasse o que aconteceu, poderíamos pegar o cara que...

Ri sem nenhum humor e esfreguei a testa.

— Boa. Você não entende, né? Eles nunca vão pegar aquele cara, Ma'at. Eles *são* aqueles caras. A Casa de Áton é quem captura esses caras. As poucas mulheres que eles têm na polícia são parte da fachada deles. Vocês são os peões. Então me diga, Ma'at, quantas mulheres fazem parte da sua equipe?

Ela ficou em silêncio. Eu assenti.

— E eu conheço seu sotaque. Dá para escutar agora. Você é de Aaru. Uma doce cidade na montanha, onde vivem todos os Ifset. Aposto que você cresceu inteligente e forte e pensou em descer para os vales para mostrar para a gente como se faz. Eles disseram que nós éramos pessoas corruptas e você acreditou neles porque acreditar neles funcionava para você. Acreditou neles para não ter que questionar por que estava lá em cima enquanto nós estávamos aqui embaixo, para não chegar à conclusão de que você precisa que a gente permaneça aqui para manter você lá.

Ma'at não se escondia atrás de maquiagem ou fingimento. A honestidade combinava com ela. Sua pele brilhava na iluminação quente da cozinha, sedosa e profunda.

Ela assentiu.

— Você está certa.

Nós duas ficamos em silêncio por um momento, olhando uma para a outra. Eu estava muito cansada. Suspirei.

— Ma'at, eu faço coisas ruins para deter pessoas ruins. É a única maneira de impedir que façam coisas ruins com pessoas boas. Você realmente não sabe o que seu pessoal faz?

Ela balançou a cabeça com tanta força que eu não conseguiria acreditar que era mentira, mesmo se quisesse.

— Bem, isso é patético.

— É mesmo. Desculpa.

A expressão em seu rosto era como se seu universo tivesse acabado de se inverter.

Eu limpei a garganta.

— Sou grata a você por hoje. De verdade. Você salvou a vida da minha melhor amiga. Mas isso aqui... não vamos fazer isso. Eu não quero ser nenhum tipo de fantasia. Minha vida não é um jogo. Você não precisa fingir que se interessa ou se importa.

— Acho que você já sabe que sou uma péssima atriz.

Ela deu um sorrisinho. Eu me surpreendi por me ver sorrindo de volta.

Fiz uma pausa e me encostei no balcão. Ela incitava uma parte de mim que queria ser honesta. Eu tinha passado tanto tempo com o coração fechado. O esforço necessário para protegê-lo me exauriu.

— Tem uma parte de minha alma que está calejada. Às vezes, para derrotar monstros, você precisa se tornar um. Você sabe o que eu fiz uma hora antes de te conhecer? Ordenei a excisão e castração de um homem.

Ma'at parecia imperturbável.

— O que ele fez?

— O quê?

Ela deu de ombros.

— O que ele fez para que você fizesse isso?

— Deu tanta porrada na esposa que ela teve dois abortos.

Ma'at assentiu.

— Então ele mereceu. Nefertiti, estou do lado da justiça. É por isso que entrei no Duat. Se o Duat não está fazendo justiça, então talvez eu precise repensar de qual lado estou.

Eu fiquei imóvel enquanto ela continuava:

— E... não acho que você tenha uma alma calejada, só uma alma que carrega a dor de outras pessoas. Uma alma forte.

Engoli em seco, tentando conter as lágrimas. Em uma tentativa de me distrair, me virei para pegar mais um pouco de bebida no armário. Quando o fiz, a seda do meu robe roçou no corpo dela e eu enchi o copo rapidamente, esperando que ela não tivesse sentido meu amolecimento. Ofereci a bebida para ela. Ela assentiu e eu ergui uma sobrancelha.

— Acabou a hora do expediente?

Ela deu uma risada sem humor. Um som mais grave que antes, mais doce e rouco.

— O relógio foi destruído. Eu não sei mais que horas são.

Ergui meu copo em direção ao dela e brindamos.

— Bem-vinda à Casa de Áton, onde o sol nunca se põe.

Ma'at tomou um gole e estremeceu, mas sustentou meu olhar. Os olhos dela me atravessaram como quando eu estava no palco, e eu senti como se agora os holofotes estivessem em mim de uma maneira diferente, brilhando através da minha pele para que minha alma pudesse ficar exposta. Eu me assustei por não me importar com isso. Ela correu um dedo pela minha testa, pelo meu nariz, pelos meus lábios, uma trilha suave que fez com que eu me sentisse frágil. Ela traçou o contorno dos meus lábios e me senti relaxar.

Quando ela sussurrou, seu hálito cheirava a álcool e eu inalei profundamente, embriagada com a proximidade.

— Então, que horas você vai descansar, Nefertiti?

Ma'at segurou meu rosto e meus olhos se fecharam automaticamente. Ela beijou minhas pálpebras com carinho e eu vi as estrelas. Naquela noite, ela se ofereceu como um escudo para que eu pudesse ser suave, ser eu mesma, para que eu pudesse ser amada como uma coisa preciosa. Ela me abraçou por inteiro e beijou minha cicatriz áspera. Naquela noite, a Casa de Áton tornou-se o lar de uma nova liberdade.

Era engraçado que eu acreditasse que era a fantasia dela sem que nunca me ocorresse que ela era a minha.

Quando um intruso entrou em meu quarto na manhã seguinte, contornando o portão de segurança, me culpei. Eu deveria saber que aquilo aconteceria. Era o parceiro de Mattie. Quando o oficial do Duat me arrastou de minha cama, me jogou contra a parede e me disse para colocar minhas mãos para cima e não me mover, eu não me mexi, mas ri um pouco. Olhei para Mattie enquanto ela apontava a arma para mim, ainda usando meu robe, cheirando a meu sabonete, a meu creme, a mim. Poético, de verdade. Eu tinha feito aquilo comigo mesma.

— Muito bem — disse o oficial a Mattie. — Isso deve ter sido difícil para você.

— Ah, você não faz ideia — disse ela. — Não se preocupe. — O olhar dela não se desviou do meu, pesado e inescrutável. Os mesmos olhos que apenas algumas horas antes me olhavam suaves com luxúria. — Eu cuido disso.

O oficial assobiou baixo, impressionado.

— Tem certeza? Deixe que eu faço. Por favor. Eu disse a eles que a missão foi abortada, como você falou, então essa vitória pode ser nossa. Mas, *por favor*, me deixe fazer isso. Estou morrendo de vontade de matar essa puta. Tem que ser com uma arma? Ela é tão criativa. Não tem por que não sermos também.

O oficial não fechava a matraca. Não pude evitar revirar os olhos. Eu tinha seis armas em meus aposentos e nenhuma delas estava acessível para mim naquele momento. Típico. Mesmo se eu tivesse pegado a faca debaixo do travesseiro, teria sido inútil. Eu devia ter matado ela quando tive a chance. A noite anterior tinha parecido real, segura e doce, e era exatamente por isso que eu devia saber que era mentira. Pessoas como eu, com poder como o meu, não conseguem ter algo real, seguro e doce. Eu merecia aquilo. Fui fraca.

Mattie me olhou nos olhos, do jeito que tinha olhado na noite passada, os mesmos dedos que tinham me acariciado se enrolando no gatilho.

— Eu disse que cuido disso.

— Aff. Você fica com toda a diversão.

Fechei os olhos. Vi o rosto de Aquen. Vi o rosto de Bastet. Os rostos de todas as meninas.

E então eu vi estrelas.

O estrondo ressoou em meu corpo... sem nenhuma bala. Abri os olhos novamente e vi o oficial sangrando no meu piso de madeira imaculado. Seria um inferno limpar aquilo.

Mattie estava sem fôlego. Ela me encarou com seus olhos enormes, selvagens e lindos e a arma ainda apontada.

— Tem alguém para limpar isso ou é a gente mesmo que faz esse tipo de coisa?

Naleli

Eu estava quente. Tipo *derretendo* de tão quente. Não quente do jeito que os caras diziam para se referir às outras meninas da escola. Também não quente do jeito que deixava os olhos deles pesados e os fazia baixar a voz em algumas oitavas. Não, eu estava quente tipo cozinhando, as mangas longas da minha blusa absorvendo o sol inteiro do mundo e prendendo aquele calor entre o tecido e minha pele. A calça jeans skinny colada em minhas pernas a cada minuto parecia mais um dispositivo de autoflagelo. Eu estava mesmo me sacrificando para os deuses da aceitação social adolescente? Eu era pagã! Por que eu estava numa festa na piscina de comemoração de fim da escola que englobava tudo que eu tinha renunciado durante minha vida escolar inteira?

Porque, ai de mim, minha "melhor amiga", Letsha, tinha me arrastado para cá porque supostamente seria "divertido", porque ela tinha um maiô novo que ela queria "testar" e porque "você não pode desperdiçar sua vida inteira *lendo*, Naleli". Graças a ela, agora eu iria *morrer* de insolação. Era verão em Lesoto, no meio de novembro, e o sol estava queimando com o tipo de ferocidade que só acontecia alguns dias antes de cair um toró daqueles, como se ele estivesse determinado a lutar contra a inevitabilidade das nuvens.

— Você sabe que pode, tipo assim... tirar a roupa, né? — disse Letsha, e inclinou o queixo para cima para soprar uma pluma ondulante de fumaça da boca, a voz tensa e abafada depois de inalar um baseado gigantesco.

Ela estava sentada na mureta de tijolos ao meu lado, muito mais descolada vestindo o maiô decotado que exibia todas as suas curvas suaves.

Eu só vesti o biquíni rosa-choque ridículo que minha mãe comprou para que ela calasse a boca, e ele estava seguro escondido debaixo da minha blusa e da minha calça, onde permaneceria até que eu voltasse para casa.

— Naleli, você não pode continuar se escondendo — pediu minha mãe. — Vá com ele só para garantir. E se for o caso?

Se for o caso de quê? Se for o caso de minha pele magicamente voltar a ser de uma cor só? Se for o caso de meus colegas de repente se tornarem menos ignorantes e cuzões?

Eu observei os recém-libertos estudantes do último ano do ensino médio do Colégio Maloti Valley mergulharem as pernas na água fria ou deitarem juntos em cangas espalhadas na grama baixa, sem precisar pensar duas vezes sobre seus corpos ou sobre o que estavam fazendo com eles, se enroscando uns nos outros como que tentando compensar a separação inevitável que a formatura traria. Eu estava ótima onde estava, sentada na mureta de tijolos, observando, sob a sombra de uma árvore. No pátio largo na frente das portas de vidro da mansão cuja arquitetura era inspirada num rondavel, a realeza de Maloti Valley brilhava de beleza, esticando seus corpos sob o sol, estendidos sob seus raios.

Desviei o olhar do brilho deles para revirar os olhos para minha melhor amiga.

— Você é engraçada.

Letsha virou para mim e levantou os óculos escuros, apoiando-os em suas tranças nagô bem trabalhadas que desembocavam em tranças soltas que chegavam até a cintura.

— Tô falando sério.

— Letsha, *pelamor*, eu vim. Por *você*. Isso não basta?

Do outro lado do pátio, Keeya e suas damas de companhia se exibiam sem um pingo de vergonha. Keeya parecia um anjo passando pela rumspringa* usando um minúsculo biquíni branco. Ela balançou seu longo cabelo brilhoso e pranchado e esticou a mão que segurava o telefone em direção ao seu. No início, ela tirou *selfies* sozinha. Depois, quando ficou satisfeita, permitiu que as amigas partilhassem de um pouco de sua luz (usando brilho labial cintilante e soltando guinchos irritantes, "aff, Lindelani, você não tá vendo que tá bloqueando minha luz?").

À esquerda delas, estava o chefe do bando, Khosi. Khosi Nkoli, que tinha dado essa festa. Khosi Nkoli, capitão da equipe de atletismo. Khosi Nkoli, que *poderia*, teoricamente, ser descrito como uma delicinha. Khosi Nkoli (monitor-chefe), que estava num rolo indefinido

---

* Rumspringa é um período da adolescência em que jovens Amish podem fazer e experimentar coisas que vão de encontro a sua religião. (N.T.)

extenso com Keeya (monitora-chefe), porque *óbvio* que ele seria a metade de uma relação tensa vai-ou-não-vai com direito a todos os altos e baixos de uma série de TV estadunidense em que gente de 30 e poucos anos interpreta gente de 17. No site da escola, o monitor e a monitora-chefe eram descritos como indivíduos eleitos por causa de sua "dedicação ao espírito escolar, pessoas que melhor representam os interesses do corpo estudantil ao departamento docente". Mas, na verdade, os mandatos de monitor e monitora-chefe eram decididos pela quantidade de pessoas que queria comer eles, e Khosi e Keeya eram facilmente coroados como os Mais Comíveis.

Letsha deu um sorrisinho malicioso, seguindo minha linha de visão até o casal.

— Tá certo. Aham. Vamos fingir que foi por mim.

— Quê?

Letsha me ignorou.

— *Enfim.* Gola alta, manga longa... Seria legal se fosse o que você quer vestir de verdade, mas eu sei que não é. Eu vejo as roupas que você fica olhando nas lojas...

— Eu só acho que elas ficariam bem em *você*! — interrompi.

Khosi estava bebendo algo em um copo plástico. Seu corpo alto, atlético e teoricamente comível vestindo apenas um shortinho amarelo-limão brilhava sob o sol. O corpo dele era todo cheio de elevações e curvas rígidas e ângulos bem definidos, mas seu rosto era suave; ele estava parado no meio do pátio parecendo meio desorientado. Keeya puxou o cotovelo dele e encaixou um braço brilhante (era glitter corporal) no dele forçosamente enquanto ele contava uma história ao grupinho. Khosi riu, mas em seguida levantou a mão para passá-la na cabeça e, ao fazê-lo, se desvencilhou de Keeya. Ele passou os olhos preguiçosamente sobre a extensão de seu reino e acabou encontrando os meus. Eu quase caí da mureta. Ele franziu as sobrancelhas em surpresa antes de levantá-las em sincronia com os cantos da boca, arrastando meu coração no processo.

— Por que não *você?* — perguntou Letsha baixinho.

A sensação de formigamento debaixo de minha blusa estava ficando intensa demais, o calor subindo das profundezas da minha pele.

— Você sabe por quê.

Khosi e eu fomos amigos em outra vida. Quando tínhamos 8 anos, na época em que minha mãe trabalhava no salão da mãe dele, nós brincávamos juntos depois da escola, em meio ao calor dos pentes quentes e dos vaporizadores. Aos 10, nós criamos um aperto de mão secreto que exigia uma destreza avançada. Com 12, sentávamos juntos enquanto ele lia quadrinhos e eu lia livros e nos revezávamos para explicar um ao outro sobre as maravilhas de nossos mundos, nos aproximando, fundindo o que tínhamos e criando nosso próprio universo. Com 13, ficou óbvio que os hormônios e a puberdade tinham remodelado nosso mundo, empurrando-nos para uma nova época: a Era Adolescente. Khosi ficou mais alto, os músculos ficaram mais firmes e a voz ficou mais grossa. Minha evolução, no entanto, envolveu manchas rosa-claro surgindo na minha pele marrom-escura. Primeiro no rosto, depois nos braços, até tomarem todos os lugares, impossíveis de esconder. Eu chorei na época, esfregando a pele até a ficha cair de verdade. Khosi nunca disse uma palavra sobre o assunto. O sorriso seguia tendo a mesma potência sempre que ele me via, e era quase como um unguento para as feridas deixadas pelos comentários feitos pelos outros pré-adolescentes (apesar de Letsha sempre ter assegurado que o primeiro comentário também fosse o último). Além disso, teve nossa mudança social básica; eu era dos clubes do livro, ele era dos clubes de esportes. Meninas queriam ficar com ele e raramente falavam comigo. Meninos queriam ser ele e não pareciam se interessar por mim. A afiliação dele à equipe atlética havia lhe dado uma panelinha predeterminada, e Keeya, capitã de netball, estava prontíssima para ser o par dele.

Por um breve período, Khosi e eu ainda tínhamos vivido a fantasia de que nossa amizade poderia sobreviver a essa cisão social, que ela podia desafiar a natureza. Eu era completamente ignorada pelas pessoas que ele chamava de amigos, mas ele nunca percebia, cego pelo fato de que era amado e sempre presumindo que o padrão de todo mundo era ser legal, sem saber que a forma como as pessoas tratavam as outras dependia se eram consideradas do *mesmo tipo* que elas ou não. Ele nunca percebia que as pessoas ou ignoravam minha existência ou me encaravam com hostilidade, como se eu tivesse o poder de diminuir a atratividade delas só por estar perto. A facilidade com a qual ele interagia com todo mundo era prova para mim de que o carisma dele havia sido concedido por um elixir mágico, bebido em seu aniversário de 13 anos, chamado "Príncipe Encantado". *Tinha* que ser isso. Não é normal se dar bem com todo mundo como Khosi, pelo menos não sem alguma ajudinha mágica. Os ingredientes do elixir eram uma quantidade não ameaçadora de inteligência (o suficiente para que ele não fosse um bobão, mas não o suficiente para que ele fosse um nerdão), uma certa quantidade de simpatia (mas não o suficiente para insinuar que todo mundo estava no mesmo nível que ele, porque é impossível ser um príncipe se todo mundo é igual a você) e, é claro, a capacidade de fazer os outros quererem ser como você. Do que eram feitos Caras Populares, se não de Old Spice, mel e dinheiro pra dedéu?

Aos 15 nós começamos a nos afastar, mas ainda conversávamos por mensagem, ainda saíamos juntos quando podíamos, tentando negar as rachaduras. Então veio a festa de aniversário de 16 anos dele. Assim que eu entrei na casa, senti um embrulho no estômago, uma coisa pesada que ameaçava me puxar de volta para a porta. Até a segurança de ter Letsha ao meu lado não foi o suficiente para matar a sensação de que eu estava num território estrangeiro e hostil. Olhos ferozes se viraram bruscamente para minha direção, me observando de maneira cautelosa, olhares ainda mais enlouquecidos pelos efeitos de bebida fluorescente clandestina. Eu estava usando uma blusa de alcinhas e uma saia jeans emprestada por Letsha (para a alegria de minha mãe), mas me senti nua de repente. Meu coração estava batendo nos meus ouvidos, afogando o som pulsante de uma música do Usher. Eu estava prestes a virar para Letsha para avisar que aquela era uma ideia muito péssima e que nós deveríamos ir embora *imediatamente*, mas ela já estava sorrindo e flertando com um cara bonitinho e, sério mesmo, bastava um sorriso de Letsha para um cara se apaixonar. Eu não podia negar diversão a minha melhor amiga só por causa do meu desconforto, então fiz um gesto para que ela fosse em frente. Depois de se assegurar de que eu tinha certeza, ela foi embora, balançando os quadris de leve enquanto se aproximava de sua presa. Sem Letsha, eu era ainda mais vulnerável. Ela era descolada. Descolada demais até para a Realeza de Maloti Valley. Todo mundo sabia que ela tinha sua própria jurisdição, e agora eu estava sob *minha* própria jurisdição, sem a proteção da tolerância-por-associação. Ativando rapidamente o modo sobrevivência, localizei uma brecha num canto distante da sala onde eu podia me enfiar, mas, assim que dei um passo em sua direção, bati a cara em um peito firme e quente, frustrando meus planos minuciosos. Olhei para cima e avistei o sorriso brilhante do dono do peitoral, cujos olhos lindos encaravam os meus.

— E aí, Leli! Você veio! — A voz de Khosi era como o brilho do sol.

Ele colocou os braços ao meu redor e meu nariz ficou enterrado em seu ombro, me dando acesso direto ao cheiro quente e amadeirado dele. Um formigamento desconhecido começou em meu corpo. *Interessante.* Fiz um lembrete mental de analisar a sensação depois. Ele me soltou e eu me senti meio tonta. Talvez fosse desidratação e minhas alergias. Limpei a garganta.

— Hm. É. Eu não vinha. Mas aí me senti mal, porque você sabe que minha presença é o que determina se uma festa é boa ou ruim.

Khosi assentiu, alargando o sorriso.

— Verdade. Não tem festa sem Naleli Labello. Inclusive... — Ele deu uns passos para trás, curvou as mãos ao redor da boca e berrou: — Geral pode vazar! Naleli chegou! Pode ir todo mundo pra casa! A gente não precisa de vocês!

Rindo, eu pulei nele, puxando as mãos dele para longe da boca.

— Para! Seu idiota.

Ele sorriu e passeou os olhos por mim.

— Sério mesmo, você é meu maior motivo para dar essa festa. Eu tive que inventar alguma forma de fazer você dançar comigo. É tão difícil dar rolê com você ultimamente.

Era verdade que sempre que Khosi me chamava para passar um tempo com ele e ficar de boa eu recusava, mas era só porque ele sempre queria dar rolê em lugares onde os amigos dele estariam. Os amigos que me perguntavam: "Você nasceu desse jeito? Ou foi tipo... *crescendo* do nada?" ou "As partes brancas da sua pele... coçam?" e até mesmo "Você diz que é negra? Tipo, você *pode* dizer que é negra?". Como se vitiligo fosse uma mutação mais forte que biologia e *senso comum* e apagasse minha ancestralidade. Eu tinha decidido abrir uma exceção no aniversário dele.

Também decidi fugir da verdade nua e crua com uma verdade mais suave, inclinando a cabeça para o lado.

— Aff, Khosi, você acha que eu sou uma de suas liderzinhas de torcida que ficam correndo atrás de você pra lá e pra cá? Só porque você tem duas unidades de pelo no queixo e porque sua voz deu uma engrossadinha?

Khosi jogou a cabeça para trás e falou:

— Fala sério...

— Não, não, fala sério *você*, cara. Eu tenho uma foto sua com a mãozinha na cintura usando a peruca da dona Majoro de ir para a igreja. Sua conversinha de menino charmoso não funciona comigo. Eu te *conheço*...

Khosi levantou a mão e me interrompeu.

— Peraí. Em primeiro lugar, eu arrasei com aquela peruca. Em segundo lugar, você sabe que eu nunca pensaria isso. Você mostra o caminho, eu sigo. Por isso que eu estava usando a peruca, pra começo de conversa. Foi ideia *sua* roubar ela, e eu faria qualquer coisa pra te fazer rir. Também foi ideia *sua* coreografar a dancinha que a gente fazia quando tocava "Khona".

Ele parou e mordeu o lábio, os olhos brilhando com uma ideia. Comecei a balançar a cabeça na hora. Senti o sangue gelar enquanto levantava um dedo em alerta.

— *Khosi*. Não. Não! Eu *não* vou...

Mas ele já tinha chamado o amigo que estava cuidando da música, imune aos olhares curiosos de seus colegas que estranhavam nossa interação interespécie. Popular e plebeia. Normal e anormal. O primeiro batuque soou pela sala.

— Aumenta aí! — gritou Khosi.

Eu queria ficar irritada. Mas minha careta mal tinha se formado quando o sorriso escapuliu. Esse era o poder de Khosi. Os ombros dele estavam se mexendo ao som da batida enquanto ele caminhava até o centro agora esvaziado de sua sala de estar, com os braços estendidos à frente e as mãos me chamando no ritmo da música.

— Você sabe que eu não consigo dançar sem você, Leli.

O rosto dele desmontou minha determinação. Nós obviamente tínhamos atraído um certo público. Letsha empurrou o cara com quem estava ficando para o lado e olhou para mim com olhos enormes e alegres, enquanto assentia com a cabeça e dizia "se joga" sem emitir nenhum som, com certeza se lembrando de todas as coreografias que eu a obriguei a aprender vendo vídeos no YouTube. Eu exalei pesadamente.

— Esse é seu presente de aniversário para os próximos dez anos.

O sorriso de Khosi se alargou quando me posicionei ao lado dele e iniciei a série de passos complexos. A sala explodiu em gritos animados quando Khosi começou a me acompanhar. A memória muscular nos ajudava a lembrar de cada passo, salto, giro e mexida, balançando os braços pelo ar. Estávamos numa conversa particular de muitos anos que parecia atemporal, nosso vocabulário era complexo, cheio de camadas, com uma energia que só crescia. Éramos nós dois correndo por aí usando perucas cacheadas sintéticas. Éramos nós dois apostando corrida na piscina da família dele (ironicamente, eu sempre ganhava). Minha consciência extrema do meu corpo se desmanchou e eu me senti confortável em minha própria pele, livre. Khosi era mais lento e um pouco mais desajeitado do que eu. Em dado momento, ele parou, me deixando terminar a dança sozinha. Eu estava no centro do palco. Terminei ao som de aplausos estrondosos; os gritos dele eram os mais altos, seu sorriso era o maior de todos. Eu tinha esquecido que estávamos sendo observados. Ele se curvou diante de mim.

Eu ri.

— Por que você se deu ao trabalho? Você sabe que eu danço melhor que você.

Ele balançou o ombro.

— Eu te falei. Qualquer coisa pra te fazer rir.

A força do olhar de Khosi fez as palavras voltarem pela minha garganta. Engoli em seco.

— Khosi! Acabou o gelo, cara! — O som da voz do amigo dele assustou nós dois.

Khosi não desviou os olhos do meu rosto ao gritar de volta:

— Tem mais gelo no freezer lá fora! Na garagem.

— Onde é isso? — A voz se intrometeu de novo.

Khosi praguejou baixinho e balançou a cabeça.

— Idiotas. — Ele passou o polegar no meu pulso acelerado e curvou a cabeça para garantir que eu olhasse nos olhos dele. — Não saia daqui.

— Tô muito sem fôlego depois de ser a Beyoncé dessa festa pra me mexer.

Khosi riu enquanto se afastava de mim, os olhos dançando com os meus. Ele mordeu o lábio inferior de um jeito que me deixou consciente de todas as partes do meu corpo antes de juntar as mãos numa prece e dar uma corridinha até a porta dos fundos.

Eu não tinha percebido quão afetada estava minha respiração até soltar um suspiro pesado. As emoções que eu estava tentando ignorar emergiram para a superfície e esquentaram minha pele inteira. As borboletas no meu estômago me disseram que a minha afeição por Khosi tinha passado por uma metamorfose. Quem iria imaginar que meu destino seria ter um *crush* gigantesco no menino que uma vez tinha me perguntado se *Titanic* era baseado numa peça de Shakespeare.

— Mas que bonitinho.

Só reconheci a voz vagamente, mas foi o suficiente para desmanchar meu sorriso e azedar meus devaneios doces. Eu virei para olhar Keeya, que me encarava de volta com a cabeça inclinada, os lábios curvados cheios de brilho labial. Letsha tinha avistado a cena de longe e já estava dando largos passos em nossa direção. Eu balancei a cabeça de leve. Ter uma guarda-costas só me faria parecer fraca. Retribuí o sorriso falso de Keeya.

— O que é bonitinho, Keeya?

A sombra cheia de glitter que ela estava usando só fazia o brilho sombrio em seu olhar ficar mais pronunciado.

— Aquela dancinha, amiga. Foi muito bonitinha. — Ela esticou o braço para brincar com uma de minhas tranças, como um gato brincando com o rato, e me olhou de cima a baixo. — Posso deixar você ainda mais bonitinha. Trouxe minha maleta de maquiagem. A gente pode fazer uma transformação rapidinha.

Estreitei os olhos para ela. Ela estava bêbada ou maluca?

— Quê? Não, eu não quero uma...

Keeya estendeu a mão e levantou meu queixo, a frieza de seus olhos uma linha tênue entre uma pista de patinação no gelo adorável e um penhasco de neve.

— É só que você seria tão bonita se não tivesse...

Meu estômago revirou e eu afastei meu rosto da mão dela. Ela fingiu uma expressão de arrependimento e deu outro sorriso enjoado de tão doce.

— Olha, só tô dizendo que acho que somos do mesmo tom. Mais ou menos. Bom, suas partes marrons, no caso. — Ela riu. As farpas da risada dela dilaceraram o que restava do meu bom humor. — Então eu posso te ajudar a cobrir essas partes da sua cara. Deixar tudo de uma cor só, né? Aí as pessoas não vão ficar encarando quando vocês estiverem juntos.

Eu dei um passo para trás, ignorando o ardor em meus olhos.

— Eu e Khosi não estamos...

O sorriso dela sumiu e seu rosto ficou impassível.

— Não. Não estão. E nunca poderiam estar. Isso é só caridade. Ele tá sendo legal com uma menina que a mãe obrigou ele a convidar. Nós duas sabemos que Khosi é um cara muito legal. Ele queria deixar você confortável. Mas eu quero te lembrar de não ficar confortável demais.

Ela se aproximou e colocou uma mão no meu ombro. Eu o sacudi para me desvencilhar. Ela riu.

— Olha só — continuou Keeya —, mesmo que ele ache que gosta de você, você não acha que vai ter um momento em que ele vai cansar das pessoas te encarando como se você fosse uma aberração? É pro seu bem, amiga. Vai ter um momento em que ele vai querer ficar com alguém normal. Você merece ficar com alguém... que nem você.

Eu cerrei os dentes, desejando que minhas lágrimas desafiassem a gravidade.

— Vai se foder, Keeya.

Ela sorriu, maliciosa.

— Só tô tentando ajudar.

Empurrei ela e me afastei. Assim que Letsha viu meus olhos marejados, ela quis ir arrancar os apliques de Keeya. A única coisa que acalmou o olhar assassino dela foi meu pedido desesperado.

— Por favor, Letsha. A gente pode só *ir embora*?

A gente tinha acabado de cruzar a porta quando Khosi apareceu e segurou meu pulso, com os olhos cheios de preocupação.

— Ei, opa... Leli, o que foi? O que aconteceu?

Minhas lágrimas ficaram mais pesadas quando vi o rosto dele. O chão estava finalmente se movendo abaixo de nós, separando a gente e os nossos universos. Keeya podia até ser uma bruxinha malvada, mas ela tinha um ponto. Nossa amizade não era sustentável. Ele podia não saber disso, mas por que saberia? Ele era o Rei da Floresta. Ele não tinha nenhum predador conhecido. Eu, por outro lado, estava desenvolvendo o oposto de uma camuflagem, que só ficava mais aparente a cada dia que passava.

— Quer saber, Khosi? Acho que é melhor a gente desistir. A gente tinha uma amizade quando era criança. Vamos deixar assim mesmo. Você não precisa mais tentar.

Ele balançou a cabeça.

— O quê? *Naleli...*

Desvencilhei meu pulso da mão dele.

— Não. Khosi, *olhe* para mim. Você está vendo? Está me vendo de verdade? Você sabe o que seus amigos veem quando olham para mim?

Ele franziu o cenho.

— Eu não me importo com o que eles pensam. Sua aparência não importa para mim...

Eu ri de um jeito amargo, as lágrimas começaram a cair mais agressivamente.

— *Muito* obrigada por conseguir ver além da minha cara horrível.

— Peraí. Não foi isso que eu quis dizer...

Eu balancei a cabeça.

— Nem importa mesmo. Veja o que quiser ver, Khosi. Você quer acreditar que tudo é fofo, legal e colorido porque isso é o que funciona para você...

A irritação surgiu no rosto dele.

— Leli, eu sei que você acha que meus amigos não gostam de você, mas você já parou pra pensar que talvez seja porque você afasta eles? Você nem tenta! Você pensa que é melhor que eles...

Letsha quase engasgou e só mordeu a língua porque eu segurei o pulso dela com firmeza. Meu coração partiu, mas endureci a voz e ergui o queixo.

— Eu *sou* melhor que eles. Eles são um bando de otários superficiais.

Khosi deu alguns passos para trás, seu rostinho bonito desmoronou.

— É isso que você pensa de mim, Leli?

Engoli em seco.

— Eu não sei. Mas acho melhor a gente ficar longe um do outro de agora em diante.

E foi o que fizemos. Pelos dois anos seguintes nós nos movemos em torno um do outro como se fôssemos estranhos, quase sem reconhecer a existência um do outro, até que eu recebi a mensagem enviada em massa por ele convidando as pessoas para o seu aniversário. Nós tínhamos 18 anos, estávamos prestes a sair para o mundo, um mundo novo onde as panelinhas da escola não significariam nada. Eu fiquei parada encarando a tela, perdida num déjà vu. A última mensagem que ele tinha me mandado tinha sido um convite pessoal para seu aniversário de 16 anos:

Leli. Meu aniversário não vai ser a mesma coisa sem você. Venha, por favor.

Eu estava aqui, na casa dele, por livre e espontânea vontade. Por quê? Pela mesma razão que eu me matriculei no clube de debate e na simulação da ONU ao mesmo tempo? Masoquismo? Não importava agora, porque ele estava sorrindo para mim e eu, como uma idiota, estava sorrindo de volta enquanto suava embaixo de minhas roupas. Uma bobona encharcada.

— Hm, Letsha, eu vou pegar um drinque. Preciso me refrescar. Você quer alguma coisa?

Letsha levantou uma sobrancelha quando percebeu para onde eu estava olhando.

— Não, tô de boa. Vai pegar o que é seu, amiga.

A piscadinha que ela deu foi desnecessária.

Não passei muito tempo na mesa do ponche antes de perceber uma presença do meu lado e sentir o cheiro dele. Olhei para cima e o vi enchendo o próprio copo, apesar de eu com certeza ter visto ele com um copo cheio uns cinco minutos atrás.

Ele virou para mim, sorriu de forma hesitante.

— Eu tô muito feliz que você veio. Não sabia se você viria.

Dei de ombros.

— Foi ideia de Letsha.

Ele tinha ficado *mais alto*? Por que ele cheirava tão bem? Era o calor interagindo com o cheiro amadeirado natural dele? Eu tinha mesmo pensado nas palavras "cheiro amadeirado natural"? A insolação estava com certeza chegando a níveis fatais.

Ele assentiu.

— Entendi. — Ele esfregou a nuca de um jeito desajeitado. — Ah... Eu vi na internet que você conseguiu uma bolsa para estudar Ciências Políticas. Não esqueça de mim quando for primeira-ministra.

— Não vou esquecer. Vou aprovar uma lei dizendo que qualquer pessoa que der uma festa na piscina vai ser obrigada a entrar na água. E aí você vai para a cadeia, retroativamente.

Khosi riu.

— Eu quero entrar. Mas ninguém quer entrar comigo. — Ele parou. Limpou a garganta. — Olha só, Naleli...

Eu balancei a cabeça e dei uma risada desconfortável.

— Não. Não precisa fazer isso...

Ele inclinou a cabeça na direção da mesa do jardim e nós nos afastamos um pouco das pessoas que de repente também tinham percebido que estavam com sede, enchendo seus copos de ponche com lentidão enquanto nós conversávamos.

Khosi direcionou o olhar para mim, garantindo que eu o estava olhando nos olhos.

— Sim, preciso sim. Eu não parei de pensar nisso nesses dois anos. Você estava certa: eu fui egoísta. Não queria ver a verdade porque isso ia... ser inconveniente demais para mim. Eu não queria aceitar que todos os meus amigos são imbecis. Eu me arrependi, tipo... imediatamente, mas depois de um tempo eu fiquei com vergonha demais para tentar falar com você. E quando eu falei que sua aparência não importava para mim...

Meu estômago despencou só de lembrar.

— A gente não precisa reviver...

— O que eu *quis* dizer foi que você é linda. Por dentro e por fora. E você sempre foi linda para mim. Você não precisa que eu te diga isso, mas eu quero que você saiba. Eu sempre admirei você. Você é tão certa das coisas, sabe quem é. Desculpa por ter sido fraco demais para ir atrás de você. E desculpa por fazer isso tarde demais.

Eu tomei um gole de rum com refrigerante, quase nem um pouco refrescada pelo gelo que eu tinha enfiado no copo. Eu achava que talvez aquele cubinho fosse me ajudar a controlar as emoções tropeçando dentro de mim. Sem sucesso. Olhei para a piscina vazia e depois para as montanhas logo acima, esperando que isso ajudasse meu coração a desacelerar. Mais uma vez, minhas tentativas de reprimir meus sentimentos fracassaram. Finalmente olhei para ele. Os olhos dele estavam brilhando, seu rosto estava aberto, a mandíbula tensa. Respirei fundo.

— Hm, se vale de alguma coisa, eu nunca achei você um otário superficial. Sempre te achei um otário profundo.

Khosi jogou a cabeça para trás e gargalhou daquele jeito que eu nem tinha percebido como sentia falta.

— Obrigado. Isso vale muito.

Limpei a garganta.

— ... e, hmm, só para constar, eu *estava* tentando te afastar. Eu tinha medo de que você se afastasse de mim. Pensei que doeria menos se eu fizesse antes. Eu estava errada.

— Eu nunca me afastaria de você, Naleli. — A voz baixa e natural dele fez minha respiração de refém.

Nossos olhares grudaram um no outro e um silêncio doce pairou entre nós, acentuado pelo hip-hop abafado, pelos risos e...

— Ah, amor, você está aí.

Keeya.

Keeya fez um gesto como se fosse encaixar o braço no de Khosi, mas ele rapidamente enfiou a mão no
bolso do short, encostando o braço na lateral do corpo
no processo. Keeya abriu a boca e começou a piscar
muito, como se não tivesse entendido bem o que tinha
acontecido. Foi um movimento decisivo que passava
uma ideia direta. Eles não estavam juntos — não mesmo. Pouquíssimo acostumada com a falta de controle,
ela virou o olhar para mim, olhos estreitos com a mesma letalidade de dois anos antes, obviamente tentando
conseguir poder novamente usurpando-o de mim.

— Que roupinha fofa, Naleli.

Inclinei a cabeça, com minha armadura pronta.

— Ah. Você achou, Keeya?

Ela assentiu.

— Sim. Dá pra ver que você tentou. Você deve
ter precisado de muita coragem pra vir aqui, e só ter
chegado aqui na festa é tipo... tanta confiança da sua
parte, sabe? Óbvio que a gente não podia esperar que
você usasse um maiô também. — Ela colocou uma mão
na cintura minúscula. — Dá pra imaginar que seria su-
perdesafiador, considerando sua... condição.

Khosi estava olhando para Keeya como se estivesse vendo-a pela primeira vez, o nojo estampado no
rosto dele.

— Keeya, chega. O que porra tem de errado com...

Eu balancei a cabeça e ri.

— Keeya... como é ter *tanto* medo de mim assim,
o tempo todo?

Ela congelou e deu uma risada que mais parecia
uma tosse seca.

— É o quê?

Dei de ombros.

— Só tô dizendo. Se eu soubesse que tinha o superpoder de fazer meninas malvadas se sentirem ameaçadas, eu ia aparecer em muitos outros eventos.

Keeya gaguejou e tinha acabado de se recompor o suficiente para perguntar se eu era uma "doida do caralho, vaca malhada", quando eu olhei para Khosi e perguntei:

— Ei, você quer dar um mergulho?

Keeya parou de cacarejar o suficiente para que seu queixo caísse. Apesar de ele ter franzido a testa, confuso, os olhos de Khosi se iluminaram.

— O quê?

— Eu *disse* — eu levantei a blusa, passei minhas tranças por ela e a joguei no chão, revelando o biquíni rosa-choque que estava escondido — que vou dar um mergulho. Você vem comigo?

Minha calça jeans foi a próxima a ser removida e ir para o chão, e a sensação do ar fresco beijando minha pele era eufórica. Era quase melhor do que a sensação de ver Keeya perdendo a cabeça.

Khosi passeou os olhos pelo meu corpo antes de encontrar meu olhar, levantando o canto da boca em afirmação.

E então, com Khosi atrás de mim, usando meu biquíni rosa-choque, com o rosado e o marrom de minha pele expostos e brilhando, eu passei por uma Keeya boquiaberta e sem palavras a caminho da piscina. As conversas diminuíram e deram lugar a murmúrios abafados, olhos girando em minha direção. Eu os ignorei e me concentrei na sensação única de estar inteira em minha pele — plena dentro dela.

Eu pulei na água. Nem percebi quando Khosi se juntou a mim. Eu não tinha estado em uma piscina — *nessa* piscina — desde que eu tinha 12 anos, e saboreei a familiaridade do cloro frio envolvendo minha pele, toda a minha pele, e o sol brilhando sobre a colcha de retalhos de minhas costas e meus ombros, acariciando-a. O sol estava me alimentando, eu era um elemento junto a ele — parte da natureza e gloriosamente natural. Eu bati na água, girei e esbarrei em Khosi, que estava me observando, sorrindo, com os olhos estrelados mais brilhantes do que nunca. Por alguns segundos, o único som eram nossas risadas e o hip-hop tocando nos alto-falantes.

Então, ouvi uma voz rouca ecoar pelo pátio:

— ESSA É MINHA MELHOR AMIGA! A FODONA DO VALE DO MALOTI. OS PEITO BEM ACOMODADO NESSE BIQUÍNI ROSA, ISSO AÍIIIIII! — A proclamação foi pontuada por um grande *splash*. A cabeça de Letsha emergiu alguns segundos depois, quando ela ergueu os dois punhos e gritou em triunfo: — UHUL!

Um momento depois, seus gritos foram acompanhados por aplausos, vivas e mais respingos de água quando as pessoas correram para a piscina rindo, dançando e pulando, saindo de suas poses de manequim ao lado da piscina e se mexendo finalmente. A música estava mais alta, a conversa mais animada, as risadas mais estrondosas.

Eu boiei até a borda da piscina mais longe dos alto-falantes e me apoiei nela, esticando os braços na borda. Fechei os olhos e levantei o rosto para o céu, com as tranças pingando, me perguntando como eu tinha passado tanto tempo sem me sentir tão livre quanto naquele momento. Quando virei a cabeça para a frente, dei de cara com Khosi, e me perguntei como eu tinha passado tanto tempo sem ser olhada desse jeito.

— Não existe festa sem Naleli Labello — disse ele, com os olhos brilhando nos meus e um sorriso suave no rosto.

— Eu mostro o caminho — eu o lembrei suavemente, puxando-o até que nossos rostos estivessem a
apenas alguns centímetros de distância —, você segue.

Zhinu

— Vamos repassar mais uma vez, Zhinu.

Zhinu não teve nem a chance de suspirar antes que sua mãe continuasse.

— O jatinho sai às onze. O programa matinal é às sete, mas nós estamos a apenas uma hora de distância do aeroporto e seu segmento é uns quinze minutos. Temos tempo para uma apresentação de três minutos com uma folguinha para qualquer atraso ou adiantamento.

A mãe de Zhinu não tirou os olhos do celular enquanto clicava com suas unhas feitas no retângulo de fios, vidro, cobalto e lítio. A mãe dela mudava o mundo com cada deslizada de dedo, cada toque; ela fazia ações brotarem de pedra, da areia. A luz branca iluminava seu rosto no escuro, deixando a tinta vermelha-escura em seus lábios mais brilhante e enfatizando as sofisticadas mechas prateadas no seu cabelo elegantemente cortado. Ela já parecia eternamente jovem graças à genética, mas as aplicações também ajudavam. O brilho do celular dava a ela uma aparência etérea e divina que se chocava com o tom rouco e corporativo de sua voz, resultado de anos fumando cigarros Vogue. Zhinu costumava dizer para ela parar, e a mãe soltava uma gargalhada rouca antes de censurá-la, dizendo: "Quem é a mãe aqui? Eu ou você? Menina, sua voz funciona nesse mundo porque é doce e cheia de sentimento. Minha voz funciona porque eu soo como um homem. Um homem com quem os homens poderosos querem transar. Ela me ajuda a resolver as coisas. E você precisa que minha voz funcione para que sua voz funcione, e para que você tenha sucesso. Não quer ter sucesso? Cante essas músicas e encha seu pai de orgulho. E tudo que você precisa fazer é me passar meus cigarros. Seja uma boa menina e faça isso".

Ela continuava tocando na tela enquanto o carro se movia.

— Vamos fazer seu cabelo e maquiagem no hotel. Decidi isso hoje. — Os longos cílios falsos da mãe ainda não tinham se mexido para cima. — Agendei com a menina que fez sua maquiagem hoje na premiação. Gostei dela. Ela falava pouco. Odeio quando elas falam demais. Odeio quando você responde. Por que você tem que ser amiguinha delas? Sobre o que vocês vão fofocar, *meninos*? Você vai convidar ela para seu casamento? Elas só querem te usar por causa do que você tem! Sanguessugas. Sempre mantenha uma distância fria, Zhinu. Você é a imperatriz delas, e imperatrizes não fofocam com mulheres idiotas da feira. Além disso, não confio no pessoal do salão do estúdio. Sempre envelhecem você...

Zhinu tinha certeza de que a mãe não tinha respirado sequer uma vez. Com frequência se perguntava se a mãe simplesmente fingia respirar para que as pessoas não fizessem muitas perguntas sobre sua imortalidade.

—... Ei, Bingwen. Você lembra da última vez? Elas destacaram as linhas de expressão da boca de Zhinu. Eu vivo falando para ela dessas linhas! Não precisa sorrir aberto assim. Você é uma popstar, não uma palhaça. Eu falei para ela!

A mãe de Zhinu não olhou para cima enquanto falava com o assistente pessoal, que estava sentado no banco de passageiro do elegante sedan colorido. Zhinu via a parte de trás do corte de cabelo de grife de Bingwen (um *low-fade* ridículo tingido de loiro, estilizado no topo, com as extremidades escuras) balançar para cima e para baixo.

— Ah, com certeza. — A voz dele transbordava desdém. — Ficou horroroso. Ela parecia ser mais velha que você!

O principal objetivo de Bingwen era ecoar os pensamentos da mãe de Zhinu adicionando somente mais um pouquinho de ácido. A mãe de Zhinu era perspicaz o suficiente para saber que precisava ser pelo menos um pouco cuidadosa com sua forma de falar; ela reconhecia o papel duplo de empresária e cuidadora que tinha até esse ponto, pelo menos. Então, sim, embora ela sempre mantivesse uma espada apontada para as costas de Zhinu para mantê-la caminhando, também pressionava a parte plana e fria da lâmina na testa da filha quando ela ficava com febre e para tirar delicadamente o cabelo dos olhos dela e dizer que tudo ia ficar bem. "Contanto que você faça o que eu mandar, Estrelinha."

Bingwen era o canal através do qual ela podia passar mensagens que ela sabia que soariam duras demais vindas da própria boca. Bingwen valorizava esse papel. O desprezo com o qual ele falava podia ser inaudível para ouvidos sem treinamento, mas Zhinu era musicista desde que nascera, então conseguia perceber uma nota que estivesse um pouquinho desafinada, uma pipa só um pouquinho fora do tom ou, nesse caso, a amargura de um aspirante a artista sem nenhum talento e com uma obsessão nada saudável com a fama. Bingwen era o cachorrinho de colo da mãe dela. Ele tinha começado sendo cabelereiro, e subira de posição através de muita bajulação. A vaidade da mãe de Zhinu facilitava a sedução, e era muito evidente que Bingwen era quem ela queria que sua filha fosse. Era evidente principalmente pela frequência com que ela afirmava isso em voz alta. Ela brincava (lamentava) dizendo: "Ah, se fosse possível colocar a alma de Bingwen no corpo de Zhinu...". Em seguida, ela ria. Bingwen ria mais alto ainda — alto demais, de maneira que agredia os ouvidos —, com o tipo de estardalhaço que geralmente acompanha lamentos enlutados e anseios. Eles riam enquanto Zhinu permanecia quieta, enjoada em silêncio, impressionada com a facilidade com a qual eles mencionavam esse pesadelo como se fosse um sonho incrível. Eles nunca se perguntavam o que aconteceria com a alma expulsa de Zhinu.

Zhinu muitas vezes expressou a vontade de ter a própria assistente, mas a mãe sempre desdenhava da ideia. "Você tem a mim, Zhinu. Do que mais você precisa? Eu sei o que é melhor. Eu conheço você melhor do que você se conhece."

Os cristais que decoravam o vestido justíssimo e quase transparente que Zhinu usava começaram a pesar em sua pele. Era como se ela conseguisse sentir cada um deles empurrando seu peso contra ela.

A pressão é que cria os diamantes, Estrelinha! Engula o choro, dizia a mãe... Ah, não. Agora ela estava ouvindo a voz da mãe dentro da própria cabeça. Zhinu se ajustou no assento e olhou pela janela com película protetora do carro, encarando o crepúsculo que se instalava. Ela não conseguia reconhecer a cidade, mas era linda. O rural se misturava com o urbano, e árvores ginkgo enormes e elegantes contornavam as ruas como cílios charmosos, abrindo caminho para janelas amarelas e brilhantes e vitrines iluminadas e apinhadas de produtos, coloridas e sedutoras. De fora, tudo que era possível ver ao olhar para a janela era o painel preto brilhante que as isolava lá dentro. Zhinu encostou a testa no vidro frio e viu uma distorção esquisita na realidade, o mundo como ele era, só que abafado, menos vívido. Era como se ela estivesse provando comida com a língua dormente.

Era tarde, e elas estavam saindo de uma premiação em que Zhinu tinha sido indicada na categoria de Idol em Potencial Mais Popular, que... o que é que isso significava? Ela era a melhor em *ainda não* ser uma superestrela? Bem, aparentemente não era nem a melhor nisso, já que não tinha ganhado. A mãe dela estava com raiva disso. Na verdade, ficara tão enfurecida, que tinha insistido que elas pulassem o *after* só para provar um ponto.

— Crie um mistério em torno de si mesma — disse ela, como se mistério fosse o necessário para alguém com o potencial de ser uma idol em potencial. — Deixe que eles fiquem *sedentos* por você. Superexposição te deixa mais barata.

A mãe havia sido dona de uma loja de miudezas antes de virar empresária de Zhinu em tempo integral, mas ela falava como uma executiva de Relações Públicas nascida em um arranha-céu, desejando café preto e nicotina desde a primeira respiração. Zhinu não fazia ideia se a mãe dela sabia alguma coisa sobre o que estava falando ou se ela só desejava que tudo que dizia fosse verdade. De qualquer forma, estava funcionando de alguma maneira. Zhinu tinha passado de apresentações em desfiles locais a premiações em apenas três anos. Ainda assim, Zhinu gostaria de comparecer à festa; não se importava que não tivesse vencido. Qual era o ponto de engolir os sapos, cuspi-los e cantar músicas que rimavam "me beija" com "me deseja", escritas por homens de 47 anos que olhavam com malícia para ela e para a mãe dela, se não podia nem encher a cara com os colegas? Talvez ela até conseguisse fazer amizades. Anos de ensino domiciliar e aulas de música em que sua mãe a colocava contra todo mundo haviam tornado a vida social de Zhinu escassa. Ela esperava pelo menos que, quando os sonhos (da mãe) dela se tornassem realidade, ela pudesse se conectar com alguém, com qualquer pessoa. No entanto, até o momento havia adquirido a reputação de rainha de gelo. Ela ficava na dela em festas do meio, pois havia descoberto que, quando tentava interagir com as pessoas, a mãe sempre se intrometia. A mãe dizia que era importante permanecer distante, que grupinhos eram coisa de gente fraca e que, quanto mais isolada você estivesse, mais poderosa você era. Ela acreditava que ter gente ao redor gastava sua essência e enfraquecia sua energia.

Zhinu se perguntava se a mãe dela tinha criado essa filosofia depois da morte do seu pai. Os pais haviam se conhecido ainda jovens numa vilinha, e havia tanto da mãe dentro do pai e tanto dele dentro dela. O pai despertava uma ternura e uma leveza na mãe que murcharam na sua ausência. As amizades que tinham logo se afastaram dela depois da morte dele. Ela virou uma versão esquelética de si mesma, e sua língua afiada, antes adoçada com amor, agora atacava como uma lâmina. Ela não conseguia evitar. A suavidade a lembrava de seu amor perdido. Talvez acreditar que a solidão era a fonte do próprio poder fosse um mecanismo de sobrevivência, talvez a confortasse? Talvez o isolamento fosse um presente que ela sentia que estava dando à filha — ela queria evitar que Zhinu passasse pela mesma mágoa que ela havia suportado. Tudo que Zhinu sabia era que sentia saudade do pai, e sentia saudade da pessoa que a mãe era quando estava com ele.

Demorou alguns minutos para que Zhinu percebesse que o mundo tinha parado de repente. Ela desviou o olhar da janela e foi recebida de volta à realidade com a mãe soltando palavrões diversos para o pobre motorista — junto a alguns improvisos de Bingwen — e buzinadas raivosas do lado de fora do carro que indicavam que este havia parado de se mover.

— Você não pensou em checar se o carro estava dentro dos padrões antes de decidir dirigi-lo?

O coitado do motorista tentou se desculpar com a mãe de Zhinu enquanto segurava o celular na orelha.

— Desculpa mesmo, madame. Estou arranjando um modo alternativo de transporte agorinha mesmo. Isso nunca aconteceu antes...

— E nunca mais vai acontecer de novo! Eu vou garantir que você seja demitido!

Bingwen se intrometeu:

— Você está levando uma carga preciosa... — Zhinu sabia que ele estava se referindo a ele mesmo e à mãe dela —... e não um caminhão de galinhas! Eu deveria ter percebido pelo seu terno que isso aqui ia dar merda. Como pude esperar que alguém que não consegue nem ajustar o próprio uniforme fosse competente?

Zhinu revirou os olhos.

— Bingwen, se aquiete. Não seja um babaca. Sua camisa tem a gola toda rasgada e é cheia de buracos. Dá para ver seu mamilo inteiro.

Bingwen virou e levantou bem devagar os óculos escuros que estava usando por sabe-se lá que motivo.

— Você tá fazendo *slut-shaming* comigo?

— Na real, eu tô zoando seu estilo.

— O conceito é a retomada de uma identidade plebeia. Além de subversivo, esse estilo é muito chique. Fico feliz que o *look* tradicional de princesa funcione para você, mas alguns de nós gostam de se vestir de um jeito mais fora da caixinha...

— A caixinha deve ficar bem grata.

Bingwen fez um som que só poderia ser descrito como um chiado.

— Chega! — A mãe de Zhinu geralmente se entretinha com a implicância dos dois, achava que denotava uma intimidade fraternal em vez de simplesmente ódio mortal, mas no momento estava em pânico por causa do problema que tinha em mãos. — Zhinu, o que deu em você? Não temos tempo para isso. Nós estamos presas numa vila no meio do nada e temos muitas coisas para fazer amanhã! — Ela tocou (estapeou) o ombro do motorista. — Será que você poderia se fazer útil e nos contar exatamente quanto tempo o veículo substituto vai demorar para chegar?

O motorista gaguejou enquanto a mãe dela guinchou para que ele falasse logo, até que Zhinu se intrometeu e sorriu para ele. Aquilo pareceu acalmá-lo um pouco.

— Senhor, está tudo bem. Nós só precisamos saber para podermos planejar nossa noite.

O motorista olhou para Zhinu — e somente para ela —, fixando os olhos como se ela fosse seu bote salva-vidas.

— Duas horas, madame.

Zhinu pôde jurar que o guincho que a mãe soltou foi seguido pelo som de asas batendo freneticamente do lado de fora do carro.

— Você está dizendo que estamos PRESOS nesta vila?

A mãe enrolou o casaco de pele lilás ainda mais apertado em torno de si, como que para se proteger da maldição de uma cidade sem um Starbucks em sua linha mais imediata de visão. Era verão — quente demais para aquela peça de roupa —, mas a mãe dela sempre ousava e desafiava a natureza. Ela era seu próprio microclima.

— E não podemos nem chamar um táxi, porque não é seguro! Será que existem táxis aqui?

Zhinu pegou o celular e, em alguns segundos, determinou a localização exata de onde estavam.

— Ok, mãe, isso aqui não é uma vila, é só uma cidade pequena. E, pelo que eu vi pela janela, é bem bonita. Na verdade, é bem perto do lugar aonde vamos amanhã. Acho que seria mais fácil se a gente ficasse aqui pelo resto da noite e começasse bem cedo amanhã. Vai ter alguém da agência para buscar a gente amanhã, né?

Ela se virou para o motorista e assentiu com a cabeça de maneira encorajadora. Ele assentiu firmemente em resposta.

— Sim, senhora. É claro!

Zhinu sorriu e virou para a mãe, tentando não curtir muito aquele desvio da rotina. Aquilo era o máximo que ela chegava de uma aventura.

— Tá vendo? Respire, mamãe.

A mãe dela a encarou, fazendo cara feia. Zhinu não pôde evitar rir do drama da mãe, e a mãe dela fez uma cara ainda mais feia.

— Fico feliz de ver que está se divertindo, Zhinu. Certo. Vamos ficar aqui se não temos escolha. Bingwen, encontre o hotel mais caro. Deus me ajude se for um Marriott.

Eles logo descobriram que a cidadezinha era um destino procurado da nova tendência de férias-caseiras. A mãe de Zhinu não gostou do termo "férias-caseiras". Com todos os hotéis reservados, o único lugar com vagas disponíveis era uma pousada chamada Pousada da Agácia.

Para Zhinu, o lugar era um ótimo hotel boutique. A mãe dela se referiu à pousada como "um barraco que mal servia pra animais". Àquela altura, Zhinu realmente achou que a mãe fosse desmaiar. Isso só fez ela gostar ainda mais do lugar. Ficava a sete minutos (de carro) do lugar onde o carro delas tinha quebrado (a mãe dela insistiu em pegar um táxi até lá) e ficava aninhado numa rua estreita ligada à floresta das redondezas. Era um mundo completamente diferente das cidades em que Zhinu estava acostumada a se hospedar. Os tijolos cinzentos do lugar eram iluminados por tochas de bambu enfileiradas que faziam brilhar o caminho de pedras como se fossem guardas nobres. O teto coberto de telhas encáusticas era de um azul-celeste que se fundia com o céu. Era bonito, delicado. Ela sentiu uma leveza súbita se apoderar dela, uma leveza que a fazia se sentir viva, apesar dos resmungos de seus acompanhantes. Tudo na vida dela era regimentado, ordenado e pré-organizado. Isso parecia uma escapada daquilo tudo.

Não tinha ninguém na mesa da recepção. O jacarandá brilhante era guardado por duas agácias de vidro, uma em cada ponta, que os observavam nobremente enquanto Bingwen tocava a sineta sem parar para chamar a atenção de alguém e a mãe de Zhinu exigia saber se alguém no lobby vazio sabia quem elas eram.

    Zhinu observou os dois com certo divertimento por alguns minutos antes de decidir tornar a experiência de entretenimento interativa.

    Zhinu treinou o rosto para refletir a irritação da mãe.

    — Sim, isso e ridículo! Por que estamos sendo tratadas como plebeias? — A mãe olhou para ela com o que parecia ser uma pontinha de orgulho. Zhinu continuou:

    — Quer dizer, cadê o tapete vermelho para a indicada

a Idol em Potencial Mais Popular? Falta o quê? Ninguém me reconhecer como a "cliente número dois" do comercial coreano de xampu de tratamento anticaspa? Eu sou a Cliente Número *Dois*, caramba!

Zhinu bateu na mesa para enfatizar suas palavras.

Bingwen parou de tocar a sineta para olhar para Zhinu com desprezo. A mãe dela suspirou pesadamente e esfregou a ponte do nariz com pequenos movimentos circulares.

— Zhinu, nem que seja uma vez na vida, haja como uma adulta...

— Ai, meu Deus! Cliente Número Dois? Não pode ser! — A voz grave não pertencia nem a Bingwen, nem a Zhinu, nem à mãe dela.

Os três viraram para observar um homem se aproximando da mesa da recepção, deixando a porta lateral do lobby balançando atrás de si. O sangue correu para o rosto de Zhinu, deixando suas bochechas rosadas. Ele era alto e estava usando uma camisa de flanela verde, com as mangas dobradas para revelar antebraços musculosos, sobreposta a uma camiseta branca levemente manchada de terra. A camiseta era justa o suficiente para fazer com que os olhos de Zhinu se demorassem nela por mais tempo do que era apropriado. O meio-sorriso dele revelou uma covinha na bochecha direta, que parecia profunda o bastante para que alguém tropeçasse e caísse dentro. O rosto dele era anguloso, suavizado por uma boca carnuda e macia. Ele se posicionou atrás da mesa e olhou diretamente para ela. Aquele olhar ameaçava arruinar a vida que ela conhecera até então.

— Se eu soubesse que a Cliente Número Dois estaria aqui, eu teria me vestido de maneira mais formal.

Ele alargou o sorriso e a pele de Zhinu formigou. Ela assentiu.

— Obrigada. Isso é muito importante para mim. Trabalhei naquela jogada de cabelo durante três meses. Você sabe quantas vezes os fios de cabelo grudaram no meu brilho labial? Eu também tive que treinar muito para fazer a coçada frustrada do jeitinho que deveria ser.

O rapaz inclinou a cabeça de leve, como se a olhasse de maneira diferente. Ele passeou os olhos escuros no vestido de cristais dela.

— Dedicação ao seu trabalho. Eu respeito muito isso.

O ar no lobby ficou estático e carregado, e Zhinu de repente ficou extremamente consciente de cada centímetro de si mesma. A mãe dela limpou a garganta.

O rapaz tirou o olhar de Zhinu e sorriu para a mãe.

— Bem-vinda à Pousada da Agácia. Eu sou o dono, Zhou Niulang, e vocês devem ser nossa reserva para a suíte familiar de luxo. Vou só pegar os dados de vocês e as chaves já, já estarão em suas mãos.

Niulang tamborilou no computador logo ao lado. Bingwen se afastou da mesa e sussurrou:

— Chaves? — Ele esfregou a testa. — Eu tô surtando. Não tem nem fechadura eletrônica. Deus nos ajude.

Zhinu sorriu.

— Ninguém quer roubar suas camisas de gola V rasgadas, Bingwen.

A mãe de Zhinu revirou os olhos.

— Crianças, eu estou exausta. Não venham com essa de novo. E, Zhinu, a audácia que você tem de atacar o estilo de Bingwen sendo que você estava fazendo cara de apaixonada para um homem vestido que nem um *fazendeiro*.

Bingwen gargalhou e Zhinu quis morrer.

— Não chego a ser um fazendeiro, madame — exclamou a voz de Niulang. — Eu só tenho uma vaca. Taurus. É por isso que estou vestido desse jeito, estava ordenhando ela, e ela prefere trajes casuais. Ela é um doce. Meio rabugenta às vezes...

Zhinu engasgou com o ar e a expressão da mãe ficou tempestuosa.

—... Eu não estava esperando por hóspedes tão tarde. Peço desculpas. Quarto número 7.

Ele entregou as chaves para Zhinu e lhe deu um sorrisinho minúsculo, escondido e quase imperceptível, obviamente só para ela.

A mãe de Zhinu soltou um forte e pesado "Hum" antes de balançar a cabeça duas vezes e gesticular para que Niulang carregasse as malas deles.

— Está tarde. Quanto mais rápido eu dormir, mais rápido esse pesadelo vai acabar.

O coração de Zhinu despencou só de pensar que a noite iria acabar. O corpo dela se indignou com a ideia. Ela queria que nunca tivesse fim.

O primeiro beijo de Zhinu tinha sido com um menino da escola de dança. Ela tinha 14 anos, e o beijo fora bem desajeitado. Ele falou para todo mundo no dia seguinte que tinha pegado no peito direito dela. Zhinu tinha achado a especificidade da mentira dele muito fascinante. Por que um peito só? Por que o peito direito? Na época, era o peito maior, então era, de fato, uma escolha inteligente. Talvez ele tenha achado que apertar os dois peitos não fosse tão realista. De qualquer forma, o boato acabou chegando na mãe dela. Que ficou, obviamente, furiosa.

— Só quando você tiver 18 anos, com alguém rico. Você não pode se dar ao luxo de se distrair por nada menos que isso.

Esse homem rico não tinha aparecido magicamente quando ela fez 18 anos. A mãe de Zhinu tinha moldado a vida dela para que tudo fosse sempre focado em sua ascensão ao estrelato, então não havia tempo para nada além disso. Agora ela tinha 23 anos, e a única pessoa com quem ela tinha dividido a cama era a mãe. Ela ainda estava dividindo a cama com a mãe. Zhinu se mexeu para que o cotovelo da mãe desencostasse de suas costas. Bingwen roncou na cama de solteiro no canto do quarto. Já que não tinha frigobar no quarto, os dois haviam ido ao barzinho da pousada para tentar comprar uma garrafa com Niulang. Ele tinha lhes dado uma de graça. Os dois tinham bebido três doses de uísque e Ambien cada e logo capotaram, por sorte. Zhinu, no entanto, estava bem acordada.

Era uma noite quente, e, mesmo vestindo apenas o cropped e o short de ginástica que ela tinha encontrado em sua bolsa, Zhinu estava se sentindo sufocada. A janela estava aberta, mas o mormaço ficava mais pesado a cada segundo que passava. Bingwen roncou. A mãe se agitou, suspirou e meteu a mão na cara de Zhinu. Zhinu removeu a mão do rosto e desceu da cama. Ela vestiu um casaco com capuz para ficar mais decente, calçou os tênis e saiu do quarto em busca de algo que ela ainda não sabia bem o que era.

Era mentira. Zhinu sabia exatamente o que estava procurando. Ela sabia o que estava procurando porque, quando ela viu a mesa da recepção vazia, o coração dela despencou, as bochechas esquentaram e ela foi acometida pela compreensão profunda e pesada de que ela era mesmo uma palhaça em vez de uma popstar. Por que ele estaria ali? Não havia razão para que ele quisesse esperar acordado para conversar com ela à — ela olhou para o relógio atrás da mesa — uma da manhã. Caramba, uma da manhã? Ela tinha que acordar dali a quatro horas! O certo a se fazer seria voltar para a cama e enfiar algodão nos ouvidos, no entanto, o corpo dela se recusava a considerar a ideia de dormir.

O barulho feito pelo seu estômago deu a Zhinu uma desculpa para adiar o inevitável e também a lembrou que havia uma máquina de vendas na área do bar. Zhinu foi aonde seu corpo faminto a mandou ir, animada pela ideia de encher a barriga com uma fritura bege, salgada e empacotada. A mãe dela só a deixava comer coisas cozidas a vapor, sem gordura, limpas e verdes. Foi meio anticlimático quando Zhinu chegou na frente da máquina brilhante, que zumbia baixinho, e lembrou que não tinha dinheiro nenhum à mão. Voltar para o quarto meio que ia contra o objetivo da saída. Seguindo em frente com seu momento de rebelião, Zhinu deu um chute na máquina. O pacote de tempurá de alga marinha em que ela estava de olho tremeu, mas não saiu do luar. Ela estapeou o vidro. O pacote balançou um pouquinho e chegou mais perto da ponta. A mão de Zhinu doeu, mas a alegria que a invadiu amenizou a dor. Ela riu; o riso borbulhou dentro e fora dela. Ela chutou a máquina mais uma vez e começou a bater nela com as duas mãos ao mesmo tempo. Dessa vez, nem ligou se o pacote estava se movendo, tudo o que ela sentia era a vibração nas veias e um novo poder tomando conta dela. Ela se sentiu como uma super-heroína depois de sofrer uma mordida mutante. Logo ela estava esmurrando o vidro com os punhos, chutando-o rapidamente e produzindo sons guturais e primitivos. Era bom usar a voz de um jeito que não era doce ou controlado. Ela estava eufórica e furiosa, selvagem e livre...

— Você está bem?

Merda.

Os braços de Zhinu ficaram moles. Ela estava parada, exceto pela respiração ofegante. Zhinu virou e enxugou os olhos, que só naquele momento percebeu que estavam marejados, e viu Niulang parado na porta, olhando para ela com uma curiosidade gentil. Ele tinha tomado banho — ela conseguia sentir o cheiro de sabonete e xampu nele — e estava com o cabelo bagunçado. Ele estava usando uma calça de moletom e tinha trocado a camisa por uma limpa. Niulang parecia bem delicioso. Zhinu tirou um pouco de cabelo da frente do rosto e limpou a garganta. Ela se endireitou e forçou um sorriso no rosto.

— Sim! Sim. Obrigada. Hum. Desculpa, eu só... Eu... — Nada do que ela dissesse faria o que ele tinha acabado de presenciar fazer sentido. Nada o faria pensar que ela era uma pessoa normal. No mínimo, ela tinha se exposto como uma ladra incompetente. Zhinu suspirou. — Eu estava com fome.

Niulang caminhou em direção a ela, prendendo-a no lugar e acelerando sua respiração com o olhar. Merda. Ele ia expulsá-los da pousada. Sua mãe ia matá-la. Bingwen ia se banquetear com os restos mortais.

— O que você quer? — perguntou ele.

Zhinu engoliu em seco.

— O quê?

Niulang apontou para a máquina de venda automática.

Zhinu limpou a garganta.

— Ah! — Ela apontou para o alvo. — Quero isso, por favor. Obrigada.

Niulang se aproximou da máquina, deu dois chutes e batucou um padrão complexo e experiente na lateral dela. Dois pacotes de lanche caíram. Ele entregou um para ela e sorriu.

— Tem toda uma técnica.

Zhinu riu, e seus músculos relaxaram com o movimento.

— Ah. Tá vendo, eu só estava fazendo pá, pá, pá...

— Foi por isso que você não conseguiu. É pá, pá, *pá.* — Niulang deu um tapinha com a ponta dos dedos na lateral da cabeça. — É uma ciência complexa. Não se sinta mal. — Os olhos dele passearam sobre ela. — Zhinu, né?

O nome dela soava bom na boca dele.

— Hum. É sim.

— Niulang — disse ele, como se a mente dela não tivesse se agarrado ao nome no minuto em que ela o escutou pela primeira vez. — Você quer beber alguma coisa? Eu conheço um bar ótimo aqui perto. O bartender é meio otário, mas você pode ignorar ele...

Zhinu mordeu o lábio para não sorrir.

— Hum, seria melhor eu voltar pra... — Onde? Para a cama que ela dividia com a mãe? — Eu vou amar beber alguma coisa. Obrigada.

Em cerca de oito segundos, Niulang tinha pulado para trás do bar e servido um dedo de *baijiu* para cada. Zhinu sentou na banqueta do bar e saboreou o ardor do primeiro gole; o calor no peito lhe pareceu apropriado e a fez se ajustar melhor ao momento. Era um acompanhamento surpreendentemente gostoso para o tempurá de alga.

— Era raiva. — Zhinu girou o copo no descanso de copo antes de olhar para Niulang. Ele era um estranho. Ela não tinha nada a perder. — Aquilo ali que você presenciou? Eu estava com raiva.

Niulang assentiu.

— Você estava com raiva de quê?

— A questão é essa. Eu nem sei. De tudo? De nada. Eu nem sabia que estava com raiva até aquele momento. Normalmente eu não sinto raiva.

Niulang deu um gole em sua bebida.

— Então, o que você achou? Você faria de novo?

Zhinu riu e assentiu.

— Acho que sim, sabe. Foi incrível poder sentir aquilo. Fazia muito tempo que eu não tinha espaço para sentir. — Ela pausou. — Desculpa por fazer aquilo com sua máquina.

Niulang deu de ombros.

— Tudo bem. Não teve nenhum dano. Na real, você abriu meus olhos para um uso diferente da máquina. Lanches e acessos de raiva. Qualquer dia desses vou tentar também.

— É? E você tem raiva de quê?

Niulang riu. Foi uma risada intensa e redonda, nutritiva e deliciosa, e encheu a barriga de Zhinu de um jeito que ela não sentiu mais necessidade de nenhum tempurá de alga.

Ele coçou a cabeça.

— Hum... Vamos ver. Talvez do fato de meu querido pai ter morrido dois anos atrás e deixado esse lugar para mim quando eu estava na metade da minha graduação? Do fato de que, por ser o filho mais velho, isso aqui se tornou minha responsabilidade e eu tive que largar meu curso para administrar o lugar para que minha irmã mais nova pudesse ir para a universidade? Do fato de que esse lugar destrói minha vida social e agora minha única amiga é uma vaca que fica constipada com mais frequência do que eu gostaria?

Zhinu riu pelo nariz e imediatamente tapou a boca com a mão.

— Desculpa, eu não estava rindo de...

Niulang balançou a cabeça.

— Não precisa se desculpar. Ela beija muito bem, então eu perdoo ela.

Zhinu deu uma risadinha e mais um gole na bebida, e logo os pensamentos derreteram seu sorriso.

— Sinto muito pelo seu pai. O meu morreu quando eu tinha 12 anos. Ele era um musicista clássico e sabia tocar quase todos os instrumentos. Ele cantava também. Ele me ensinou tudo que eu sei. Por mais patético que isso soe, ele era meu melhor amigo. Minha mãe brincava que sentia ciúme, mas acho que ela amava. Ela não sabia ser próxima de mim, então deixava ele ser. Mas aí ele foi... — Zhinu deu de ombros e segurou o choro. — Aí ele foi embora.

Niulang assentiu. Ele ficou em silêncio por um tempo, deixando que os segundos se alongassem diante dela. Em dado momento, ele disse:

— Então, além de ser uma estrela de comercial de tratamento de caspa extremamente bem-sucedida, você também é cantora?

Era exatamente do que ela precisava. Ele tirou outro sorriso de dentro dela.

— Sim.

— Ah, não. Você é famosa, né?

Zhinu riu.

— Mais ou menos. Não o suficiente, de acordo com minha mãe.

Niulang fez um som de dor.

— Óbvio que você é uma estrela. Sabe, *olha* para você. Eu achei que você estava voltando de um casamento ou algo assim. Minha irmã mais nova sempre me zoa por ser desatualizado. Desculpa por não te reconhecer.

Zhinu tentou domar as borboletas enlouquecidas em seu estômago quando ele disse "*olha* pra você". Zhinu gostava da ideia de Niulang olhando para ela, mais do que qualquer público para o qual ela já tinha cantado.

— Ah, meu Deus. Por favor, não se desculpe. Eu fico feliz! É bom sentir que alguém está interessado em mim por causa de mim e não por... calma, não quis dizer interessado, quis dizer...

— Mas eu estou interessado.

O espaço ao redor deles contraiu, escureceu, até que tudo que ela estava vendo era ele.

Ele sorriu.

— Então, que tipo de música você canta? Eu vou olhar na internet...

— Por favor, não faça isso.

Zhinu pensou no último clipe que tinha feito, que envolvia usar uma fantasia de sereia e seduzir homens no mar. O sutiã de conchas dela era todo feito de strass e seu rosto estava tão coberto de maquiagem que ela mal conseguia se reconhecer. O nome da música era "Perdida no Mar". Tinha sido escrita por homens que queriam transar com ela, e *falava sobre* homens transando com ela.

— Eu não canto o tipo de coisa que realmente quero cantar.

— Que seria?

— Minhas próprias músicas. Aparentemente, elas não são o tipo de música que combina com minha aparência. Como é que *minhas* músicas não combinam com *minha* aparência? E tudo é decidido por uns homens velhos nojentos, uns monstros que são pagos para me fazer ser atrativa para o mercado. E eu preciso ser legal com eles porque pelo menos isso me deixa mais perto do momento em que vou poder cantar minhas músicas. Sabia que eu nunca nem toquei uma música minha na frente de alguém?

— Bem, isso é inaceitável.

Ele se endireitou, bateu a mão no balcão e foi até o depósito.

Zhinu esticou o corpo por cima do balcão, tentando ver o que ele estava fazendo.

— Niulang?

Depois de alguns momentos revirando e procurando, Niulang apareceu de novo, com um violão na mão. Ele pediu que ela o seguisse.

— Vem comigo.

— Conheça Taurus.

Eles estavam do lado de fora, sentindo a maciez doce da noite de verão, em meio ao canto dos grilos. A vaca ficava nos fundos da pousada, num campo de frente para a floresta. Niulang estalou a língua duas vezes e o animal caminhou pesadamente até eles na mesma hora.

Zhinu riu e se debruçou na cerca para acariciar o pelo macio da cabeça enorme de Taurus.

— Ela é linda. Por que está acordada uma hora dessa?

Niulang estendeu a mão e fez cócegas embaixo do queixo de Taurus.

— Ela prefere a noite. Desde pequenininha. Por isso o nome.

A vaca piscou os longos cílios sedutoramente para Niulang.

Zhinu levantou a sobrancelha para ele.

— Tem certeza de que a história sobre ela beijar bem era piada?

Niulang se endireitou, sorriu e entregou a ela o violão que tinha pegado no depósito.

— Às vezes, aos fins de semana, a gente chama uma galera para tocar ou faz eventos com microfone aberto, esse tipo de coisa, então sempre tem uns instrumentos no depósito. Eu acho que Taurus e eu podemos ser um público ótimo para seu primeiro show como cantora e compositora.

Zhinu riu e balançou a cabeça.

— Fofo. Mas de jeito nenhum.

— Por que não? Você até já pensou em uma música. Dá para ver na sua cara.

Zhinu abriu e fechou a boca. Ela olhou para Taurus em busca de ajuda, mas a vaca parecia tão ansiosa para o show quando Niulang, na penumbra das luzes externas.

— Eu... eu ainda não terminei. Ainda não escrevi a ponte.

Niulang deu de ombros.

— E daí?

Zhinu tentou dar outra desculpa, mas os dedos dela já estavam roçando no violão, querendo praticar o que já estavam acostumados a fazer.

— E se ela fizer "uuuu" para mim? — perguntou Zhinu.

Com a correia do violão já encaixada no corpo, começou a afinar o instrumento.

Niulang pareceu horrorizado com a ideia.

— Quem, Taurus? Ela jamais faria isso. Mas talvez ela faça *muuuu*.

Zhinu gargalhou.

— Caramba. Essa foi péssima.

Mas tinha funcionado, porque ela já estava sentindo o nervosismo se dissipando e as batidas do coração se acalmando em seus ouvidos. Niulang virou e apoiou os cotovelos na cerca, e Taurus apoiou a cabeça para lhe assistir. Zhinu fechou os olhos. Ela escutou um riacho correndo ao longe, o coro dos grilos e o som da respiração profunda de Niulang. Sentia como se houvesse uma orquestra inteira junto com ela.

Então ela cantou. A música se teceu em torno das cordas da guitarra enquanto a voz dela subia de sua alma em direção ao paraíso. Era uma música sobre dor, raiva e anseio. Enquanto ela cantava, a ponte não escrita veio e dançou na ponta de sua língua e voou para o céu, com votos de esperança, vitória e amor. Votos de uma força que ela não sabia que tinha. Ela mudou o refrão para imitá-la.

Quando abriu os olhos, ela percebeu que lágrimas tinham caído deles. Os olhos de Niulang estavam marejados, o rosto despido de todas as gracinhas depois de ouvi-la cantar. O estômago de Zhinu deu um salto. Ela desencaixou o violão do pescoço e o encostou na cerca.

— Foi ruim? É o primeiro rascunho de...

— Zhinu, isso foi... você é... — Niulang balançou a cabeça, tentando forçar as palavras a entrar na ordem certa. — Foi lindo. Você é linda.

Era por volta das quatro da manhã, e os passarinhos tinham começado a cantar, como se estivessem respondendo à canção de Zhinu. O sol mal tinha mostrado a cara, mas Zhinu sentiu o próprio brilho dentro de si. Pela primeira vez, sentiu que não precisava olhar para fora para encontrar a direção, para saber o que fazer, para descobrir o que queria. Ela sabia o que queria. Niulang se aproximou, e o calor dentro dela queimou com ainda mais ferocidade. E logo Zhinu encostou o peito no dele, Niulang passou o braço pela cintura dela e ela acariciou seu peitoral. Zhinu gostou de sentir o poder que tinha sobre Niulang, expresso no movimento rápido de seu tórax sob a mão dela. Ela posicionou a palma em cima do coração de Niulang e pressionou. Eles encostaram e roçaram os narizes e, por um momento, Zhinu saboreou a tranquilidade de apenas existir; sem a voz da mãe, sem pressão, sem expectativas. Ela se sentiu poderosa e dona do próprio destino. Zhinu curvou a mão na nuca de Niulang e ficou nas pontas dos pés para beijá-lo. Ele a beijou de volta na mesma hora, com avidez, como se estivesse esperando por ela, como se estivesse recebendo-a em seu lar.

O beijo ficou mais voraz, indulgente. Niulang passeou as mãos pelo corpo de Zhinu, acariciando, saciando e ao mesmo tempo piorando a fome que estava sentindo. Ela pulou e encaixou as pernas ao redor da cintura dele, querendo ficar tão perto quanto possível. Ele a sentou na cerca. Quando se separaram para respirar (*por que* eles tinham que ser mortais?), Niulang afastou o cabelo dela do rosto com gentileza e sorriu com ternura.

— Você beija muito melhor que Taurus. Ela usa língua demais.

Zhinu gargalhou e olhou ao redor quando percebeu que Taurus tinha ido embora, entediada e provavelmente com ciúmes. Ela virou de volta para ele e passou um dedo em seu rosto.

— Ei. Obrigada.

Ele pressionou o rosto na mão dela.

— Pelo quê?

— Por me deixar cantar minha música para você. Foi bom. — Zhinu sorriu. — *Muito* bom. Eu me senti uma estrela. De verdade.

Niulang olhou para ela. Os olhos dele estavam brilhando.

— Ah... Você é uma estrela, Zhinu. Sua alma brilha. Eu soube assim que te vi. Você iluminou meu mundo inteiro. — Ele pausou quando a compreensão o atingiu. — E você vai embora daqui a uma hora.

Zhinu não ia deixar nenhum sentimento ruim estragar aquele momento. Ela já tinha passado por muita coisa para deixar que algo tão mundano quando o tempo impedisse sua felicidade. Estendeu a mão, segurou o queixo de Niulang e sussurrou nos lábios dele:

— Então é melhor a gente aproveitar ao máximo. Algum pedido especial?

Os olhos de Niulang escureceram de um jeito que fez o sangue de Zhinu esquentar feito lava. Ela se sentiu faminta.

— Quero um bis.

— Da música ou do beijo?

Niulang se afastou e colocou o violão entre eles. Ele se inclinou e beijou o espaço entre a mandíbula e o pescoço de Zhinu, fazendo o coração dela bater mais rápido enquanto sorria contra sua pele.

— Eu sou um tiete. Quero os dois.

Zhinu riu. Ela fez o sol nascer com sua música.

— Você está usando drogas?

Zhinu olhou para a mãe no reflexo do espelho de maquiagem enquanto aplicava brilho nos lábios.

— Mãe, só porque decidi fazer minha própria maquiagem hoje não significa que estou usando drogas.

A mãe de Zhinu balançou a cabeça e encarou a filha.

— Não é só isso. Você parece diferente. Por que você já estava acordada, já tinha tomado banho e se vestido hoje de manhã? Por que você estava olhando pela janela do carro e sorrindo feito uma idiota no caminho para cá?

Zhinu mordeu o lábio enquanto as memórias daquela manhã passavam por sua mente.

— Estou bastante animada com meu trabalho, mãe. Achei que era isso que você queria!

Bingwen estava sentado no sofá dos bastidores e Zhinu o viu inclinar a cabeça para o lado enquanto a analisava. Hoje ele estava usando óculos sem lentes.

— Com certeza não é maconha. É algum tipo especial de cogumelo?

Zhinu riu.

— Bingwen, sempre considerei você como o irmão mais velho malvado que eu nunca tive.

O sorriso afetado sumiu do rosto de Bingwen. Ele parecia genuinamente assustado.

— Ah, meu Deus. Ela está tendo algum tipo de surto. Será que eu ligo para alguém?

— Zhinu? Você é a próxima!

Uma assistente de produção com uma prancheta apareceu nos bastidores, indicando que faltavam cinco minutos.

Zhinu se virou e deu um beijo na bochecha de sua mãe perplexa.

— Eu te amo. E sou grata pelas oportunidades que você abriu para mim.

Quando Zhinu saiu dos bastidores, ela ouviu sua mãe choramingar:

— Bingwen, o que eu vou fazer? Não tenho como pagar uma clínica de reabilitação!

— Muito obrigado por falar com a gente nesta manhã, Zhinu! — A voz da apresentadora era estranhamente melodiosa, falsa e artificial. — E agora, aqui no Canal 77, teremos o prazer de ouvir Zhinu apresentando seu último single: "Perdida no…"

Zhinu inclinou-se para o microfone.

— Na verdade, não vou cantar essa música.

O sorriso estampado no rosto da apresentadora se abalou ligeiramente com essa revelação. O teleprompter não tinha como ajudá-la nesse momento.

— Ah…

Zhinu se virou, pegou o violão de sua banda e sorriu, ignorando o som distante dos gritos de sua mãe. Ela ajustou o instrumento no corpo, fechou os olhos e inspirou, ouvindo os grilos, os pássaros e Niulang. Ela os abriu novamente e sorriu para a câmera:

— O nome dessa música é Agácia.

Tisbe

A música pulsava nas paredes do quarto de Tisbe no dormitório, penetrando o enchimento do travesseiro que ela segurava sobre a cabeça. Alta e implacável, enchia o quarto, os ouvidos e a cabeça de Tisbe. Ela gritou no colchão. Talvez a música pudesse até ser descrita como "boa", mas o que "boa" tem a ver com qualquer merda quando são três da manhã e você tem um seminário sobre sistema feudal para apresentar em menos de seis horas? Isso sem falar do fato de que ela teria que caminhar durante vinte minutos para chegar na sala no meio do *inverno*. No *Norte*. Óbvio que ela não podia começar a vida universitária com um homicídio. Sua mãe e seu pai ficariam decepcionados. Além disso, assassinato podia acabar atrapalhando os planos dela de ser a próxima Michelle LaVaughn Robinson Obama.

Tinha rolado uma confusão no formulário de inscrição para residência de Tisbe e, em vez de estar no moderno bloco exclusivo para mulheres perto da biblioteca para o qual tinha se inscrito, ela tinha sido alojada num bloco misto no meio do nada, num prédio antigo de paredes finas que nem papel. E, pior ainda: tinha uma rachadura na parede dela que os superintendentes ainda não tinham consertado. Eles disseram que iam resolver o problema dentro de uma semana. Era por isso que, apesar de Tisbe ainda não ter conhecido o vizinho (obviamente babaca) depois de passado um mês inteiro do semestre, ela sabia exatamente quem ele era. *"Píramo"*, ela as ouvia gemer tarde da noite, em meio a risadinhas. *"Pí* (pá) *ra* (pá) *mo* (pá)! Abra a porta, seu filho da puta safado do inferno!", ela ouvia gritarem do lado de fora de sua porta, a qualquer hora do dia, de vozes furiosas a vozes completamente magoadas. Tisbe escutava o barulho da porta abrindo e, em alguns minutos — não, segundos, não, milissegundos —, os grunhidos e xingamentos se tornavam miados e pedidos melosos, a raiva se dissolvia e a tempestade passava, acalmadas por uma voz baixa e estável. Uma voz cheia de razão e consideração, suavizando todas as indiscrições descobertas e os soluços. *Amor, bebê, denguinho.*

Ele era algum tipo de Encantador de Fodonas. E todas elas eram fodonas, sem dúvidas. Uma vez uma das visitantes tinha batido na porta de Tisbe, e ela teve o privilégio de ver qual era o tipo de Píramo. Sem defeitos, afiadas, estilo Rihanna. Um tanquinho firme aparente debaixo de uma camisa cortada do Wu-Tang Clan. Um rosto decorado de maneira artística, com maçãs do rosto proeminentes. Um corte de cabelo curto e elegante que Tisbe não teria paciência para manter e também não combinaria com seu formato de rosto. Um monte de piercings na orelha. Alta. A mulher olhou para Tisbe de cima através de cílios longos e pesados de tinta e levantou a sobrancelha quando avistou a camiseta da Global

Gyaldem (uma grande conferência para jovens mulheres negras que visam questionar as instituições de poder), o turbante e os olhos embaçados de Tisbe antes de sorrir docemente.

— Ah. Quarto errado. Desculpa.

Porque era aparentemente inconcebível que Tisbe pudesse ser uma das convidadas dele.

Tisbe bateu na parede entre eles. Geralmente bastavam três murros no gesso rachado. Por algum motivo, dessa vez ela precisou dar seis. Dentro de alguns instantes, a música foi reduzida para uma altura menos ensurdecedora, seguida pelo "foi mal!" de costume. Só que, dessa vez, o "foi mal" tinha soado meio sufocado por algum motivo. O "foi mal" soou *mal*. Tisbe pensou em dizer alguma coisa, mas não conseguia decidir o quê. Além disso, ele era um estranho e, além de tudo, como ela podia presumir que conseguia detectar como estava o humor dele só porque ela estava acostumada a ouvir as desculpas nem um pouco sinceras ditas pela parede depois de ele a *manter acordada*? E não do jeito como ele geralmente mantinha mulheres acordadas, afinal essa situação estava longe de ser prazerosa. Não que Tisbe, pessoalmente, fosse gostar de ser mantida acordada por ele daquele jeito. Apesar de que ela tinha dado uma espiada no Insta-Twitter-Face dele e tal — só por dar mesmo — depois que ele apareceu como "sugestão de amizade" (não, obrigada), e ele *era* bem gato, se aquele era o tipo de coisa que você gostava. O tipo de coisa, no caso, leia-se um sorriso descarado e a estrutura física de alguém que só precisava ir à academia duas vezes por ano para ganhar massa muscular. Uma pele cor de canela macia e brilhante, como se ele tivesse sido moldado numa forma. Os cachos curtos e pretos pareciam ter uma relação íntima com a manteiga de carité, o tipo de relação que envolve saídas uma ou duas vezes por semana para tomar um café. Lábios carnudos, que pareciam ter sido esculpidos com um cinzel e preenchidos com penas de anjo. Acontece que Tisbe era uma mulher evoluída e, portanto, *aquele* tipo de coisa não mexia com ela. Ela só se sentia atraída por homens depois que eles a conheciam num certo nível holístico, espiritual, multidimensional, e mesmo assim...

Ela ouviu quatro batidas altas na porta. Tisbe praguejou baixinho... e logo seguiu em frente. Num minuto bem ensaiado, ela saiu da cama, ligou a luz, tirou o turbante para libertar os *twists* senegaleses enrolados no topo de sua cabeça, trocou a camiseta por uma regatinha, passou um protetor labial (com um leve brilho) nos lábios, gargarejou um pouco de enxaguante bucal e o cuspiu pela janela.

Tisbe abriu a porta e sorriu para a pessoa que estava do outro lado.

— E aí, Kazeem.

Píramo

Kazeem era um babaca. Píramo sabia por fontes quentes que Kazeem estava trepando com Kyla Reynolds, que ficava dois andares abaixo. Kyla Reynolds tinha crescido em Suffolk, usava jaquetas acolchoadas da Barbour e, uma vez, quando Píramo colocou *aquela* playlist, ela perguntou por que o gosto musical dele era tão "comum", bem na hora que "Can U Handle It?", de Usher, começou a tocar. Na sequência, ela perguntou se ele podia trocar a música e colocar algo mais "interessante", tipo Mumford & Sons, que mais parecia o nome de algum açougue artesanal em Kensington. Mas essa não era a questão — Kazeem era um cachorro, e agora ele tinha começado a aparecer tropeçando de bêbado no quarto da vizinha de Píramo. Qual era o nome dela? Phoebe? Não, Tisbe. Em uma das vezes que a viu, ele percebeu que ela estava usando uma corrente de ouro com uma letra T. Era tarde e ela estivera correndo para algum lugar, com uns livros na mão — e ele estivera vagando para algum lugar, com uma bebida na mão. Enfim, o ponto era que ele tinha percebido que Kazeem tinha decidido chegar cambaleando no quarto de Tisbe em dias aleatórios da semana.

Todo mundo achava que Kazeem Kamais era um cara legal porque ele usava um daqueles óculos de fazer tipo, estudava medicina e tinha uma quantidade meio absurda de roupas de tricô para alguém que não era um professor de literatura de 36 anos. Mas ele era um cafajeste do pior tipo: um cafajeste desonesto. Píramo sabia que também era um cafajeste, mas pelo menos ele falava a verdade. Ele nunca enganava as mulheres. Elas sabiam bem do que se tratava e do que ele era (in)capaz. Era uma história entediante, de verdade: a mãe que morreu na época mais importante da adolescência dele e um pai que achava que o luto deveria ser um processo privado e estoico, o que, no fim das contas, o fez ir em busca de afeto e atenção controladas (não podia ser muito: ele não saberia lidar). Por mais que ele reverenciasse e respeitasse absurdamente as mulheres e acreditasse (por Deus) que elas eram o sexo superior, ele era incapaz de formar um vínculo duradouro com elas, porque: *perda*. Era o tipo de história que servia de exemplo em livros de psicologia, e ele sabia disso porque tinha feito uma matéria e no módulo tinha literalmente um capítulo sobre os problemas com abandono dele. Ele usou um marca-texto para destacar o texto e a menina que estava sentada do lado dele percebeu e perguntou sobre o assunto. Eles passaram dois finais de semana ótimos juntos. Ela disse que ele tinha mãos muito boas, macias, porém firmes.

As mulheres o procuravam em busca de um momento bom, e ele fazia o máximo para proporcionar isso para elas. Era um acordo mutuamente benéfico, e todos os mal-entendidos que aconteceram foram causados porque, bem, vamos falar a verdade, às vezes mulheres gostavam de interpretar as palavras demais, cavando até encontrar o que quer que quisessem ouvir. Ele não as culpava, e até entendia, mas isso costumava complicar coisas que poderiam ter permanecido descomplicadas. Mas mesmo assim. Ele realmente *gostava* de mulheres. Kazeem, por outro lado, era o tipo de desgraçado que as odiava em segredo enquanto fingia ser um deus desconstruído que frequentava clubes do livro feministas negros e tuitava "mulheres negras" a cada cinco minutos (nada além disso, só "mulheres negras"). Era o suficiente para consolidar o status de Cara Legal dele. Ele ia ser médico, afinal de contas, então para que passar pelo estresse de tentar não ser um desgraçado? Não importava quão evoluídas elas fossem, mulheres sempre nutriam um desejo primitivo de namorar com um médico.

De qualquer forma, Píramo sabia que sua vizinha, Tisbe, tinha uma palestra às nove da manhã, porque ele sempre acordava com o som dela escutando uma espécie de mantra empoderador para mulheres às terças-feiras: "Você é uma rainha. Você é Lorde, Angelou, Simone, Walker, Hooks, Davis, Morrison, Knowles, Fenty, Robinson-Obama. Você vai sacudir o mundo, você vai mover a terra, você vai ser audaciosa com sua essência, você vai ocupar todo o espaço, você não vai ficar no espaço determinado para você, você vai construir novas estradas..."

Àquela altura, Píramo já se sentia uma fodona empoderada por tabela — uma mulher poderosa e independente que não levava desaforo para casa; ele até se via reclamando com os amigos quando eles falavam de um jeito machista sobre algum dos rolos dele. Ele se sentia empoderado pelas palestras de Tisbe, gostava de como ampliavam sua visão de mundo, mas a questão principal era: se *ele* sabia que Tisbe tinha uma palestra para assistir cedo pela manhã no dia seguinte (ele não tinha pensado que a música dele ia acordar ela, e se sentia mal por isso: ele jurava que tinha colocado num volume respeitoso), por que Kazeem não sabia? Píramo não conhecia Tisbe, mas ele sabia que ela merecia coisa melhor do que Kazeem.

Píramo colocou os fones de ouvido, pôs sua própria playlist de DJ para tocar e se jogou na cama de novo. Ele preferia que a música preenchesse o quarto, cercando-o e o envolvendo, mas isso também servia. Ele precisava da música para esquecer a briga mais recente que tinha tido com o pai por causa de sei-lá-que-porra--talvez-por-causa-de-tudo. Mesmo com os fones de ouvido, Píramo escutou Kazeem cambaleando bêbado pelo quarto de Tisbe. Kazeem era um babaca.

Tisbe

Na noite anterior, Kazeem tinha aparecido de novo. Eles tinham brigado. Na verdade, tinha sido menos uma briga e mais um despertar. Naquela noite, quando Tisbe perguntou por que Kazeem só queria encontrar ela no escuro e sem avisos, quando em público tudo que ele fazia era cumprimentar ela ou dar umas apertadas discretas em sua bunda, Kazeem tinha respondido:

— Eu quero que nosso lance seja especial, por enquanto. Muita pressão externa pode acabar destruindo o que a gente tem.

Tisbe não tinha acreditado muito nisso. Kazeem achava o que, que era um galã de Hollywood, cujo valor no mercado dependia de sua disponibilidade romântica? Tisbe não era burra. Ela sabia que era mais roliça do que as meninas que se exibiam em torno de Kazeem e do que as meninas com quem ele flertava em público. Ela sabia que tinha coxas grossas e quadris largos, fartos e cheios de furinhos. No escuro, Kazeem apertava e acariciava seu corpo, se esbaldava nela. Em público, ele preferia mulheres para as quais ele podia correr e erguer do chão, que cabiam em seus braços com facilidade, que ele conseguia cobrir completamente. Tisbe tinha uma mente afiada e um corpo macio, e ela não podia evitar notar que Kazeem não tinha problemas em ser abertamente afetuoso com mulheres que tinham o oposto do que ela tinha. Ela percebia que elas concordavam mais com as coisas que ele dizia, como "nós precisamos redefinir o que significa ser negro". Uma vez, Tisbe tinha questionado por que eles precisavam redefinir a negritude e perguntou por que eles não podiam apenas *ser*. Ele tinha dito que "ser é passivo demais". Quando ela o inquiriu mais um pouco, Kazeem ficou irritado, tropeçando e se embolando nas palavras, pois não estava acostumado a ser questionado. Ele murmurou alguma coisa sobre uma palestra matutina inexistente até poucos minutos antes e escapuliu.

Tisbe decidiu que queria saber por que ela só fazia o tipo dele quando ele tomava umas. Ela queria saber se tinha algo na luz do dia que a transformava em uma ogra. Ela percebeu que Kazeem ficava assustado de ver os próprios poderes de persuasão perdendo a potência e viu a postura defensiva dele se transformar em fúria antes mesmo de ele abrir a boca. Kazeem disse que ela estava exagerando, sendo um pouco demais, e além disso, ele acrescentou, enquanto vestia a camisa:

— Você tá sendo bem dramática considerando que nem fodendo de verdade a gente tá.

Quando ele disse aquilo, Tisbe sentiu algo parecido com alívio. Desde que o rolo com Kazeem tinha começado, ela se perguntava quando ele ficaria entediado, quando começaria a jogar o lance da virgindade na cara dela. Ela dissera que não estava pronta e ele respondera que estava tudo bem, mas obviamente só estava tudo bem enquanto ela ficasse grata por ele se dispor a agraciá-la com suas apalpadas mixurucas. Um apertão desajeitado em um peito. Um tapa na bunda esquisito. Tisbe frequentemente se perguntava por que ele continuava indo vê-la mesmo que não tivesse sexo envolvido no negócio, mas agora ela tinha entendido. Kazeem achava nobre de sua parte se envolver em atividades sexuais com ela e acatar os limites que ela impunha e, de brinde, poder esfregar aquilo na cara dela, manter tudo guardado no arsenal pessoal para usar quando o encantamento acabasse e ela não estivesse mais deslumbrada pelo fingimento ridículo de afeição por parte dele. Kazeem devia saber que esse dia chegaria, e por isso já estava com a resposta venenosa prontinha na ponta da língua. Ele achava que ela deveria ser *grata*.

Tisbe começou a fazer essas coisas mais tarde do que de costume; ela deu o primeiro beijo com 19 anos e nunca se prestaria ao papel de chamar as vezes que bebeu drinks com alguém no bar preferido do pessoal do movimento estudantil de "encontros". No lance com Kazeem, ela gostava mais de se sentir desejada do que dos atos de desejo em si. Mas valia ser desejada às escondidas? Tipo, *porra*, ela estava tão carente assim? Devia mesmo estar, porque estava se conformando com ossos, restos e farelos de romance. E ela merecia algo nutritivo e saudável, que lhe enchesse a barriga.

Ela merecia algo que transbordasse de suas mãos. Ela merecia ser mimada e muito amada. Ela não ia ser o segredinho safado de ninguém. Na noite anterior, quando ela o mandou embora, ele disse "o quê?" com uma incredulidade que lhe revirou o estômago. A *arrogância*. Ela empurrou ele até a porta, para fora de sua vida. Tisbe sentiu *vergonha* por ter permitido que alguém a tratasse daquele jeito, por ter deixado que as palavras estúpidas e vazias dele amolecessem sua mente afiada. Mas, principalmente, ela sentiu raiva. Uma raiva sem limites, pura e ilimitada.

E naquela noite, quando Píramo colocou a música dele para tocar — um monte de rap feminino tão cheio de orgulho, de crença no próprio borogodó, poder, *sex appeal*, direito de ser reverenciada e de mandar se *foder* quem não aceitasse tudo isso —, Tisbe deixou. Ajudava a sarar.

Píramo

O R&B se misturou com o som das batidas na porta de Tisbe. Píramo estava achando a playlist de Tisbe uma trilha sonora ótima para fazer os trabalhos do curso e comer um miojo, até que Kazeem decidiu adicionar uma percussão cacofônica à música. Píramo tinha incrementado o macarrão instantâneo com ervas, temperos e pedaços de frango assado, cantarolando o R&B muito louco de Tisbe enquanto derramava água fervente no copo de plástico e misturava tudo com a confiança de um chefe Michelin, narrando seu próprio programa de culinária: "Agora você precisa adicionar um pouquinho mais de água do que o necessário, só para garantir que fique mais parecido com uma sopa. Mas lembre-se de colocar uma quantidade proporcional à quantidade de tempero que você usa". Ele estava orgulhoso das próprias habilidades culinárias e queria mesmo curtir a refeição, mas as batidas incessantes estavam ficando mais altas, invadindo o R&B e atrapalhando o umami do caldo Maggi que Píramo tinha amassado dentro do miojo.

— Que é isso, amor... Não fique com raiva. Desculpa, Tisbe. Me deixa entrar.

Píramo revirou os olhos. Kazeem estava puto porque tinha perdido o acesso — Píramo tinha escutado tudo na noite anterior; um show excelente da parte de Tisbe —, e a rejeição estava deixando-o maluco. Ele queria que Tisbe o desejasse. Píramo podia garantir que, se Tisbe decidisse voltar com Kazeem, ele voltaria a ser como antes em cerca de uma semana.

— Eu sei que você tá aí, Tisbe. Vamos conversar. Eu tô com saudade e sei que você também tá.

Puta merda. Ele não queria ouvir mais nem uma palavra daquilo.

Píramo largou o miojo e saiu para o corredor, sem nem se dar o trabalho de vestir uma camisa. Aquilo tinha que acabar rápido.

— Ela não está — disse ele.

Kazeem olhou Píramo de cima a baixo.

— Eu pareço um imbecil?

Píramo sorriu maliciosamente.

— Você quer mesmo que eu responda isso, cara? Tipo assim, posso responder. Tô perguntando só pra ter certeza.

Kazeem ficou desconcertado. Ele limpou a garganta.

— Isso é entre mim e ela.

— É mesmo? Porque agora está parecendo que é entre você e a porta dela.

Kazeem fez um muxoxo e já ia voltar a esmurrar a porta quando Píramo o interceptou rapidamente, ficando entre ele e a porta. Ele suspirou. Odiava quando interrompiam seu jantar.

Kazeem piscou, confuso.

— O que você tá fazendo, cara? Você não tá comendo ela, né... peraí... *você tá?* — A risada de Kazeem soou perversa e venenosa. — Isso explicaria tanta coisa.

Píramo cruzou as mãos na frente do corpo e relaxou os ombros. Kazeem era alguns centímetros mais alto que ele, mas ele nunca tinha visto alguém tão pequeno.

— Eu disse que ela não está. — Píramo não levantou o tom nem o volume da voz. Falou baixo, como um tigre à espreita na grama. — Mas fique à vontade para tentar bater na porta de novo.

Ele não saiu da frente da porta.

Kazeem enrolou a língua dentro da boca e fungou. Ele balançou a cabeça como se a decisão de ir embora tivesse sido dele, e não fruto de coerção.

— Que se foda. Pode ficar com ela, cara.

Kazeem recuou, mas Píramo esperou ter certeza de que ele tinha ido embora antes de voltar para casa e comer seu miojo. Ele percebeu que o volume do R&B estava mais baixo. "I Wanna Be Down" estava tocando agora — aquilo era Brandy, certo? Aquela música era perfeita. Por que ele não tinha percebido antes? Depois de quatro garfadas no miojo, Píramo ouviu batidas suaves vindo da parede.

— Ei... Hm. Não sei se você está escutando, mas... obrigada.

Era Tisbe.

O som da voz dela se dirigindo especificamente a ele deixou Píramo nervoso de um jeito esquisito.

Ele limpou a garganta.

— Tudo bem. Ele é um babaca. — Píramo deu uma pausa. — Essa playlist é muito massa, inclusive. É sua?

— Sim. Você não é o único com bom gosto.

Píramo sorriu para a linha fina que cruzava o gesso da parede de seu quarto.

Tisbe

Alguns dias depois de Píramo ter lidado com Kazeem, a mãe de Tisbe tinha invadido o quarto dela com inúmeras sacolas com um monte de vasilhas plásticas cheias até a borda de pãezinhos doces, arroz e frango. A mãe, Thiz, estava falando sem parar para respirar, mudando de assunto toda hora enquanto caminhava pelo quarto de Tisbe, deixando um rastro de perfume floral por onde passava.

— Então, eu comprei um batom rosa que fica chamativo demais em mim, mas acho que vai ficar ótimo com seu tom de pele, além disso, essas velas são arriscadas para sua saúde e para sua segurança, não arrisque sua vida e a vida de outras pessoas só porque você quer que seu quarto cheire a peônias. Por que você não compra umas peônias de verdade? A gente podia comprar uma planta para você lá no centro, né? Inclusive, quanto tempo tem que os elevadores estão sem funcionar aqui nesse prédio? Isso tinha que ser ilegal. Eu achei que fosse desmaiar na escada, mas aí um rapaz lindo veio me ajudar com as sacolas. Ele estava descendo na hora, mas insistiu em me ajudar. Tão bonitinho. Enfim, descobri que ele é seu vizinho! Tem uns brações de estivador.

— Caramba, mãe, *o quê?*

— Você não acha ele um menino lindo?

— Óbvio que ele é lindo, mas...

— Por que você nunca falou dele?

— Por que eu falaria?

A mãe de Tisbe levantou a sobrancelha e deu de ombros.

— Sei lá. Quando eu disse que você era minha filha, ele disse assim: "Ah, já vi de onde Tisbe herdou a beleza", e eu pensei: *caramba*. Um rapaz com bom gosto e com o bom senso de flertar com a mãe da menina por quem ele obviamente tem uma quedinha...

Tisbe gargalhou.

— Certo. Ok, mãe. Eu sei que você acha que todo mundo tem uma quedinha por mim porque foi você quem me fez, e eu não quero desrespeitar seu trabalho, mas garanto que, nesse caso, não é o caso.

Ela ficou feliz por Píramo não estar no quarto. Ele provavelmente teria gargalhado também. A risada dele era ótima; ela o escutava rindo às vezes. Era quente e intensa o suficiente para animar o dia dela quando ela estava borocoxô.

Píramo achava ela "bonita"? Isso, e mais algumas coisas que ele tinha feito naquela outra noite, deixou Tisbe meio atordoada. Apesar de ter revirado os olhos para as mensagens incessantes de Kazeem, ela admitia que tinha ficado meio desesperada quando ele apareceu na porta do quarto dela. Mas Píramo resolveu a situação com muita destreza, e desde então Kazeem não havia se aproximado dela. Tisbe espiou o desenrolar da coisa toda pelo olho mágico da porta e acabou percebendo que Píramo estava curiosamente descamisado na hora em que saiu para espantar Kazeem. Que bom que Tisbe era uma mulher de muito discernimento e bom gosto, ou vê-lo daquele jeito poderia tê-la distraído um pouco. Apesar de ter ficado com raiva por Kazeem só ter ido embora quando outro homem o mandou ir, ela ficou grata pelo que Píramo tinha feito, então agradeceu. Tinha sido fofo da parte dele, mas... *sério mesmo?* Ele a achava bonita?

Píramo

Píramo já estava na metade do corredor quando percebeu que tinha esquecido os fones de ouvido. Ele deu meia-volta. Assim que entrou no quarto, escutou as vozes abafadas de Tisbe e da mãe dela. Não dava para ter certeza, mas...

Estivador?!

Um estivador *lindo*.

Ele sorriu para si mesmo.

Naquela manhã, Píramo caminhou até a academia com um novo gingado, sentindo-se bastante maduro.

Tisbe

Ele estava com raiva. Tisbe conseguia perceber. Mesmo se não tivesse escutado ele falar no telefone antes de dar play na lista de músicas raivosas dele.

— Por que você não pode ser um pai que preste nem uma vez na vida? Por que tenho que implorar para ver você? Você sai do país com sua namorada nova e eu só descubro por causa de uma tia no Facebook?

Píramo

Píramo não fazia ideia de por que seu rosto estava molhado. Ele sabia que a música estava alta demais. Ele era mesmo um imbecil. Mudou para os fones de ouvido para deixar a música embaçar seus pensamentos mais diretamente.

Tisbe

Bater na porta e ficar? Ou bater na porta e ir embora? Bater na porta e ficar, né? É isso que um ser humano normal e racional faria. Não era nada de mais. Ela ia bater na porta e ficar. Obviamente. Por que o coração dela estava batendo nas costelas daquele jeito? Eca. O que tinha de errado com ela?

Píramo

Píramo pensou ter escutado uma batida na porta. Ele demorou um tempo para levantar, mas abriu a porta e encontrou uma sacola cheia de vasilhas plásticas com um cheiro tão bom que seu estômago roncou. Havia um bilhete num post-it cor-de-rosa colado na sacola.

> *Oi. Minha mãe me trouxe comida demais. Achei que você pudesse querer um pouco.*
>
> *P.S.: Você tá solteiro? Tem uma mulher de 55 anos querendo te chamar pra sair. Bjs. Tisbe.*

Tisbe

Caramba, ela escrevera "bjs"? No plural? Desesperada. Era mais fácil ter se jogado logo de joelhos na frente dele. Tisbe se jogou na cama e fechou os olhos, tentando esquecer o constrangimento.

Então começou um rap do outro lado da parede que parecia proposital demais para que ela ignorasse.

Ela se levantou de um salto.

— Valeu, Tisbe. A comida está uma delícia.

Por mais que o nome dela soasse bem saindo da boca dele, ele tinha ignorado o quase-flerte inapropriado do bilhete dela com muita graça e educação.

— De nada.

Tisbe se jogou na cama de novo e cobriu a cara com o travesseiro.

Píramo

Por que as mãos dele estavam suando? Ele nunca tinha estado tão consciente de que suas mãos tinham glândulas sudoríparas até aquele momento. Píramo as flexionou antes de bater na porta, como se precisasse se preparar para o que estava prestes a fazer. Os instintos dele estavam certos, mas ele ainda estava despreparado. Para falar a verdade, ele não sabia se havia algo que pudesse prepará-lo para aquilo. Quando Tisbe abriu a porta, Píramo percebeu que sua memória não tinha feito jus ao rosto dela. Graças a vislumbres, ele se lembrava dela como fofa, bonitinha. Mas agora, de perto, ele viu que ela era estonteante, de uma beleza que destruía a alma e então a restaurava. Ela tinha olhos redondos e brilhantes, e ele queria ser guiado pela luz deles. O sorriso dela era macio e suave. Tisbe estava mordendo o lábio. Nas orelhas, argolas douradas que cintilavam como pequenas auréolas sob a luz branca fluorescente do corredor. Ela estava usando um cropped branco com os dizeres: "Pq eu sou preta, porra" em letras garrafais. Abaixo da blusa, Píramo avistou um piercing no umbigo e um short curto de moletom que realçava seu corpo curvilíneo. As tranças iam até a curva suave de sua cintura. Ela fez seu coração acelerar.

— Oi — disse ela, e ele percebeu que ainda não tinha dito nada. Sem a barreira da parede, dava para escutar bem a cadência melódica da voz dela.

Ele assentiu.

— E aí. Hm, eu sou...

— Eu sei quem você é.

Ele sorriu e esfregou a nuca.

— Isso é bom ou ruim?

Ela balançou um ombro.

— Ainda estou avaliando.

O sorriso dela era fantástico e devia ser regulado por algum tipo de diretriz governamental. Era potente, ilícito e subiu direto para a cabeça dele.

— Achei que seria melhor conversar pessoalmente. Você é a mulher de 55 anos que quer me levar para sair? Porque você está muito, *muito* bem para sua idade.

Tisbe alargou o sorriso e assentiu.

— Muito obrigada. Com certeza não é por causa de sono da beleza. Porque, sabe como é, né, sua música não me deixa dormir etcetera e tal?

Touché. Píramo coçou a nuca de novo e inclinou a cabeça, dando um sorriso inofensivo.

— Sim... Mil perdões. Eu sinto muito mesmo. A música é minha forma de esquecer do mundo. O problema é que às vezes eu... esqueço do mundo.

Ele se perguntou se Tisbe gostaria de compartilhar o mundo com ele um dia...

— Eu entendo. Você tem sorte que eu gosto das suas músicas.

Aquele sorriso de novo. Ela baixou os olhos e mordeu o lábio, tímida.

Píramo estava perdendo a cabeça. Ele limpou a garganta.

— Você quer pegar um pouco dessa comida e ir comer lá no refeitório, junto comigo?

Ela ficou em silêncio durante três segundos torturantes.

— Vou pegar meu casaco.

A rachadura na parede foi consertada duas semanas depois, e a música não vazava mais pelos espaços abertos, as conversas não entravam mais sem permissão.

Eles juntaram suas músicas favoritas daquela época em uma playlist infinita que passou de sem título para, eventualmente, meses depois, ser batizada como "Love Your Neighbor"* por Píramo. Tisbe tinha rido do nome.

— Engraçado.

— O que é engraçado? — dissera Píramo. — Faz sentido. Nós somos vizinhos. E... Eu te amo.

Foi a primeira vez que um deles disse isso. Ela disse de volta.

A playlist era uma mistura aleatória e harmoniosa de quem eles eram; "I Wanna Be Down", "Can U Handle It?". As conversas aconteciam sem nenhuma barreira entre eles, sem paredes, sem pretensão. As palavras eram pontuadas com riso, melodias que giravam e se acomodavam sobre eles, perfumando as palavras com muita doçura. As mãos de Píramo eram um canal condutor de afeto e desejo. Quando eles saíam, ele estendia a mão para que ela a segurasse com confiança. O corpo de Tisbe relaxava perto dele, ela se sentia à vontade, amada. Ele acariciava a barriga dela, beijava os furinhos em suas coxas.

Na primeira vez que eles tiveram uma discussão, Píramo foi embora. Ele foi estúpido com ela quando eles estavam falando sobre o pai dele, agitado por quão rapidamente ele se sentira confortável para se abrir com ela, assustado pela própria vulnerabilidade. Tisbe teve certeza de que ia acabar; ela sabia como Píramo era em relação a compromisso, sabia que ele corria com medo quando as coisas ficavam profundas. Ela sabia que ele se fechava tanto que as mulheres tinham que ir bater na porta dele. Ela se recusou a ser aquela mulher. Talvez ele achasse mais confortável quando havia uma parede entre

---

* Literalmente, "ame seu vizinho", referência a um versículo da Bíblia que diz "ame ao próximo" na versão brasileira. (N.T.)

ele e o amor. Tisbe não achava. Então era isso. Tisbe fez login no serviço de *streaming* de música para dar uma choradinha com trilha sonora. Ela viu que uma música tinha sido adicionada à playlist deles: Jodeci, "My Heart Belongs To U".

Poucos minutos depois, Píramo bateu na porta dela.

— Eu sou um idiota.

— É mesmo.

Eles conversaram e se beijaram. Ela sorriu maliciosamen-te com os lábios encostados nos dele e pediu que ele fizesse uma serenata se estivesse realmente determinado. Ela disse:

— Tô falando de R&B da velha guarda, de punhos cerrados, implorando *de joelhos* na chuva, meu bem. Eu quero uma *performance*.

Píramo grunhiu no pescoço dela e fingiu estar constrangido por três segundos antes de pular da cama, sem camisa, e usar um desodorante como microfone. A playlist deles encheu a sala, os ouvidos e os corações dos dois.

Tisbe riu e curvou as mãos ao redor da boca, gri-tando de seu assento de primeira fileira na cama:

— Mais alto!

Histórias novas

Tiara

Dicas incríveis de Tiara

- Quando você esbarrar com um ex-namorado em público, pratique o "Só Um Oi e Já Foi". Seja fofa e elegante. Desse jeito, você vai ser a pessoa mais madura. Aperte a mão dele, dê um beijinho na bochecha, diga: "Como você está! Quanto tempo!". E vá embora.

- Aproveitando o assunto, deixe de seguir e silencie todos os seus ex-namorados. Se por acaso algum deles for um galã famoso, definitivamente não pesquise o nome dele no Google às dez da noite de uma sexta-feira por curiosidade mórbida, porque você pode descobrir que no momento ele está em sua cidade para uma cerimônia de premiação depois de ter passado os últimos dezenove meses em Los Angeles (não que alguém estivesse contando).

Estreitei os olhos para a tela do meu laptop. Eu não tinha certeza se era exatamente isso que a revista queria quando pediram que eu escrevesse algumas dicas como publicidade para meu livro de memórias (*Dicas incríveis de Tiara*, baseado numa conta de conselhos no Twitter que tinha viralizado). Minha agente tinha vendido o conceito como um lance meio *Comer, Arrasar e Amar*, abarcando o espírito da época e a jovem mulher negra millennial. A ideia de que o livro tinha que ser tudo isso me deixava meio exausta.

Enrolei o dedo em um elástico solto da minha calcinha de renda de cinco reais e o arranquei.

Estava sentada de pernas cruzadas na cama, usando uma camiseta enorme, com o Instagram aberto no celular e o Word aberto no computador. Um textinho espaçado de cinco centímetros piscava para mim na tela vazia. Eu estava enfiando granola na boca — minha comida favorita quando eu estava estressada — e havia provas disso no meu teclado. Tentei soprar os farelos. Por que eu estava tão nervosa? Sim, o homem com quem eu achava que ia casar tinha voltado para o país depois de quase dois anos, mas por que eu estava deixando esse fato pequeno e insignificante me distrair do meu trabalho? Não dava para acreditar que eu estava deixando meu ex-namorado ameaçar a segurança do meu dinheiro. Um emprego vale mais que um chamego. Não, esquece isso. Homem não merece ser chamado de chamego. Pagar geral vale mais do que pegar geral. Contratinhos valem mais que contatinhos. Só frase péssima. Não dava para acreditar que tinha gente me pagando para escrever. Abri o Instagram para me distrair.

Eu tinha parado de seguir a conta dele, mas isso não impedia que seu arroba fosse a primeira a aparecer quando eu abria a barra de pesquisa. Meu celular era meio velho (todas as minhas anotações de escrita estavam nele: eu era apegada e ultrapassada), então às vezes aplicativos mais pesados travavam tudo. Isso significava que, muitas vezes, quando eu abria a barra de pesquisa, a tela congelava e apagava, e eu era obrigada a olhar de novo para meu reflexo destruído me julgando, como quem dizia: "Sério mesmo, Tiara? De novo isso?".

Mesmo assim, eu resistia. Meu polegar dançava e pairava sobre o mosaico digital da vida dele, uma vida da qual eu tinha sido parte no passado — uma vida que eu agora observava através de uma tela. Eu era cuidadosa para não deixar rastros, para não curtir uma foto acidentalmente e, acima de tudo, para não correr qualquer risco de demonstrar que eu ligava para o que quer que ele andasse fazendo. E, tecnicamente, eu não ligava mesmo. Fazia tempo desde a última vez que eu tinha bisbilhotado a vida ensolarada em Los Angeles que ele postava desde que tinha se mudado. No último um ano e meio, eu tinha conseguido me desassociar mentalmente dele muito bem. Era um fim de ciclo bem fechado, uma nova eu. Não houve recaídas. Eu estava determinada a deixar aquela parte da minha vida bem intocada, desenterrando-a apenas se precisasse acessar alguma parte importante do que tinha acontecido. Como, por exemplo, quem tinha sido a pessoa para quem eu tinha cantado muito bem — e muito bêbada — todas as partes de "Aaron Burr, Sir", do musical *Hamilton*? Ah, sim. Ele. Às vezes eu queria acessar uma lembrança leve daqueles dias, mas isso me obrigava a desenterrar as pesadas também. As lembranças que incluíam toques incendiários e respirações quentes no meu pescoço. Quando a gente se agarrou naquela noite, depois de eu ter cantado "Aaron Burr, Sir", tontinhos de vinho barato, embriagados com a presença um do outro, eu lembro que foi diferente das outras vezes. Foi uma confirmação de que tínhamos deixado de ser pessoas que "saíam às vezes" para nos tornarmos pessoas que "estavam juntas". Era mais lento, mais doce. A gente se deliciava um com o outro.

E agora ele era outra pessoa, deliciando outra pessoa. Eu tinha rolado três vezes quando a vi, sorrindo ao lado dele numa selfie fofa. Riley Dawn. Riley Dawn nem parecia um nome de verdade. Riley Dawn era nome de vilã do ensino médio de filme da sessão da tarde. Riley Dawn tinha que ser chamada sempre por nome e sobrenome, para que eu mantivesse uma distância cuidadosa e não acabasse a humanizando. Riley Dawn tinha que continuar sendo Riley Dawn para evitar que eu cometesse o erro de vê-la como algo mais do que a mulher que provavelmente estava trepando com o único cara que eu já tinha... peraí, Riley Dawn com certeza estava usando pelo menos uma base naquela selfie #semmaquiagem #belezanatural. Ninguém tem a pele perfeita daquele jeito. Com certeza rolou uma micropigmentação nessas sobrancelhas. Ela *não* tinha acordado assim. Eu tinha certeza de que ninguém acorda assim.

Riley Dawn tinha interpretado o interesse romântico dele no mais recente sucesso cinematográfico do verão: *Selvagem & Sem Limites*. Ele e Riley Dawn transaram enquanto ele dirigia um carro a duzentos e quarenta quilômetros por hora. No filme. Ou talvez até na vida real. Quem sabe? Era tudo tão previsível. Óbvio que ele ia começar a trepar com a colega de cena bonitona. Riley Dawn estava desenvolvendo uma linha de brilhos labiais. A *E! News* me contou que o último rolo dela tinha sido com Drake.

Quer saber? Quem ligava! Obviamente eu já tinha superado. Eu estava de boa. Eu tinha aprendido a arte de biscoitar, o que havia aumentado em uns vinte por cento meu número de curtidas no Instagram. Caramba, eu tinha conseguido transformar um perfil do Twitter em um *livro publicado*. Eu havia encontrado propósito! Progredido. Era ridículo que eu, Tiaraoluwa Ajayi, estivesse sentada de calcinha na minha cama às dez da noite de uma sexta-feira olhando fotos dele fazendo trilha com seu cachorro fofo.

Merda. Eu amo cachorros.

Apesar de ter estraçalhado meu coração, o término não foi tão difícil quanto poderia ter sido, porque meu boy, *o* boy, foi para Los Angeles logo depois que a gente terminou. E quando digo logo depois, estou falando de dois meses depois de a porta ter sido batida e de as lágrimas terem escorrido. Quando eu digo logo depois, significa que meu estômago ainda nem tinha desembrulhado e ainda dava para encontrar o rastro dos lábios dele no meu corpo. Logo depois, tipo, quando eu ainda conseguia passar os dedos na minha pele e eles afundavam nas reentrâncias deixadas pelas pontas dos dedos dele. Eu colocava as mãos na minha cintura e elas encaixavam nas marcas que ele tinha deixado. Os lugares por onde ele tinha passado ainda estavam quentes.

Dicas incríveis de Tiara

* Se for terminar com alguém, faça isso logo antes de um de vocês sair do país. A distância é fundamental para que você supere.

Apesar de que, no meu caso, eu acho que a partida dele foi o motivo pelo qual a gente terminou. A lembrança estava gravada na superfície da minha mente e se repetia sempre que eu me lembrava dele, era meu filme de terror pessoal. Ele tinha acabado de conseguir um papel numa série de TV em Los Angeles. Era uma oportunidade incrível e eu estava morrendo de alegria por ele.

— Vem comigo, Tiara — dissera ele, brilhando de felicidade. Em sua mente, ele já estava lá, tomando açaí ao ar livre. — Vai ser perfeito, TiTi. Pensa só: eu e você dominando Los Angeles. A gente pode fingir que é primo de Idris Elba e Naomi Campbell. Ninguém vai perguntar nada. Você não acha que Hollywood é o lugar perfeito para começar sua carreira de roteirista?

Apesar de meus sentimentos por ele e de quão tentadora era a ideia de fingir ser parente de uma supermodelo, eu sabia que aquilo não era para mim.

— Amor, é um lugar em que todo café é cheio de aspirante a roteirista. É literalmente um *criadouro* de roteirista. Além disso, esqueceu que eu sou uma mulher preta? É duas vezes mais difícil para mim. Seye, se eu for, precisa ser do meu jeito. Eu estou no começo da minha carreira e ainda estou descobrindo a melhor forma de prosseguir. A gente consegue manter nosso relacionamento à distância...

Eu estava sentada de pernas cruzadas na cama enquanto ele caminhava de um lado para o outro na minha frente, descamisado e todo suado. Quase abalando minha decisão.

— Essa é a hora certa de ir. Você não vai estar correndo nenhum risco, você não tem nada a perder.

Dava para ver no rosto dele que ele percebeu que tinha falado besteira. Na época, eu era assistente de roteiro, *ou seja*, a pessoa que cuidava do café e das questões administrativas, servindo chás e esperando que alguém conseguisse ver em sei lá, folhas de chá, que eu tinha capacidade de escrever um episódio digno de prêmios.

Ainda estava muito longe do que eu queria mesmo fazer, mas eu sentia que estava alguns centímetros mais perto dos meus sonhos — e achava que Seye também sentia isso. Meu coração despencou.

— Minha carreira e meus sonhos não são nada a perder?

Ele suspirou e apertou a ponte do nariz.

— TiTi, não foi isso que eu quis dizer. É só que... você é a pessoa mais talentosa que eu conheço. Você é tão inteligente, e acho que você está desperdiçando isso ficando aqui. Está na hora de você escolher a direção do seu futuro...

— Contanto que seja na direção que você quer?

— Você amou Los Angeles quando a gente foi visitar! Disse que moraria lá. E agora de repente é um problema porque eu tenho uma oportunidade lá e você não tem? Nosso relacionamento só funciona quando nossas carreiras estão na mesma fase?

Parecia que eu tinha levado um chute na barriga. As lágrimas brotaram dos meus olhos. Foi a primeira vez que ele me fez chorar.

— Você está sendo um escroto.

O arrependimento tomou o rosto dele.

— Eu sei. Desculpa...

— Suas vitórias são minhas também. Eu não poderia estar mais orgulhosa de você. E sim, eu disse que *talvez* um dia eu moraria lá. Mas não desse jeito... não sendo sustentada pelo meu namorado enquanto eu fico à toa...

— TiTi, eu quero fazer isso por você. Você sabe que não ligo para essas coisas.

— Tá, mas eu ligo, Seye! Essa é a direção que eu escolho para o meu futuro!

Eu tentei parar de ofegar, tentei ignorar o fato de que os cacos do meu mundo estavam voando pelo ar, quebrados, afiados. Eu ainda tinha esperança de catar eles do ar, juntar tudo de novo, apesar de já saber e sentir a verdade. Seye engoliu a saliva e sentou do meu lado, derrotado.

— A gente não briga. A gente é assim. O que está acontecendo com a gente, Tiara?

Olhei para ele, sentindo como se tivesse uma bigorna no meu peito.

— Eu não sei.

Ele suspirou profundamente e me olhou com olhos marejados.

— Esse relacionamento não é o suficiente para você?

Encarei ele sem conseguir acreditar.

— Não faz isso. Não ouse agir como se isso tivesse a ver com meu amor por você, porque você sabe...

Ele balançou a cabeça, a irritação tomando conta de seus olhos.

— Aparentemente eu não sei de porra nenhuma, Ti. Porque eu achava que era eu e você contra o mundo. Foi o que a gente combinou. Você escrevendo, eu atuando. A gente ia ser tipo Bey e Jay-Z...

— Jay traiu Bey.

— Bey e Jay-Z antes da primeira turnê *On The Run*. — Caramba. Eu tinha ensinado direitinho para ele. — A questão é que eu achava que a gente ia fazer isso juntos...

— Seye, ainda pode ser assim! A gente é uma equipe. Podemos fazer chamada de vídeo, programar visitas...

Dava para ouvir o desespero na minha voz, lutando contra a realidade que ficava cada vez mais palpável, pesando no ar. Eu quase não conseguia respirar. Ele me olhou de um jeito que fez todos os cacos flutuantes se espatifarem no chão.

— Tiara, eu não sei quando vou voltar. Nem se vou voltar. E você não sabe quando quer se mudar para

Los Angeles. Nem se quer se mudar. — Ele parou de falar e apoiou os cotovelos nos joelhos, enterrando o rosto nas mãos.

Por um momento, nós só ficamos ali, paralisados pela tristeza, pela inevitabilidade de nosso fim que agora penetrava nossos ossos. Era verão, e o sol estava se pondo. Um feixe de luz laranja e suave invadia o escuro do meu quarto e a melodia de "Right Here" do SWV entrava pela janela, misturando-se ao ar tenso. Eu teria rido da ironia da situação se não estivesse chorando. Em dado momento, Seye levantou o rosto das mãos. Os olhos dele estavam vermelhos. Quando ele falou, sua voz soou fraca:

— TiTi, se não for você, quem vai me acompanhar nessa? Minha família não achava que eu conseguiria, mas você sempre achou. Você ensaia os textos comigo. Foi você que me incentivou a tentar. Eu realmente não quero fazer isso sem você do meu lado.

Algo partiu e se desmanchou dentro de mim. Eu sentei no colo de Seye e enrolei as pernas em sua cintura, pendurando os braços no pescoço dele quando ele encostou o rosto no meu, me segurando firme enquanto inspirava meu cheiro. Ficamos daquele jeito por um minuto ou uma hora, nos agarrando um ao outro enquanto o mundo se desintegrava ao nosso redor.

Encostei a testa na dele.

— Eu te amo.

— Eu também te amo.

— E sei que você se convenceu de que essa mudança ia ser para nós dois, mas é para você. E está tudo bem. Esse momento é seu. A gente consegue lidar com a distância. A gente vale o esforço.

Seye abriu e fechou a boca antes de se endireitar, afrouxando os braços que me seguravam.

— Eu... acho que não consigo fazer isso, Ti.

Senti um nó se formar na minha garganta. Uma sensação esquisita de vazio se apoderou de mim. Era como se a dor fosse tão grande, como se meu coração estivesse tão partido, que meu corpo inteiro tinha me puxado para o modo de autoproteção, me impedindo de sentir completamente o impacto do amor da minha vida me dizendo que ele não achava que eu valia o esforço.

— Certo.

Saí do colo dele. Ele não estava pronto para um relacionamento à distância, mas eu tinha que estar pronta para largar tudo e virar uma *desperate housewive* de baixo orçamento. Sentamos lado a lado em silêncio por alguns momentos, até que Seye levantou minha mão mole até os lábios e depositou um beijo nela. Depois ele foi embora.

Dois anos se passaram em meio ao vazio. Dissiparam-se no ar. Thanos estalou os dedos. Tudo virou pó. Foi a última vez que nós nos falamos.

Eu vi que ele estava se dando bem. Ele tinha sido promovido, o papel dele como o amigo inteligente e sarcástico de um grupo de adolescentes endinheirados de Nova York tinha deixado de ser recorrente e passado a ser regular. Ele interpretava o filho de um político corrupto *africano*. Nunca foi dito de qual parte da África ele era, mas, de acordo com o cara que interpretava o pai dele, o país de onde vinha tinha um sotaque impressionante que era uma mistura de sotaques do Zimbábue, da Nigéria e de alguma colônia alienígena que só se comunicava com grunhidos guturais. Seye brilhava em qualquer papel que davam para ele, dando profundidade a personagens originalmente bidimensionais. Foi o que fez ele conseguir o papel em *Selvagem & Sem Limites*, um filme que triplicou

sua fama, em que ele interpretou um ex-policial renegado, doido por altas velocidades e por mulheres com
proporções corporais completamente irreais. De alguma
forma, até *aquilo* tinha ficado assistível por causa dele.

Dicas incríveis de Tiara

• Tente não se apaixonar por alguém que seja
tão dedicado ao próprio trabalho, porque,
mesmo depois que essa pessoa terminar com
você, você vai continuar cheia de admiração
por ela. Você pode acabar tendo dificuldade
de diferenciar seus sentimentos de admiração
profissional de um sentimento profundo e irre-
mediável de amor.

Meu celular tocou e o nome da minha melhor amiga,
Kameela, substituiu a foto de Riley Dawn e Kourtney Kar-
dashian fazendo biquinho uma para a outra que antes
ocupava a tela. Como sempre, ela parecia conseguir sentir quando eu precisava ser salva de mim mesma.

— Você está bem?

Engoli um pouco da granola na minha boca.

— Tô de boa! Olha só, eu já sabia que ele ia acabar
voltando algum dia. Tá tranquilo!

— Você está se entupindo de granola para aliviar
o estresse?

Desprendi uma uva-passa de um dos molares e estendi a mão para a taça com um restinho de vinho velho
na minha mesa de cabeceira, para me ajudar a engolir.

— Não.

— Você vai assistir à cerimônia de premiação hoje
à noite? Eu vou assistir com Malik. Acho que o prêmio
de Seye vem aí.

Dicas incríveis de Tiara

• Nunca convide sua melhor amiga e o melhor amigo do seu namorado para dar rolê com vocês. Nunca vá com eles para a Afropunk em Paris nem para um show de Frank Ocean e, principalmente, nunca vá comer frango piripíri com eles. Nunca encoraje sua melhor amiga e o melhor amigo do seu namorado a ficar juntos, porque eles podem ser egoístas e acabar tendo um relacionamento estável e amoroso, misturando sua vida com a dele para sempre, mesmo muito tempo depois de vocês terminarem.

— Não sei. Você sabe se Riley Dawn vai com ele? Inclusive, a gente pode falar de como esse nome é estúpido?

— Muito estúpido. Sobrenome como primeiro nome e primeiro nome como sobrenome? Ridículo. Mas, de qualquer forma, por que ela iria com ele? A indicação não é por causa de *Selvagem & Sem Limites*.

— Eles estão namorando. Tipo, tem um monte de posts no Instagram com a mesma localização. *Pelamor.*

— Eles são literalmente colegas de trabalho, Tiaraoluwa. Ou você está projetando alguma coisa em Riley Dawn...

Eu odiava quando ela me chamava pelo meu nome completo.

— Não vem com análise pra cima de mim! Eu não sou sua paciente. Você sabia que Seye agora tem um cachorrinho? O nome dele é Huck! Por causa de *Scandal* e tal. Você acredita? Eu que mostrei *Scandal* para ele. É um boxer. Riley também tem um cachorrinho. O nome é Dougie, o que é muito idiota, e tem uma foto de Dougie e Huck juntos no Instagram dela, com a hashtag *#CaninagemSemLimites*. Entendeu? Tipo, parece até uma performance. O filme já acabou ou não? Não dá para saber.

— Amiga... Eu não sei nada sobre isso, mas e se, hipoteticamente, Seye estiver solteiro e pedir desculpas, você voltaria com ele?

Mastiguei devagar e tentei ignorar o pulo que meu coração deu só de pensar nisso.

— Tipo assim, duvido que isso aconteça, mas talvez. Eu achava que ia casar com ele, Kam. Sentimentos assim não somem de um dia para o outro. Mas não vai rolar. Sabe por quê? Riley Dawn. Ei, Malik! Você está aí?

— Oi, amiga! — respondeu imediatamente o namorado da minha melhor amiga. Eu sabia que estava no viva-voz.

— Seye está namorando com Riley Dawn?

— Não sei. Mas, tipo, ele é uma estrela do cinema. Ele deve estar se afogando em boc...

O resto da frase ficou abafado. Parecia que Kameela tinha jogado uma almofada nele. Eu estava despejando granola direto na minha boca e o que Malik disse me fez engasgar com uma bolinha seca de aveia.

— Caramba. — Bati no peito com o punho fechado e tossi. — *Caramba.*

A voz de Kameela soou mais fina e distante do celular.

— Valeu, Mal. Muito bom.

Quando Malik alegou que tinha sido uma piada, escutei mais uma vez o barulho abafado de uma almofada batendo em alguma coisa.

Levantei e fui até a cozinha buscar um refil de granola.

— Eu só achava que ele era um cara com discernimento. Quer saber? Não importa. Eu estou feliz. Eu tenho uma carreira incrível e uma bunda incrível. Você viu como ela está?

— Um bundão fora de série, meu bem — disse Kameela. — Mas é exatamente por isso que acho que você tinha que assistir a essa cerimônia. Pode ser um momento de catarse para você. Você esteve lá desde o início da carreira dele, então esse momento também é seu, de certa forma.

Suspirei. Talvez ela estivesse certa. A primeira vez que nos encontramos foi quando ele estava fazendo um teste para o papel de melhor amigo engraçado e espertinho do personagem principal branco em um piloto de série — que acabou fracassando. Eu era assistente de produção na época. Quando desci para a recepção e chamei o nome dele, ele ficou surpreso. No elevador, o clima entre nós mudou. Ao notar que eu era só uma assistente, os outros homens de maçãs do rosto pronunciadas costumavam me tratar como se eu fosse invisível. Mas Seye me olhou nos olhos, disse oi, apertou minha mão e perguntou meu nome.

— E aí, Tiara, você acha que eu tenho alguma chance? Tem alguma dica para me dar? — A voz dele soou baixa e grossa, quebrando o silêncio no elevador.

Olhei para minha planilha com uma lista de homens negros bonitões entre 18 e 25 anos de idade e um metro e oitenta de altura.

— Não sei. Todo mundo tem tantas qualidades diferentes.

Ele riu.

— Sim, mas acho que meu dente tortinho da frente vai trazer muita profundidade para o personagem.

Eu sorri. Ele estava brincando, mas eu tinha gostado do dente tortinho dele. Aquele detalhe tornava a aparência dele mais interessante. Limpei a garganta e decidi dar um conselho de verdade para ele.

— Ok, seguinte. Tenho certeza de que você não quer interpretar um personagem bidimensional que só existe para dizer "pô, que zoado" quando o personagem principal se depara com um problema. Mas esse papel é tipo um degrau, né?

Seye ergueu uma sobrancelha, com uma expressão ofendida.

— Dá licença? É meu sonho interpretar Jamal, um cara engraçado e legal que sonha em se tornar um rapper — disse Seye de maneira inexpressiva, citando a descrição do personagem palavra por palavra. Ele desmanchou a expressão com um meio-sorriso. — Fui bem convincente, né?

Ele era descontraído e modesto e, mesmo sem querer, me senti atraída por ele. Ainda assim, controlei a risada, sem querer inflar muito seu ego. Afinal de contas, ele era ator. O elevador abriu e eu o guiei pelo labirinto de salas de reuniões com paredes de vidro.

— Digno de um Oscar. De qualquer forma, meu ponto é que você deve pensar sobre para que serve esse degrau. Pense no papel dos seus sonhos e se alimente desse pensamento. É isso que me ajuda. Você acha que eu quero ir comprar almoço e fazer chá para produtores chamados Hugh que não sabem meu nome, olham para meus peitos e não agradecem por nada?

— Você cospe na bebida deles, né?

— Óbvio. Mas o que me ajuda a suportar, além de cuspir no chá, é pensar aonde quero chegar.

— E aonde você quer chegar?

— Quero escrever minhas próprias coisas. Ser parte da máquina que faz as coisas é ótimo, mas eu quero ser o gerador.

Ele ficou em silêncio por alguns instantes e olhou para mim de um jeito que fez o sangue correr para meu rosto e meu estômago embrulhar. Limpei a garganta e gesticulei para a sala de audição.

— Hum. Boa sorte.

Ele deu um tapinha no roteiro que segurava e acenou com a cabeça.

— Obrigado.

Eu acenei de volta e comecei a ir embora. Eu mal tinha me distanciado quando senti um toque no meu ombro. Virei e o vi com uma expressão que parecia levemente, docemente, nervosa, destoante do comportamento confiante que ele tinha exibido pouco antes. Cara, eu não tinha tempo para ajudar ninguém a superar o nervosismo pré-audição naquele dia.

— Tudo bem?

— Ei, desculpa, é coisa rápida. Você acha que eu tenho o que é preciso para o outro papel?

Franzi a testa.

— Que outro papel?

— O papel do cara que vai pedir seu número depois da audição pra ele poder te pagar um almoço e, quem sabe, se ele tiver sorte, sentar e comer junto com você?

— Cara. Isso foi...

Ele parecia envergonhado.

— Sim. Eu sei. Tarde demais. Se você vai me dar um fora, pode fazer isso com carinho, para que eu não chore na audição?

Sorri.

— Eu... acho que você tem potencial.

Decidi assistir à cerimônia de premiação. Me despedi de Kameela e liguei a TV bem na hora que iam anunciar a categoria dele. Descobri que minhas mãos estavam formigando e que meu coração estava batendo com força em meu peito, o que era estranho, porque obviamente não fazia diferença de verdade para mim se ele ganhasse ou n... *ah, meu Deus, ele ganhou*. Ele ganhou. *Seye Ojo*. Eu escutei direito, né? Meu celular vibrou. Era Kameela mandando um monte de pontos de exclamação. Eu definitivamente tinha escutado direito. Sentei no sofá e senti meus olhos embaçarem, rindo boba e esperando ele ir pegar o prêmio. De repente a voz alegre da apresentadora anunciou:

— Infelizmente, Seye não pode estar conosco esta noite, mas sua mãe aceitará o prêmio em nome dele...

Não consegui ouvir o resto por causa da cacofonia de meus pensamentos frenéticos. Por que ele perderia sua primeira cerimônia de premiação britânica? Além disso, por que ele viria para cá se nem ia aparecer? Será que ele estava bem? Eu estava prestes a pegar meu telefone para ligar para Malik e descobrir se ele tinha alguma informação valiosa para me dar quando a voz da mãe de Seye atraiu meu foco de volta para a TV.

— Meu filho sempre foi corajoso. Sempre teve sonhos maiores do que os que eu tinha para ele. Nem sempre o apoiei da forma como deveria, porque tinha medo. Medo que o mundo o rejeitasse. Eu pensava que agindo assim o estava protegendo. Mas meu filho sempre se arriscou pelas coisas que ama e é por isso que eu o admiro. É por isso que estou aceitando esse prêmio nesta noite, em nome dele. Ele está se arriscando em nome do amor. Ele vai me matar por dizer isso. De qualquer forma, ele gostaria de agradecer...

Peraí, o quê? Ele tinha fugido para Las Vegas com Riley Dawn ou algo do tipo? Sempre fizemos piada sobre fazer isso como uma declaração política contra o circo capitalista em torno da instituição do casamento. No caso deles, seria apenas um truque de imprensa para se consolidar como um casal "extravagante" de Hollywood. Brega demais. Meu coração gelou e comecei a entrar em pânico quando ouvi alguém bater na minha porta. Aquilo era alarmante por muitos motivos, como, por exemplo: eu morava no quinto andar, só quem tinha chave conseguia entrar no meu prédio e já era quase meia-noite. Eu realmente esperava que não fosse meu vizinho que ouvia Eminem sem parar, porque aquele nível de comprometimento com rap agressivo de homem branco me assustava um pouco.

Sem me dispor a pegar uma parte de baixo para complementar meu casaco folgado de moletom, dei pausa na TV e fui cuidadosamente até a porta, pegando uma faca de pão no caminho para me proteger caso fosse necessário.

— Quem é? — perguntei, antes mesmo de olhar pelo olho mágico.

— Sou eu.

Larguei a faca. Fiquei paralisada e completamente sem fôlego. Ouvi um pigarro alto.

— Desculpa, quis dizer que sou eu, Seye. Uma pessoa me deixou entrar lá embaixo. Peguei seu endereço com Kam. Não fique com raiva dela. Eu praticamente implorei e ela acabou comigo antes de me passar. — Ele fez uma pausa. — Agora que falei tudo isso em voz alta, percebi que foi bem assustador eu ter aparecido na sua porta uma hora dessa sem avisar.

Olhei para o espelho que ficava perto da porta. Não era assim que eu esperava que fosse nosso reencontro. Eu deveria estar glamourosa, e não com o cabelo preso com um lenço, olhos manchados de delineador e uma camiseta larga e desbotada toda suja de granola.

Era para ser em um evento profissional onde eu estaria usando um vestido que destacasse minha bunda. Mas eu ia ter que me virar. Traje esporte social, né?

Depois de alguns momentos de silêncio, ele disse:

— Você está certa. É melhor eu ir embora. Desculpa. É só que... é só que eu estava a caminho da cerimônia com minha mãe e ela não parava de me perguntar o que tinha de errado. Ela disse que tinha algo estranho comigo. E eu não sabia o que dizer para ela, Ti. Tipo, era para eu estar muito orgulhoso desse momento. De ser reconhecido em minha cidade natal... Mas eu senti que estava faltando alguma coisa. Alguém. Mamãe já sabia. Ela disse que parte do motivo pelo qual ela começou a apoiar minha atuação foi o dia em que você foi visitar e disse que a falta de apoio dela estava me machucando. Eu não sabia que você tinha feito isso, Ti. Eu sei que isso é loucura, mas o prêmio sinceramente não significa nada sem...

Abri a porta e minha respiração parou. Seye estava encostado no batente da porta usando um smoking visivelmente caro, com a camisa amarrotada e a gravata-borboleta desamarrada no pescoço. Ele ficava bem de barba, e sua pele tinha o brilho de Los Angeles, como se o sol tivesse mandado seus raios irem viver nele depois de ter visto algo naquela pele que pareceu digno de sua glória. Seye ergueu o olhar e deu um sorrisinho de lado que fez uma onda de sentimentos reprimidos quase romper a barragem que eu tinha construído para detê-los. Quase.

— E aí, TiTi.

Eu queria dar um murro nele. Depois beijar ele. Gritar com ele. Empurrar o peito dele. E depois beijar novamente. Acho que ele estava olhando para mim e para dentro de mim do mesmo jeito que eu estava olhando para ele e para dentro dele, e eu não tive tempo de bloquear o caminho para dentro de mim. Mesmo que eu impedisse ele de entrar, não ia adiantar, porque ele conhecia todas as passagens secretas, todas as rotas alternativas.

Ele engoliu em seco e fez uma cara muito séria, como se estivesse prestes a dizer algo muito profundo.

— Você está usando minha camisa.

Eu olhei para baixo e xinguei mentalmente.

— Eu esqueci de quem era.

Isso era verdade e mentira. Eu sabia que era dele, mas ele tinha sido uma parte tão importante da minha vida em determinado momento que saber que era dele e saber que era minha era a mesma coisa.

Seye sorriu.

— Sério? Porque é a Camisa do Cogumelo.

A Camisa do Cogumelo. A camisa que Seye estava usando quando fomos fazer trilha na Califórnia com Malik e Kameela, e Malik teve a ideia genial de fazer um tipo diferente de viagem em grupo. Kameela recusou e se ofereceu para tomar conta da gente. Seye e eu éramos meio fracos para drogas. No auge da chapação, Seye anunciou que estava com calor e acabou se embolando tentando tirar a camisa, gritando e pedindo que eu o salvasse. No meu estado alterado, aquilo foi a coisa mais engraçada que eu já tinha visto na vida. Eu caí no chão de tanto rir, boba com o fato de que aquele idiota fofo e lindo era meu.

Soltei um risinho pelo nariz e pigarreei em seguida.

— Pode entrar.

Dei um chute discreto na faca que estava no chão para tirá-la de vista. Seye deixou os sapatos na porta e fez um som de aprovação enquanto dava uma olhada no meu apartamento. Por um lado, era bizarro e desorientador vê-lo ali, usando um smoking amarrotado, cheirando a qualquer loção pós-barba da qual ele era o garoto propaganda; ali, no espaço que eu tinha criado para mim.

Por outro lado, era como se ele estivesse ali desde sempre. Seye virou para mim.

— Esse lugar é incrível, Tiara. Você conseguiu. Eu sabia que você ia conseguir. Eu comprei seu livro na pré-venda e...

— Você nem se despediu de mim. — Pressurizada pelo tempo e extremamente reprimida, a represa estourou. A frase explodiu de mim junto com as lágrimas.

Os olhos de Seye brilhavam.

— Tiara...

— Não. — Fui para a cozinha e ele veio atrás de mim. Enchi uma taça de vinho até a borda e me encostei no balcão. — Você sabe o quanto isso é bizarro? Eu mandei mensagem e liguei depois que a gente terminou e você não respondeu nenhuma vez. Você me deixou sozinha, tentando descobrir se eu tinha imaginado que o que a gente tinha era real. Se você tinha me amado de verdade ou não. Aí você aparece na minha porta de smoking, como se fosse o James Bond negro, depois de ter transado horrores com um monte de Riley Dawns, e espera que fique tudo bem? Pois que se foda isso tudo... e que se foda você!

Bebi uma boa quantidade de vinho, tamanha era minha raiva.

Seye pegou a taça de vinho da minha mão e a colocou na mesa, com os olhos brilhando.

— Eu mereço isso. Isso não é justificativa, mas... eu não me despedi porque como é que eu ia dizer adeus a *você*, Tiara? Caramba. Eu não consegui. Ainda não consigo. Fui um imbecil e você estava certa. Eu devia saber que você não é o tipo de pessoa que se mudaria sem ter um plano, sem ser capaz de se sustentar sozinha. Mas eu estava tão focado no que eu queria que esqueci que esse tinha sido o motivo pelo qual me apaixonei por você. Eu fui egoísta. Desculpa mesmo e... peraí, quem é que está transando com Riley?

—... você?

Seye riu.

— O quê? Não. Ela é minha amiga. Na verdade, foi ela que me disse que eu tinha que tomar juízo e tentar reconquistar o amor da minha vida.

Forcei meu coração a desacelerar, tentando combater a esperança com um pouco de realismo.

— Seye, eu não planejo me mudar para Los Angeles tão cedo.

— Na verdade... — Ele baixou a voz e se aproximou de mim. Eu tinha sentido falta da sensação de estar perto dele, da forma como meu corpo inteiro ficava eletrizado. — Acabei de conseguir um papel para uma peça aqui. Seis semanas. E depois disso eu estava pensando em ficar um pouco mais. E descobrir o que fazer para levar essa vida transatlântica. Olha só, se você me disser que nunca mais quer me ver de novo, eu vou entender. Eu sei que vai demorar. Mas, se você deixar, vou fazer o que for preciso para estar em sua vida novamente. Você é um pedaço do meu gerador. Isso soa estranho? É verdade, no entanto.

Eu sustentei o olhar dele por um tempo.

— Sabe, minha dica incrível para quando alguém esbarra no ex é dizer "Só Um Oi e Já Foi", mas acho que preciso que você diga adeus antes de ir. Você me deve uma despedida de verdade.

Seye baixou os ombros e ficou quieto por um tempo. Em seguida, assentiu, esfregou o queixo e deu um passo para trás.

— Você tá certa. Tiara, eu...

Estendendo a mão, puxei ele para perto pela camisa. O olhar dele mudou com o clima entre nós, nos aproximando mais ainda. Observei cada detalhe dele em *close*, alta definição, tecnicolor, tudo ali, exibição exclusiva para mim; a boca carnuda e mandona, a curva do nariz. Passei o polegar em seus lábios.

— Como você teria se despedido de mim?

Seye engoliu em seco. Ele observou atentamente meu rosto, queimando tudo.

— Eu diria que deixar você foi a coisa mais difícil que já tive que fazer. — Os braços estavam em torno da minha cintura, os meus enrolados no pescoço dele. — E que eu ia sentir tanta saudade de você que ia acabar enlouquecendo. — Ele me levantou do chão e me sentou no balcão. — Mas aí eu desistiria, porque ia perceber que é impossível para mim me despedir de você, Tiara. Eu nunca vou querer dizer adeus para você.

Dicas incríveis de Tiara

- Quando o homem por quem você é apaixonada irrita o agente, a firma de publicidade e meio mundo de produtores fugindo da primeira cerimônia de premiação da vida dele para ir dizer que nunca deixou de te amar & que ele não está namorando com Riley (que é uma menina muito legal, na real), diga a ele que o processo de audição para voltar para sua vida começa no dia seguinte. E diga que você acha que ele tem potencial.

Depois jogue fora toda a sua granola.

Orin

Este é provavelmente o pior encontro da minha vida. Na teoria, era para ser o ideal. É uma sexta-feira à noite de microfone aberto e DJ no Upstairs At The Ritzy, em Brixton. As luzes estão fracas, o bar é aconchegante e vejo alguns rostos familiares na multidão. Ele é amigo de um amigo, trabalha com contabilidade e é bonito o suficiente para que eu deixe meus amigos me arranjarem com ele. O problema, no entanto, é que ele trabalha com contabilidade e é bonito o suficiente que eu deixe meus amigos me arranjarem com ele. A cabeça dele é tão enfiada dentro da própria bunda que ele deveria ser submetido à análise por cientistas como um exemplo de fenômeno anatômico. Ele está falando sobre o quão corajosa eu sou por estar em um área de alta entrega e pouco retorno financeiro e, embora a fotografia musical seja uma profissão nova — ele já tinha mexido com fotografia, será que eu tinha visto a série de fotos que ele tirou durante um retiro da firma nos Alpes no inverno passado? —, é uma *pena* que meu diploma de Direito esteja sendo desperdiçado. Eu sorrio e engulo os meus singelos pensamentos homicidas e digo a ele para pegar o celular e abrir o aplicativo de música. Depois de conseguir escapar de um podcast chamado "Dinheiro Importa: O Mundo É Dos Homens" (eu me dou um pouco de crédito por não levantar e ir embora nesse momento), eu abro uma playlist de Top 10 de Música "Urbana" e digo a ele que já trabalhei com seis dos artistas da lista. Ele engasga com o gim-tônica e me diz que nunca ouviu falar de nenhum. Ele logo muda de assunto e começa a falar sobre como o gim que pediu — o mais caro do cardápio — tem gosto de xixi de gato, e não é nada comparado ao gim que ele experimentou quando visitou uma destilaria em Cotswolds, onde, a propósito, ele costumava veranear com sua família. Eles têm uma casa de campo lá. Tomo um gole generoso de rosé, esperando conseguir adoçar o gosto ácido dele usando o verbo "veranear".

O nome dele é Raphael Adeniyi Akinyemi.

— Engraçado — diz ele, me garantindo que a próxima frase vai ser tão terrível que talvez faça um pedaço da minha alma morrer — que meu nome é Raphael, sabe, que nem o anjo, quando eu posso muito bem ser um diabinho.

Ele pisca para mim e meu estômago se revira.

— E eu sei — continua ele — que você está pensando que Raphael talvez seja um nome estranho para alguém cujos pais nasceram na Nigéria, mas acho, tipo, legal me destacar assim, sabe? Meus pais me chamam de Adeniyi em casa, mas talvez eu tire esse nome. Pensando em tirar Yemi do sobrenome também. Raphael Akin soa muito mais dinâmico, sabe?

Recosto na cadeira, apoiando o cotovelo no encosto. Desisto de qualquer tentativa de fingir interesse, pois agora entendo que estou sendo apenas uma vela no encontro de Raphael Akin consigo mesmo. Ou, melhor dizendo, sou o público assistindo ao encontro de Raphael Akin consigo mesmo. Decido que olhar por esse lado é a melhor maneira de salvar minha noite. Era um entretenimento *imersivo*, O Narciso Moderno. Uma música afrobeat começa enquanto esperamos pelas apresentações. Eu começo a balançar, convocada pela batida, e encontro conforto na música. Raphael ri e diz:

— Olha ela! Um salve pra Burna Boy, né!

Na verdade, era Wizkid que estava tocando. Ele tinha cagado meu pequeno momento de consolo sem a menor cerimônia. De repente escuto alguém engasgando de tanto rir, ao que tudo indica, e meus olhos passeiam até o outro lado de Raphael, onde um cara está sentado, tentando cobrir um sorriso com a garrafa de cerveja que leva aos lábios e falhando. Os olhos dele brilham descaradamente na minha direção. Levanto uma sobrancelha em questionamento e ele apenas sorri ainda mais. Obviamente um idiota que pensa que ter um sorriso sexy é suficiente para distrair as pessoas da grosseria que é bisbilhotar a conversa alheia.

Fico grata quando a banda começa a se preparar, ansiosa para ser distraída pelo som de um menino branco fazendo um *cover* folk acústico de "Lollipop", de Lil Wayne.

— Sabe qual é meu som favorito? — pergunta Raphael Akin.

Abro um sorriso.

— Os tons suaves da sua voz?

Dessa vez, o cara do outro lado ri fininho. Raphael Akin não parece perceber.

— Não, eu ia dizer que era o som do banjo. Mas eu participava mesmo de um grupo a cappella só de homens na faculdade. O nome era Claveleiros. Eles me chamavam de Lancelote. Eu era meio pegador.

Fecho bem a boca para manter a língua sob controle; o cara do outro lado olha para mim e finge estar fascinado. Ele é um idiota e, infelizmente, muito fofo. Está recostado na cadeira, usando uma camiseta branca fina e solta de gola larga, calça jeans e uma corrente de ouro simples e fina que contrastam completamente com a calça social e a camisa de botão com o bordadinho de um homem montado num cavalo usadas pelo meu companheiro. Quanto mais eu olho, mais eu acho aquela camiseta branca ótima. É necessário um gosto bastante requintado para escolher a camiseta branca certa para valorizar o visual; é um verdadeiro barômetro de estilo. Embora a camisa seja larga, é óbvio que ela está cobrindo um tórax bem definido... e aqui estava eu, olhando para outro cara no meio de um encontro. Meus olhos flagram os dele já grudados em mim, com um brilho que me dá um calor bem lá no fundo da barriga. Ele tinha acabado de dar uma conferida em mim também?

O doce calor que surge em mim é rapidamente dissipado quando uma moça senta ao lado dele. Ela tem cabelos brilhantes, está usando salto alto e carrega uma nuvem de perfume floral em torno de si. Nossos olhares se separam quando ele vira para ela e ela lhe dá um beijo longo e complexo, com tanto movimento de língua que escapa dos limites das duas bocas. O emaranhado viscoso e retorcido de rosa parece uma criatura com consciência própria. A mão dela desce pelo peito dele e para logo acima do cinto.

— Desculpa, amor — diz ela —, o ensaio atrasou!

Eu sorrio. A acompanhante do cara se senta e estica as pernas nuas e brilhantes antes de cruzá-las. Ela está usando uma tornozeleira. A acompanhante do cara está usando uma tornozeleira. Então, o que descubro em seguida é que eu não sou o tipo dele e ele não é o meu tipo. Eu realmente não consigo fantasiar sobre um cara que fica com mulheres que usam tornozeleiras com pingentes de borboleta; minha imaginação simplesmente não tem espaço suficiente para isso. Logo me encosto na poltrona, um tanto consolada por esse fato, enquanto Raphael conta sobre o romance policial multimídia em que está trabalhando:

— E se, enquanto você estivesse lendo em um dispositivo eletrônico, em vez da descrição de uma perseguição de carros, você tivesse acesso a um vídeo de uma perseguição de carros? Pensei em chamar o conceito de Lilme. É tipo a mistura de livro com filme.

Será que estou ficando com hálito de vinho? Penso em perguntar se alguém em nossa fileira de mesas tem um tabletinho de chiclete ou de cianeto. A noite passa por uma reviravolta interessante quando o MC anuncia que a próxima pessoa a se apresentar será ninguém menos que a acompanhante do Gostoso de Camiseta. Vejo a tranquilidade descontraída se esvair com rapidez do rosto dele.

— Peraí... o quê? — pergunta ele baixinho, com um sorriso tenso.

Os lábios perfeitamente estufados de sua acompanhante se abrem em um sorriso.

— Sim! Eu queria fazer uma surpresa para você!

Ela encosta o dedo na ponta do nariz dele e se dirige ao palco escuro. Os saltos e o vestido tubinho a fazem parecer uma diva que está precisando se apresentar no teatro comunitário como punição por alguma coisa. Ela pega o microfone e sacode o cabelo, e eu olho para o Gostoso de Camiseta para ver que seu rosto está agora comicamente congelado em um sorriso que esconde muito mal o terror absoluto que ele está sentindo. Ela limpa a garganta e dá tapinhas no microfone, que faz um barulho esquisito de apreensão.

— Ei, pessoal! — diz ela, exatamente no mesmo tom que alguém usaria para começar um tutorial de beleza no YouTube. Ela é fascinante. Eu gosto dela. — Então, meu nome é Lissa. Inclusive, vocês podem me seguir no IG, meu arroba é Lissa Underline Amor! Enfim, vou fazer um *cover* de Taylor Swift. Vocês conhecem alguma música dela?

Ela vira para a banda especializada em neo-soul, que a encara de volta como se ela tivesse duas cabeças. Ela franze a testa, mas não se abala.

— Sério? Que esquisito. Essa música é um clássico. De qualquer forma — ela acena com a mão —, tudo bem. Vou cantar a cappella e vocês podem me acompanhar. Além disso, vou fazer uma brincadeirinha com a música, preparei um poema curtinho pra recitar na metade dela!

É então que percebo que estou apaixonada.

Se o Gostoso de Camiseta tivesse como ficar pálido, não tenho dúvidas de que ele estaria parecendo um personagem dos livros de Stephenie Meyer. A mandíbula dele está tensa e os olhos parecem presos em um estado de choque e horror. Bom, isso é maravilhoso.

A voz da supermodelo popstar parece o tipo de voz que um algodão doce teria se fosse personagem de um desenho animado, com uns tons que parecem o som de um gato se afogando. É tão lindamente horrorosa. Eu estou me divertindo muito, ela consegue até abafar Raphael. Os longos cílios da modelo tremem quando ela se concentra no Gostoso de Camiseta, fazendo uma serenata para ele enquanto ele continua rígido na cadeira, sem nem piscar. Eu balanço a cabeça no ritmo da música, e, quando ela começa a recitar a poesia falada — que en-

volve o verso: "menino gato, não me faça de gato-sapato"
—, estalo os dedos no ar.

— Disse tudo, amiga!

O Gostoso de Camiseta olha para mim. Eu abro um sorriso.

— Um salve pra poesia falada! — diz Raphael.

— Você quer ir para outro lugar?

A ousadia de Raphael é impressionante. Está na hora do intervalo e estamos na área de fumantes, onde estou bebendo minha segunda taça de rosé e, a julgar pela maior proximidade de Raphael comigo, onde ele acha que vamos nos beijar.

—... minha casa não fica longe daqui. Moro em Clapham. E tenho uma garrafa de gim daquela destilaria. Posso expandir seu paladar. Eu não tenho nenhuma garrafa desse vinho falso que você bebeu a noite toda. Mas assim, rosé? Você é o quê, uma personagem de *Real Housewives*? Haha. Nem, tô brincando. Essa não é sua vibe. Obviamente. Tipo, será que ia te matar usar um vestido para vir para um encontro?

Eu estou usando calças cargo, um cropped preto de alcinhas, uma camisa de botão folgada que escorrega do meu ombro, tênis e batom vermelho. Seria o sonho dele ser tão estiloso quanto eu.

— Haha, tô brincando. De qualquer forma, eu posso pedir um Uber e...

Encosto um dedo na minha têmpora e solto um suspiro longo e carregado enquanto tento reunir o que resta da minha paciência cada vez mais escassa.

— Puts, Raphael, você acha que esse encontro está indo bem?

Ele franze a testa, confuso. O nível de arrogância absurdo dele é quase encantador.

— Acho que as vibes estão boas, sim.

Eu sei que deveria ter tido mais tato, mas o rosé corroeu minha habilidade de moderar minhas palavras e meu queixo está doendo de tanto segurar o riso. Além disso, o jeito como ele usou "vibes" foi a gota d'água. Então balanço a cabeça, sorrio e digo:

— Lancelote é um apelido péssimo para se dar se você quer fingir que era um grande pegador na universidade. Quando ele pediu Guinevere em casamento, ela o rejeitou e ele fugiu para um mosteiro, onde morreu de tristeza. Você poderia já saber que eu sabia disso se tivesse se dado ao trabalho de me fazer uma pergunta sequer, porque aí você poderia ter descoberto que eu fiz uma matéria de história sobre mitologias antigas. Isso, no entanto, exigiria que você fosse menos apaixonado pelo som de sua própria voz, o que parece fisicamente impossível para você. Além disso, *Lilmes*? Tipo assim... de verdade? Não faz sentido nenhum. Estou dizendo isso a você como alguém que... bem, não exatamente como alguém que se preocupa com você, mas como alguém que se preocupa com a situação de nossa cultura, porque essa ideia é uma abominação e um insulto ao conceito de livro *e* de filme.

Raphael piscou os olhos e, muito rapidamente, vi o choque da rejeição ignorar a autorreflexão e se transformar em algo sarcástico.

— Tanto faz, cara.

Cara?

Raphael levanta o canto do lábio em um sorriso feio que o faz parecer um príncipe malvado da Disney. Enfim um pouco de tempero. Ironicamente, talvez eu goste dele agora.

— Esse encontro foi só um favor mesmo. Era óbvio desde o início que você se sentiu intimidada por mim. Além disso — ele passa os olhos por mim —, por que eu ia querer sair com alguém cujo estilo parece uma mistura de stripper e maloqueira? Você parece confusa, amor.

Isso me faz rir muito, porque, embora eu ame a ideia de uma estética de stripper e maloqueira, eu *sei* que não tem como uma pessoa que parece uma alegoria racial ambulante saída diretamente de um filme de Jordan Peele estar *me* chamando de confusa.

Eu me recomponho e abro a boca para dizer exatamente isso, quando uma voz fria, baixa e intrigada diz:

— Você tá zoando, né?

Raphael e eu procuramos a fonte da voz e encontramos o Gostoso de Camiseta inclinando-se sobre a grade da varanda com uma cerveja na mão e um sorriso malicioso no rosto. Raphael faz uma careta.

— Dá licença?

O Gostoso de Camiseta ri e se endireita, esfregando a barba por fazer no queixo. Ele dá de ombros.

— Desculpa, é realmente incrível para mim que você tenha a audácia de dizer que ela se sente intimidada por você. Intimidada pelo quê, cara? Uma imitação barata do Alfonso Ribeiro?

Minha mão voa para minha boca e cobre minha elegante combinação de arfada com riso enquanto Raphael balbucia:

— Vá cuidar da porra da sua vida, cara. — E, quando isso não causa a reação que ele deseja, ele diz: — Vá se foder, *neguinho*!

A parte da varanda em que estávamos cai em um silêncio atordoante, que é mais confuso do que constrangedor. Os olhos do Gostoso de Camiseta estão brilhando de satisfação, mas ele muda de expressão para parecer sério.

Ele coloca a palma da mão sobre o coração como se tivesse sido apunhalado e diz, em uma imitação de Sidney Poitier:

— Caramba. Isso machuca, irmão.

Limpo a garganta para disfarçar minha risada e balanço a cabeça, fazendo uma cara de decepção intensa.

— Sim. Não tem por que falar desse jeito... cara.

Raphael parece humilhado. Ele não para de piscar os olhos. Vira para mim e abre a boca antes de perceber — provavelmente pela expressão exagerada e devastada em meu rosto — que não havia como remediar o que tinha acontecido nem havia a menor possibilidade de livrar a própria cara. Ele sai apressado de volta para o bar, deixando uma nuvem de colônia Ralph Lauren para trás. Mais alguns momentos de silêncio confuso se passam antes que o riso escape de mim e do Gostoso de Camiseta, transbordando da gente enquanto nos curvamos. Nossas risadas, respirações ofegantes e arfadas criando camadas de camaradagem entre nós.

— Ai, meu Deus — digo. — Isso aconteceu mesmo? Foi meio inacreditável, né? Eu nunca tinha visto um cara preto dizer neguinho como se fosse xingamento.

Os ombros do Gostoso de Camiseta sacodem enquanto ele balança a cabeça, dando risadas contagiosas.

— Essa foi uma das melhores coisas que eu já vi. Tô falando muito sério. Além disso, por que ele *agiu* como se estivesse dizendo um xingamento? Por que ele falou daquele jeito? Foi incrível. Ele tem presença de palco. Foda-se a cappella, ele deveria ter participado de uma companhia de teatro.

— Ah, na verdade ele participou. Bem, era companhia de improvisação. Você perdeu essa parte porque tinha ido ao banheiro, aí não teve como bisbilhotar des-

caradamente a conversa dos outros. Era uma companhia
só de homens. O nome era Uísque Frito.

Ele me encara com firmeza.

— Tá de zoeira com a minha cara?

— Como é que eu ia inventar uma merda dessa?

Ele dá de ombros.

— Não sei. Eu não te conheço.

Levanto as sobrancelhas.

— Ah, sim, mas mesmo assim você se sentiu confortável o suficiente para interromper o que teria sido
uma cortada sublime? Você não precisava ter feito isso,
inclusive. Eu ia acabar com ele.

Encostado na grade da varanda, o Gostoso de Camiseta vira o corpo completamente para mim, com a cerveja na mão pairando sobre a rua movimentada lá embaixo. É uma noite de verão e o ar está confortável e denso,
nos encaminhando para a madrugada com uma canção
de ninar feita de buzinas de carros, chiados de ônibus e
o burburinho do fim de semana. A brisa cheira a frango
frito, fumaça de cigarro e uma pungência derivada da
mistura sublime da doçura da maconha com o azedo do
álcool. Pela primeira vez naquela noite inteira, me sinto
completamente relaxada.

— Ah, não tenho dúvidas — diz o Gostoso de Camiseta, com um sorrisinho torto. — Pô, "os tons suaves
da sua voz"? — Ele solta um risinho. — Caraca. Muito
poético.

Homem que consegue citar minhas genialidades
literárias me derrete demais. Faço uma reverência.

— Muito obrigada.

Ele ri.

— Não, falando sério, desculpa por me introme-
ter. Foi falta de educação. Meu corpo reagiu automaticamente ao som da voz dele. Quer dizer, aos tons da

voz dele... foi como se meu corpo inteiro reagisse a isso, sabe?

Chego mais perto e me apoio na grade.

— Tudo bem. Eu entendo. Ele é chato. Ele soa como um robô feito por caras que moram em Fulham e trabalham em uma startup de tecnologia cujo objetivo é se infiltrar na comunidade negra.

O Gostoso de Camiseta dá uma risadinha.

— E que falha no objetivo. Talvez eu denuncie ele por crime de ódio.

Engasgo com meu vinho e ele sorri de novo. Caramba. Ele é bonito pra caralho. Ele tem *twists* curtos e um *afro fade*, o que lhe dá uma aparência ao mesmo tempo macia e descolada. Os olhos dele vertem um brilho que ativa um calor adormecido em minha barriga, irradiando de brasas que eu achava que já estavam mortas há muito tempo. Quando ele sorri, as sinto incandescer.

— O cara não fazia ideia do que estava falando, de qualquer forma. Só opinião merda. Rosé é ótimo — diz ele, apontando para minha taça. — Mas não posso beber isso. Fico muito safado.

Dou uma olhadela irônica para ele.

— Hmm, eu odiaria ver isso, considerando a sessão de beijos que testemunhei mais cedo. Certeza que você violou algum código da vigilância sanitária. Inclusive, cadê sua futura Beyoncé?

O Gostoso de Camiseta balança a cabeça e segura um sorriso.

— Isso é rude, pô. Eu penso nela mais como uma futura Ariana Grande. — Ele coça a bochecha. — Na real, ela foi embora. Ela perguntou o que eu tinha achado da apresentação dela.

Assenti.

— Ah, entendi. E você obviamente disse a verdade. Que foi lindo, comovente...

O Gostoso de Camiseta morde o lábio, numa tentativa óbvia de impedir um sorriso.

— Eu disse que tinha sido uma apresentação única e poderosa.

— Poderosa o suficiente para ressuscitar os mortos?

— Caramba. Uau. Você é perversa.

Meu sorriso se alarga.

— Bem, você acabou de espantar o cara que poderia ter sido o amor da minha vida.

— Não posso levar todo o crédito por esse feito. Acho que foi um trabalho coletivo. A gente trabalha muito bem juntos.

O ar entre nós fica palpável, e só então percebo que estamos apenas nós dois na varanda. O intervalo tinha acabado e todas as outras pessoas tinham voltado para dentro, para ver o resto das apresentações. Nem eu nem ele fazemos qualquer menção de voltar. Melodias suaves de música neo-soul flutuam pelas saídas de emergência do bar e se entrelaçam na sinfonia caótica das ruas abaixo. O Gostoso de Camiseta limpa a garganta e diz:

— Você quer voltar lá para dentro?

Minha barriga afunda de apreensão.

— Não.

— Eu também não.

O rosto dele relaxa e o canto de sua boca se ergue, levando meu coração junto.

— Hum... Enfim, de qualquer forma, ela interpretou como um elogio e disse: "Ah, por que você não me apresenta aos caras do seu trabalho?". Ah, eu trabalho na área de artistas e repertório de uma gravadora, inclusive...

— Peraí, sério? Onde?

Ele pareceu desconfiado.

— Synergy Records.

Sorrio.

— Caramba, que legal. Sou fotógrafa e estou me especializando em música. Participei da turnê de alguns de seus artistas.

Ele relaxa visivelmente e se aproxima de mim com os olhos brilhando.

— Sério? Que massa.

— Você achou que eu ia tentar mandar o link do meu Soundcloud para você, né?

— Pensei sim. Já passei por cada coisa... Inclusive, meu nome é Deji.

Ele estende a mão, o que parece uma coisa estranhamente formal de se fazer, considerando que havíamos testemunhado os fracassos românticos um do outro ao vivo. Mesmo assim, seguro a mão dele. Deji aperta a minha com firmeza e meu coração dispara.

— Hum. Eu sou Orin. Prazer.

Ele arregala os olhos e dá alguns passos para trás, como que para me ver melhor.

— Porra, você é Orin Adu?

— Sim... como você...

— Eu amo seu trabalho. Sério, é lindo demais. Pode ser muito nerd da minha parte dizer isso, mas não estou nem aí... eu sigo sua conta de fotografia no Instagram. Na verdade, tenho um print seu pendurado na parede. Burna Boy, em Paris? Incrível. Suas fotos são arte de verdade. Eu tô tietando? Tô tietando, né. Vou só parar de falar.

Sua calma urbana se fragmenta ainda mais e dá lugar a algo muito genuíno e fofo. Ele tem o calor e o frio na palma da mão, descontraído sem ser indiferente, afável sem ser brega. As brasas e faíscas em minha barriga dão origem a uma chama que sinto se espalhar pelo meu rosto, enchendo minhas bochechas, transbordando em meus olhos. Sinto que estou brilhando junto com ela.

— Obrigada. Mesmo, agradeço de verdade. De alguma forma isso me faz sentir como se a decepção eterna e não tão secreta da minha mãe por eu ter desistido da advocacia tivesse valido a pena.

Deji assente enfaticamente.

— Ah. Eu te entendo. Meu Curso-Para-Agradar--Mãe-E-Pai-Nigerianos foi Economia.

— Esse é clássico. Ah, desculpa! Interrompi! Olha só eu dando uma de Raphael Akin para cima de você.

Ele balança a cabeça.

— Não, não, de forma alguma. Aquilo foi um monólogo. Isso aqui é uma conversa muito boa. Então, beleza, ela disse para eu dizer ao pessoal do trabalho que tinha descoberto a próxima Rihanna, e eu disse: "Não tenho tanta certeza se posso fazer isso". E ela falou: "Por que não, porra?" — Ele imita a voz dela assustadoramente bem e levanta o dedo de um jeito atrevido. — Aí eu disse: "Só não acho que você esteja pronta pra esse tipo de passo na sua carreira".

Assenti.

— Muito bom.

— Obrigado. Enfim, ela disse: "Ah, então talvez você não esteja pronto pra ter tudo *isso*!" e apontou para si mesma. Aí ela me chamou de boy lixo e foi embora. Foi assim que descobri que ela estava me usando por causa dos meus contatos. Decepcionante. Se é para ser usado por uma mulher, prefiro que seja por causa do meu corpo.

Respiro fundo depois de me recuperar de um ataque de riso.

— Desculpa, desculpa. Não é engraçado.

— É um pouco, sim. Tudo bem, esse era só nosso terceiro encontro. Não tínhamos nada em comum. Essa é a última vez que mando *direct* no Instagram.

Olho para ele com incredulidade.

— Tem certeza?

Deji balança a cabeça.

— Não. Quero dizer, sendo realista, como é que as pessoas conhecem as outras? Eu trabalho o tempo todo e aplicativos de relacionamento me dão vontade de dar um tiro na cabeça. Como você conheceu Alfonso Ribeiro? Desculpa se estou errado, mas ele não parece ser bem o seu tipo.

Dou uma gargalhada.

— Puts. Sim, ele é literalmente a antítese do que eu procuro. É por isso que saí com ele. Por causa do meu trabalho, estou sempre na estrada com um monte de musicistas, então meu tipo tende a ser guitarristas, baixistas, bateristas... Deu para entender, né? E quase sempre acaba da mesma maneira: coração partido. Eu estava reclamando da minha falta de sorte com homens no chá de bebê da minha amiga, e uma de suas amigas sugeriu que talvez seja porque eu sempre namoro o mesmo tipo de cara. Ela trabalha com contabilidade e pensou: "Quer saber de uma? Acho que conheço uma pessoa. Ele é o único cara negro do escritório". E, apesar de o racismo corporativo ser uma coisa muito real, agora acho que ele é o único cara negro do escritório porque ele matou os outros. De qualquer forma, achei que talvez fosse bom mudar de estratégia, e talvez minha mãe estivesse certa e eu deveria procurar alguém que usa gravata para trabalhar. Tipo, talvez minha ideia de romance seja meio ingênua e talvez encontrar alguém que me entenda completamente seja uma fantasia e talvez eu possa tolerar alguém que é o oposto total do que eu quero, se a pessoa me tratar bem. Tipo, quem precisa de emoção, né? Talvez seja impossível ter emoção e estabilidade ao mesmo tempo. Mas nem minha tentativa de sossegar funcionou. Talvez seja melhor eu me conformar em ser uma artista extremamente glamourosa e eternamente solteira que cria passarinhos.

Paro e me viro para as luzes piscantes da noite, sentindo o gosto da mentira em minhas palavras. Elas não cabiam direito na minha boca; deixavam um gosto que meu paladar rejeita. Balanço a cabeça.

— O problema é que eu realmente não quero isso. Quero ser uma artista extremamente glamourosa que cria um cachorro com um homem que a ama. Não tem nada de errado com isso, né?

Deji me dá um sorriso gentil com olhos tão suaves que me sinto afundar neles. Não preciso que ninguém me resgate.

— Não tem nada de errado com isso. Eu entendo você. Conhecer gente nova é uma merda. Primeiro porque tem muito fingimento envolvido, né? Por exemplo, nos primeiros encontros você está basicamente interpretando uma versão melhor e mais sofisticada de si mesmo. Mesmo que você encontre uma pessoa com quem quer sair. Aí vem a pressão, certo? As duas pessoas estão lá no encontro e as duas têm um objetivo. Você quer que dê certo. E aí, quando isso não acontece, você fica decepcionado e, de alguma forma, em meio à decepção, você tem que se reencontrar e se preparar para fazer tudo de novo.

Estalo os dedos no ar em concordância.

— É isso! Eu só queria que desse para pular a parte esquisita e constrangedora do início e chegar logo na parte divertida. Conhecer alguém que simplesmente entende você. Encontrar aquela combinação perfeita de tempo e circunstância. Lugar certo e hora certa, com uma pessoa que não esteja tão emocionalmente indisponível que consiga se comprometer com um porquinho-da-índia de estimação a ponto de levar o bichinho para uma turnê mundial, mas que não consegue lidar com ter coisas suas numa gavetinha minúscula no apartamento dela.

— Isso veio lá de dentro, hein?

— O baixista. — Minha risada seca vira um grunhido e cubro o rosto com a mão. — Merda, por que continuo me dando ao trabalho?

Pelas brechas entre meus dedos, vejo Deji dar de ombros.

— Esperança, né? Isso não é uma coisa ruim. Não é uma falha de caráter.

Tiro a mão do rosto e a apoio na grade da varanda, ao lado da dele. Estamos tão próximos que nossas pernas estão batendo e roçando uma na outra. O olhar de Deji brilha, transbordando alguma coisa que vem de dentro dele, e me prende ali. Um calor reconfortante se espalha e se instala dentro de mim.

— Inclusive — diz ele, quebrando o silêncio —, stripper e maloqueira é uma excelente combinação. E, se a intenção for essa, você sustenta bem o estilo. Você parece a *crush* de alguém numa série dos anos 1990.

Eu sorrio.

— Obrigada. Isso foi muito fofo e muito específico.

— Eu tinha uma *crush* enorme na Ashley Banks.

O calor sobe até minhas bochechas.

— Estou vendo que você é um grande fã de *Um Maluco no Pedaço*.

— Era minha série favorita.

Dou uma risada.

— Imagine se todos os encontros fossem fáceis assim? Descobrindo a série preferida de infância da outra pessoa, presenciando os fracassos românticos da outra pessoa bem de perto, vendo quão mal a outra pessoa beija...

Deji levanta a mão me censurando, com o rosto muito sério.

— Tudo tem limite. Aquilo ali foi tudo ela. Não tinha como salvar aquele beijo. Eu vou te dizer, Orin Adu, que eu beijo bem pra caralho.

— Que declaração ousada.

— Eu nunca afirmo nada que não posso provar.

A voz dele fica mais baixa e o grave reverbera em meu corpo quando os olhos dele se fixam em mim, desacelerando o tempo. O som abafado da música de Erykah Badu tocando no bar diminui e se inverte em meus ouvidos, como se estivéssemos rompendo os limites temporais e físicos, porque não tenho ideia de quanto tempo se passou e o chão sob meus pés parece imaterial em comparação com a compreensão que eu estou adquirindo. Consigo sentir o peso do que isso *é* pressionando meu peito, consigo sentir a plenitude inebriante do que isso *pode ser* deixando meu coração em vertigem. Houve pouquíssimos momentos em minha vida em que fui totalmente confiante, mas, nesse exato segundo, tenho a certeza inabalável não apenas de que Deji beija muito bem, mas também de que não preciso acreditar nas palavras dele sem nenhuma prova.

Ele sorri com seus lábios carnudos, que parecem ter sido esculpidos com mármore e nuvens.

— Sabe, teoricamente a gente pode ir para outro lugar, comprar outra bebida e talvez algo para comer, e isso pode contar como um primeiro encontro. Tecnicamente, é meio que perfeito, porque a gente não tem o número um do outro. Se for uma merda, podemos ir para casa e esquecer. Se uma pessoa pedir o número da

outra e a outra não quiser dar, ela não tem a obrigação
de dizer sim.

— Desculpa, isso é você me chamando para sair?

— Se você está prestes a dizer não, não.

Eu abro um sorrisinho.

— Desde que você prometa não me fazer gato-sapato... menino gato — digo, parafraseando as palavras
profundas de Lissa Underline Amor.

Deji ri e balança a cabeça, o brilho em seu olhar
dançando.

— Você é terrível.

— E mesmo assim você quer me levar para sair.

— Sim, porque você é uma pessoa terrível muito
engraçada, inteligente, interessante e gata, e eu gostaria
de te conhecer melhor para entender de fato a profundidade de sua maldade.

Pressiono a mão no peito e inclino a cabeça.

— Essa é uma das coisas mais doces que alguém
já me disse. Acho que agora é a hora de dizer que acho
que você é um babaca. Sinceramente, quando te vi pela
primeira vez, pensei: "Eca, que imbecil". Imagine minha
alegria quando descobri que estava certa.

— Tome cuidado, ou eu vou acabar me apaixonan-
do por você, e isso vai ser constrangedor para nós dois.

No restaurante, Deji pede uma garrafa de rosé e
pisca para mim.

Esse é provavelmente o melhor encontro da minha vida.

Alagomeji

Nossa princesa cresceu na Rua Noble, rua nobre. Uma rua levemente inclinada no coração de Lagos, escondida dentro de uma densa cidade-dentro-de-outra-cidade conhecida como Yaba. Nos anos 1970, era um centro cosmopolita e agitado que estava começando a se libertar das algemas do colonialismo. Os antigos telhados de ardósia vermelha e as colunas romanas que denotam certa seriedade "apropriada" ficam ao lado de novas construções de concreto; modernas, indisciplinadas e geometricamente impressionantes. Eles anunciavam a ascensão de uma nova Nigéria. Esses edifícios de concreto são patrióticos, leais ao próprio sangue. Eles estão renovando o tom e realinhando o país às suas raízes, porque, se tem algo que o povo gosta de fazer, é gritar. *Eko oni baje.* No jeito de falar arrogante de Lagos, *isso* é, obviamente, tudo o que importa: "Lagos nunca apodrecerá". Este mantra está concentrado em Yaba, pois aqui estamos no núcleo do núcleo, no coração do coração. E dentro do coração do coração, o amor é rico e abundante.

Esse amor está presente de maneira avassaladora em um apartamento no topo de um edifício na Rua Noble, onde nossa princesa reside. Essa é sua torre, seu castelo. O nome de nossa princesa, traduzido do iorubá, é como uma repetição de "Deus me ama"; e, de fato, ela é amada com uma afeição pura. Ela mora com sete membros da família: um pai amoroso e ligeiramente autoritário, cuja firmeza é minada por sua natureza carinhosa, segura e terna; uma mãe doce e suave, que estende seus cuidados às crianças da vizinhança; e quatro irmãos, duas meninas e dois meninos. Ela foi a quarta a nascer e o amor é derramado sobre ela. O amor dá à nossa princesa espaço para ser ela mesma. Sua língua é rápida e afiada e tem um peso que vai muito além de sua idade. Ela expõe a injustiça e envergonha os mais velhos. Ao longo de sua vida, ela defenderá o que é certo e deixará marcas indeléveis de bondade no mundo. Pois não é que ela seja uma princesa que por acaso vive na rua Noble; ela é o motivo pelo qual a rua tem esse nome. De alguma maneira, vinte ou trinta anos antes de ela nascer, Deus colocou no coração dos urbanistas que iam construir aquela rua a *consciência* de que ela, especificamente, deveria ser nobre. A superioridade colonialista ignorante e autoproclamada deles pode tê-los induzido a pensar que estavam batizando a rua com o nome de algum comandante ou funcionário público inglês, mas eles estavam errados. A rua foi batizada em homenagem a nossa princesa. Foi nomeada em homenagem ao coração dela, que é forte de tanta integridade e suave de tanta bondade. A rua Noble foi batizada em homenagem a sua carinhosa ferocidade.

Aos 10 anos, nossa nobre princesa é mandada para estudar em um internato em Abeokuta, a duas horas de

carro de Lagos. De longe, parecia ser uma punição terrível, um *banimento* — e, quando se via as lágrimas e
chutes da princesa, é o que parecia mesmo. No entanto,
a verdade é muito mais banal e um tanto decepcionante
para os propósitos deste conto dramático. Ela é mandada
embora porque era isso que as pessoas que amavam suas
filhas e filhos faziam naquela época. O amor era visto
como algo que deveria ser um pouco atemorizante, o
amor era como o Antigo Testamento, quarenta anos no
deserto. O amor era visto como uma força que deveria
servir apenas para *empurrar*, nunca puxar. E lá se foi ela,
uma menininha de pernas desengonçadas, tecnicamente
um ano jovem demais para sua nova aventura, porque
tinha pulado uma série. Sim, ela também é inteligente.

Um poeta descreveria Abeokuta como uma cidade montanhosa e rústica de terra vermelha poeirenta
e árvores tão cheias e de um verde tão rico que mais
pareciam um tapete macio para os pés dos deuses. Um
oficial de turismo poderia chamar Abeokuta de "idili-
camente humilde" e se referir às cabras vagando pelo
tráfego como "apelo do campo se misturando perfeitamente ao urbano". Para uma garota da cidade como nossa princesa, era um vilarejo sombrio e exaltado, onde
as pessoas olhavam demais para ela. Para que serve o
verde quando se poderia ter o cinza do concreto? Para
que terra quando se poderia ter calçadas? Céus azuis
quando se poderia ter fumaça industrial? Lagos era um
aperto de mão complicado que terminava em dancinha,
era um insulto caloroso e provocador que quer expres-
sar familiaridade. Abeokuta era um bocejo e uma espre-
guiçada, uma protuberância na barriga depois de comer
inhame amassado. Lânguida, era como um abraço que
pode fazer você se sentir quente demais, sufocado. Essa
sensação era agravada pelo fato de a cidade estar de-

baixo de pedras, rochas enormes. Tantas pedras que a cidade é chamada de Debaixo da Pedra (o povo iorubá é naturalmente literário). As enormes pedras montanhosas cercam a cidade e servem como alicerces desordenados. Nossa princesa jura a si mesma continuar brilhando mesmo à sombra das rochas, jura não se tornar vagarosa e preguiçosa por causa do calor.

A rua Herbert McCauley fica a uma distância bem pequena da rua Noble. É nessa rua que morava nosso príncipe nos anos 1970. A rua leva o nome do grande nacionalista e estadista nigeriano, que, quando o governo colonial britânico fez uma declaração dizendo ter "os verdadeiros interesses dos nativos no coração", retrucou dizendo que "contanto que os 'verdadeiros interesses dos nativos no coração' fossem milimetricamente iguais ao comprimento, largura e profundidade do bolso do homem branco". Quando nosso príncipe ficou mais velho, ele decidiu que só usaria trajes tradicionais iorubás ao viajar para o exterior a trabalho. "Quero que saibam quem eu sou", dizia ele. Ele era filho de um homem que mudou seu sobrenome de "Cole", nome de homem branco que havia sido atribuído a seus ancestrais, para o primeiro nome de seu pai, *Babalola*, que significa "Pai é honra". Em uma Nigéria recém-liberta, seu novo sobrenome também está recém-liberto, anunciando uma reivindicação de propriedade por direito, uma reintegração de posse do que é ancestral. Pai é honra, pátria é honra.

Nosso jovem príncipe se tornaria um dos mais honrados entre os homens. Seu primeiro nome, quando traduzido, era uma versão da frase "Deus me ama" e, assim como nossa princesa, ele é guardado e protegido pelo amor de Deus. Ele morava com oito membros da família: um pai quieto, gentil, que amava a paz; uma mãe poderosa, firme e admirável, que também estendia seus cuidados às crianças da vizinhança; e cinco irmãos — quatro meninos e uma menina. Ele era o quarto filho (dois de seus irmãos são gêmeos) e o amor cambaleava para chegar até ele, lutando para passar por entre irmãos encrenqueiros que o agrediam e absorviam toda a atenção e a emoção. Mesmo assim, nosso menino não passa fome — Deus o ama, afinal. Então, tudo que os irmãos de nosso príncipe falham em fazer, ele faz; ante a brutalidade deles, ele encontra em si a gentileza, ante os ataques, ele cultiva uma firme vontade de proteger. É um amor terroso, orgânico, espesso como mel direto do favo. Você corre o risco de ser picado, mas o sabor é muito mais doce.

Nosso príncipe ama brincar. Ele é turbulento, magrelo, mirrado e tem a língua rápida. Um dia depois da escola, aos 10 anos, nosso príncipe estava pelas ruas do bairro, jogando bola com os amigos, todo cotovelos e joelhos e camisas amassadas. Ele chuta a bola e ela acerta certinho na cabeça de uma menina que está andando na rua. A bola bate nas longas e grossas tranças pretas dela. A menina está de mãos dadas com uma pessoa mais velha com um rosto semelhante ao dela — sua irmã mais velha. A menina solta a mão da irmã, esfrega a cabeça e dá a nosso príncipe o olhar mais destruidor que ele já tinha visto em sua jovem vida. A menina parece ter a idade dele, talvez um pouco menos, mas ela tem um ar imponente, de autoridade e realeza. Antes que ele pudesse gaguejar um "desculpa", ela jogou a bola nele e gritou:

— Presta atenção! Ah, ah. Você não enxerga, não? Com esses olhões enormes!

Depois pegou a mão da irmã mais velha e saiu furiosa, como se *ela* é quem fosse a responsável. O príncipe ficou impressionado, apesar de tudo. Ele chutou a bola para o amigo.

Aos 11 anos, nosso príncipe desengonçado é mandado para um colégio interno em Abeokuta. É um lugar com muito espaço, longe das pressões que seus irmãos criam, onde ele pode flexionar os músculos. É um lugar onde ele pode ser ele mesmo e crescer sem impedimentos. Ele julga que aquilo será uma aventura.

A rua Noble e a rua Herbert McCauley estão situadas em uma área de Yaba conhecida como Alagomeji — dois relógios —, em homenagem às duas torres de relógio que ficam no local. É um lugar marcado pelo tempo e, para o amor, o tempo precisa ser o tempo *certo*. Se você perguntar a nossa princesa o que ela pensou quando de fato conheceu o príncipe, ela provavelmente vai dar de ombros e deixar escapar um sorriso um tanto tímido, vai dizer que não sabe e indagar por que você está perguntando isso a ela, mesmo? Ela está ocupada. Se você perguntar ao príncipe, ele vai rir e dizer:

— É mentira dela. Claro que ela me notou. Um *black* que nem o meu? Um cara descolado que nem eu?

Se nossa princesa estiver perto dele quando ele disser isso — o que provavelmente será o caso, porque ele diz a maior parte do que diz para fazê-la rir —, ela vai rir muito, zombar e responder:

— Que *black*? Você já estava perdendo cabelo, meu amigo.

Nos primeiros anos da escola secundária, ele era o menino brincalhão e benevolentemente travesso para quem ela revirava os olhos com frequência. No terceiro, a mesa dele ficava ao lado da dela. No quarto, eles eram melhores amigos. Eles conversavam por horas a fio sobre tudo e qualquer coisa e riam muito, riam sem parar. As frases dos dois se cruzavam e se misturavam, as almas deles traduzidas nas palavras, cada conversa os aproximava mais. Isso ainda seria desse jeito anos depois, com as camadas de conversa se acumulando e circulando até tão tarde da noite que a filha mais velha descia as escadas para ordenar:

— Falem! Mais! Baixo! Vocês estão rindo muito alto!

Sem saber que era uma bênção não conseguir dormir por causa do som das risadas da mãe e do pai e não pelo som de suas brigas, sem saber que estava testemunhando um feitiço único, resultado da combinação de amor e tempo; a capacidade de se manter sempre jovem. Você vai amadurecer e seu relacionamento vai se desenvolver, mas o amor tem o costume de manter uma parte de você sempre verde, guardando a alegria da paquerinha adolescente no seu peito. Dez, vinte, trinta, quarenta anos depois de terem se conhecido, ela ainda fica vermelha quando ele a elogia ou quando levanta seu queixo para fazer uma gracinha. Ele ainda vai tentar impressioná-la, tratará o sorriso no rosto dela como uma missão a ser cumprida e ainda se sentirá pasmo por ter sido o homem que ela escolheu.

Na escola, o jovem príncipe e a princesa passam o tempo todo juntos e até compartilhavam um chaveiro para as chaves de seus armários; o tipo de coisa sem sentido que acontece quando você quer criar um motivo para estar perto de alguém. Quando você perguntar a qualquer um deles como surgiu a amizade, eles darão de ombros. Só aconteceu. Só aconteceu de eles serem duas crianças de Alagomeji com versões diferentes do mesmo nome, enviadas para o mesmo internato em Abeokuta. Só aconteceu de suas mesas estarem perto uma da outra. Só aconteceu de eles quererem falar um com o outro o tempo todo, para se equilibrarem;

o humor dele, a graça dela e a integridade dos dois se combinando e se fundindo.

Os sentimentos deles amadureciam mais rápido do que a capacidade que tinham de reconhecê-los. Quando uma pessoa é intimamente inserida em sua vida desse jeito, você passa a considerar aquele calor e aquela presença como naturais, e o príncipe sentiu um arrepio ruim quando a princesa começou a flertar casualmente com um amigo dele. Foi como se a ilha tropical dele fosse tomada de repente por um vento frio quando, certo dia, no almoço, ele viu o amigo comprar um sorvete Fan Ice para ela. De longe, um produto lácteo gelado provavelmente não tem o mesmo peso romântico de uma dúzia de rosas nem a mesma capacidade de arrebatar o coração da princesa, mas o príncipe conhecia bem o amigo. Ele sabia que aquilo era uma declaração. Uma declaração que fez seu estômago revirar, como se fosse ele que tivesse comido um Fan Ice que tinha passado muito tempo exposto ao sol, comprado de um homem suado com um carrinho enferrujado. Esse amigo específico era conhecido como mão de vaca. Se você pegasse emprestado dele um kobo que fosse, ele iria exigi-lo de volta assim que você o entregasse a um vendedor. Se um vento da janela dele soprasse em você em um dia quente, ele culparia você por estar suando.

O mão de vaca era cerca de dois centímetros mais alto que o príncipe, e o príncipe começou a se perguntar se ele tinha sido besta por não usar uns mocassins de salto que estavam na moda na época. Ele os odiava, mas de repente passou a se perguntar se os sapatos poderiam ser um acréscimo necessário ao seu guarda-roupa. Podia dar a ele alguma vantagem sobre o amigo. Apesar do jeitão dele, o príncipe até gostava do garoto, afinal eles se divertiam juntos e o cara era bem engraçado. Mas agora?

Ah, ele o odiava. Era um dia particularmente quente, mas nosso príncipe sentia frio. Ele estava quase tremendo. A princesa sorriu para o mão de vaca e, embora o príncipe reconhecesse que o sorriso era uma réplica do que ela normalmente dava para ele, ele poderia jurar que a brisa fresca tinha se transformado numa lufada de ar do Báltico. Talvez ele até ficasse com hipotermia. O pulso dele ficou fraco.

Naquela noite, não conseguiu dormir. Ele se revirou enquanto a imagem da princesa e do Fan Ice se agitavam em sua cabeça como se ele tivesse um projetor lá dentro, dedicado apenas ao pior filme do mundo. No dia seguinte, durante um horário livre, eles estavam sentados num muro destruído em algum lugar do campus da escola e o príncipe, incapaz de controlar o próprio desconforto, interrompeu a conversa fácil e sem rumo que eles estavam tendo.

— Por que o mão de vaca comprou Fan Ice pra você?

A princesa riu.

— Como assim? Porque ele quis, né?

O príncipe tinha tentado fazer sua voz soar como se ele não estivesse reclamando. Ele sentiu que tinha falhado na missão.

— Ele nunca quer comprar nada pra ninguém.

A princesa deu de ombros.

— Ah, vai que ele estava se sentindo generoso. Você sabe que ele recebeu três chibatadas um dia desses por insubordinação. Talvez ele tenha sofrido uma concussão.

— Não chicotearam a cabeça dele.

— Por que você está agindo como se alguém tivesse chicoteado a sua?

— Deixa pra lá.

Silêncio.

A princesa limpou a garganta.

— Ele disse que quer me levar ao cinema na próxima semana. Você sabia que ele está pensando em ir para
uma universidade na Inglaterra? Que nem eu.

O príncipe se sentiu mole. Ele perdeu o apetite e
não quis comer o almoço. Ele *sempre* queria comer. E,
embora os grãos que a cantina servia tivessem gosto de
terra cozida nos melhores dias, o gosto era melhor do
que o sabor de Fan Ice putrefato que de alguma forma
tomava conta de sua língua sempre que ele tentava comer. Ele sentiu como se fosse cair no chão. A verdade é
que, perto dela, ele se sentia como um sapo empoleirado
em uma flor. E esse era mais um comentário sobre ela
do que sobre ele, porque ele *gostava* de si mesmo... mas
ela? Ela fazia tudo parecer leve e brilhante. Ele gostava de
estar perto dela leve e brilhante. Ela o enxergava, direta
e nitidamente, e ele nunca tinha se sentido visto antes,
para falar a verdade. Em casa, havia gente demais para
ser olhada e, assim, quando os olhos chegavam a ele,
já estavam cansados. Mas ela o via alegremente, e ele
florescia sob o olhar dela. Ficava mais alto, como um gi-
rassol se esticando para o céu. E ela era inteligente, como
já sabemos. Nosso príncipe também era inteligente, mas
ela era *inteligente*, esperta e sábia. Ela via um problema
e sabia como resolvê-lo na hora; ela o via de mau humor
e fazia uma lista das razões pelas quais ele deveria se ar-
rastar para fora do buraco. Ela não sabia ainda, mas, para
ele, ela estava no primeiro lugar daquela lista. Ela era o
raio de luz brilhando no abismo de um poço.

Nosso príncipe piscou e, embora houvesse muitas
coisas que ele queria dizer a ela, tudo o que saiu de sua
boca foi:

— Por que você não me disse que queria um Fan
Ice? Eu teria comprado pra você.

Nossa princesa ergueu a sobrancelha.

— Não sabia que você se importava se eu queria um Fan Ice ou não.

— Claro que me importo. Eu me importo com tudo o que você quer.

A princesa olhou para ele por tanto tempo que pareceu ter sido por meses. O príncipe teve certeza de ter sentido a mudança de estação, da Chuvosa para o Harmatã. Então ela olhou para o horizonte, para as colinas e rochas verdes e profundas, como que buscando a própria sabedoria antiga. Eventualmente, ela virou para ele de novo. Ele soltou o ar que não tinha percebido que estava preso em sua boca.

Ela deu de ombros.

— O Fan Ice até me deu dor de barriga. Acho que ele comprou um que estava quase vencido para economizar dinheiro.

Aos 17 e 18 anos, o príncipe e a princesa foram para a universidade. Ela embarcou em um avião pela primeira vez na vida e seguiu para a Inglaterra, enquanto ele pegou seu carro velho e dirigiu as três horas necessárias para chegar à cidade de Ifé. Há um acordo tácito de que permanecerão em contato, mas também há um medo oculto por parte de ambos — de que o outro vai se tornar apático e esquecer.

Na universidade, os dois exploram novos universos. O príncipe se mistura ao seu novo mundo facilmente, pois, embora seja um novo mundo, é na verdade o mundo antigo, pois Ifé é a raiz de seu povo, o coração da Iorubalândia. Na Universidade de Ifé, ele prospera como se aquele fosse seu território desde o nascimento. Carismático, inteligente, agradável e dono de critérios fortes de certo e errado. É como se tudo o que ele estivesse destinado a ser fosse aprimorado ali. Ele está em casa.

A princesa, por outro lado, é lançada em uma terra estrangeira com ar frio e rostos frios. Ela trabalha em empregos cansativos e mal remunerados para conseguir terminar a universidade, por pessoas que nem a enxergam ou que a encaram demais. Embora o amor tivesse sido derramado sobre ela, quando chegou a vez dela de ir à universidade, o dinheiro da família tinha acabado. Ela trata a renovação desse dinheiro como uma missão. Nos primeiros dois meses, ela fica na casa de amigos de amigos e de parentes de parentes ou em quartos minúsculos de albergues, com cobertores finos e sorrisos mais finos ainda, e diz a si mesma que vai valer a pena. Que, nessa terra sem sol, ela ainda tinha a possibilidade de brilhar. Isso não impede o frio da solidão de gelar seus ossos ou a escuridão de tomar o céu. Então, em uma manhã particularmente sombria, ela recebe uma carta. Ela reconhece a letra, elegante ainda que robusta, deliberada ainda que alegre, e ligeiramente rotunda, como uma risadinha calorosa. No selo, ela nota que deve ter sido enviada há cerca de dois meses, a entrega provavelmente atrasada pelo sistema de correios nigeriano e pelas taxas internacionais. Ela senta em sua cama estreita e fina e abre o envelope.

Aposto que você não precisa de Fan Ices aí onde está, ela lê.

No escuro, ela brilha.

As cartas aumentam. Em seis meses, ela tem pilhas delas. Elas são mais do que suficientes para tirá-la da solidão. Elas são espessas e resistentes o suficiente para formar os alicerces de uma casa, isolam as paredes para que ela seja aquecida com amor e de algum jeito, de algum jeito, ambos adquiriram o único papel no mundo que não vira pó, a única tinta que não desbota, então as palavras que trocaram permanecem hoje tão frescas quanto no momento em que as escreveram. O que eles dizem um ao outro nesses pergaminhos antigos fica entre eles, é uma escritura sagrada e, por respeito, devemos mantê-la em segredo. No entanto, os sentimentos daquelas palavras vivem e fluem por eles, no mundo que constroem, revestindo as paredes de sua cidade, em cima de uma colina, de forma que, mesmo de longe, visitantes conseguem ver um grande palácio com vinhas lindas, caídas e floridas que se enroscam nos portões, se derramando sobre as cercas.

É óbvio que a essa altura eles já sabem que estão apaixonados um pelo outro. É um fato imutável já faz muito tempo, mas o seu reconhecimento acaba sendo encorajado pelos quilômetros que os separam. A distância os aproxima. Não foi como se eles tivessem tropeçado e se apaixonado de repente, o caso é que essa realidade sempre esteve ali, pairando na atmosfera. Um peixe não reconhece que precisa de água até que esteja ofegante por falta dela.

Nosso príncipe se formou e se mudou para a Inglaterra. No tempo em que passaram separados, eles se aprimoraram e descobriram mais sobre seus poderes individuais. A consciência de si apenas enriquece aquele amor, e eles sentem que, juntos, têm o suficiente para construir um reino. E é o que fazem. O casamento deles foi oficializado em Yaba, na área com os dois relógios, duas linhas do tempo se casando uma com a outra. Nosso príncipe e nossa princesa tornam-se rei e rainha.

Eles plantam amor no reino e ele cresce com abundância, em uma floresta densa com árvores tão macias e verdes que poderiam ser tecidas para formar um cobertor para os anjos. As frutas que elas dão são deliciosas, fartas e doces, e se alguém morde uma delas, essa pessoa é coberta de bênçãos, porque Deus a ama. Eles têm tanto amor que as frutas são capazes de alimentar as cidades e vilas vizinhas. O rei e a rainha convidam as pessoas a entrar e dão de comer a elas, e essas pessoas muitas vezes ficam tão fortalecidas, reabastecidas, cheias de saúde e calma de espírito que resolvem ir fundar seus próprios reinos. Eles começam uma família, três meninas que crescem sob o calor terno da afeição deles, que entendem o riso como linguagem e a amizade como um ingrediente ativo do verdadeiro romance. As discussões que acontecem às vezes são ferozes, mas os alicerces da casa são construídos sobre papel místico muito antigo, então são muito fortes, e as paredes não desmoronam, embora possam tremer.

A filha mais velha dos dois é tão inspirada pelo rei e pela rainha que o sentimento acaba moldando a forma como ela vê o mundo. Ela reconhece a magia mundana do amor romântico que é onipresente à primeira vista, mas que, se olhado mais de perto, revela uma tesselação de compreensão, paciência, amizade e atração. Ela reconhece o milagre da faísca da paixão, mas também reconhece o trabalho. Porque dá trabalho, e para o trabalho ser efetivo, você precisa respeitar a outra pessoa, gostar da outra pessoa. Ela é fascinada por como o amor romântico pode aliviar uma vida difícil, mostrar o melhor de uma pessoa, não condenar o pior de uma pessoa. É uma benção que ela admirava ao observar o rei e a rainha, e foi por isso que ela assumiu a missão de capturar um pouquinho daquilo e dá-lo de presente para outras pessoas; com toda a esperança e luz que ele irradia. O rei e a rainha trouxeram o amor à vida para ela. Ela viu de perto as pinceladas vívidas, ousadas e brilhantes de tinta. Ela viu a nobreza, a integridade e a solidez rochosa do amor em cores ricas e intensas. Ao compartilhá-lo, ela espera tornar o mundo um pouco mais brilhante.

O tempo foi construído com o amor em mente. É por isso que os momentos antes de um beijo desejado são tão longos, por isso que, quando lábios são finalmente apresentados a outros lábios, a sensação é de que já queriam se encontrar há muito tempo. É por isso que um dia com a pessoa amada pode parecer uma eternidade que passa em velocidade supersônica. Dolorosa e deliciosamente lento, mas muito rápido, rápido até demais, derretendo entre dedos muito quentes. Tempo e amor estão entrelaçados, ambos são medidas de vida, são os dois relógios. E, para que o amor opere como deveria, é extremamente necessário que aconteça no momento certo. Assim como nesta história.

Nota da autora

Ao escolher quais contos serviriam de base para minhas histórias, tive o cuidado de selecionar aqueles com temas que eu pudesse extrair e tecer. Como muitos dos contos folclóricos e mitos originais são bastante antigos, eles são impossíveis de datar e, obviamente, eram cheios de misoginia e violência, pois foram criados em contextos bastante patriarcais. Com este livro, fui capaz de repensar essas histórias de uma maneira que colocasse as mulheres no centro. Não tem a ver com ser escolhida, tem a ver com o livre-arbítrio para amar e ser amada.

A história de Naleli, por exemplo, veio originalmente de um conto intitulado "Como Khosi escolheu sua esposa", no qual a heroína é uma mulher cuja extrema beleza foi escondida por seus pais com um manto de pele de crocodilo para protegê-la de olhos errantes. Enquanto estava escondido em um arbusto (bizarro demais!), Khosi a espiou se lavando em uma piscina, despiu-a do manto de crocodilo, "se apaixonou" por ela e a escolheu como noiva. Na história original, a mulher não tem muito direito ao consentimento e o príncipe é um predador. No entanto, com a pele de crocodilo, eu vi o potencial de escrever uma história sobre uma mulher que é julgada e tratada de forma diferente ao longo de sua vida por causa de sua aparência externa, mas que eventualmente aprende a amar a própria pele, sem ter que remover manto nenhum. Outro exemplo é a história original de Yaa; ela era uma jovem boba e superficial, condenada à terra dos mortos por escolher se casar com um estranho rico, glamouroso e bonito em vez do nobre príncipe de sua aldeia que seus pais haviam escolhido para ela. A moral da história era, basicamente, "mãe e pai sabem o que é melhor". Decidi inverter a história para que ela falasse mais sobre ação e resistência às expectativas dos pais, que às vezes podem reprimir nossa essência. Não é uma história sobre ser punida por exercer a autonomia, e sim sobre ser empoderada pela autonomia, um tema que aparece em muitos dos contos.

Este livro me deu a oportunidade maravilhosa de brincar com os mitos, estendendo-os para novas versões e mundos muito distantes de onde foram contados pela primeira vez sem apagar suas raízes no processo. Psiquê e Eros me fizeram tentar enfiar o Olimpo em um prédio de escritórios elegante, imaginando como seria o Cupido se ele fosse um publicitário charmoso. A história original de Zhinu se chama "O cuidador de vacas e a tecelã". Nela, ambos os personagens representam estrelas (essa é, aliás, outra história em que um homem encontra uma mulher nadando nua em uma piscina). Foi tão divertido fazer perguntas como: e se ela tecesse músicas? E se eu misturar o mito e a realidade e fizer dela uma estrela na terra; uma pop star que não sabe do próprio valor? Além disso, como faço para trazer uma vaca e versos musicais cheios de agácias para essa nova história?

Em outras, tive que me aprofundar na história para torcê-la. Em "Nefertiti", eu consegui misturar fato e fantasia de um jeito que foi emocionante para mim, uma nerd que gosta de história. O mistério em torno dos detalhes da vida de Nefertiti me deu muito espaço para brincar. Transformei o Egito Antigo (Kemet) em uma metrópole distópica onde os deuses eram mortais. Eu destilei a filosofia do Egito Antigo e construí um mundo a partir dela. Ma'at era deusa da justiça, da harmonia e do equilíbrio, e Ifset era um conceito filosófico de caos, injustiça e mal. Eu queria trazer questionamentos sobre justiça: onde está a justiça e o que ela significa em um mundo que é perverso? Pode a justiça existir em um universo onde o que é sombrio é tratado como se fosse luz? Em última análise, na história vemos a justiça do lado de Nefertiti, uma mulher que luta para acabar com a opressão por meio de atos moralmente questionáveis. Foi um privilégio ter espaço para tratar de complexidades como essas, mesmo em uma história curta.

Em "Siya", tive a oportunidade de me enveredar por uma antiga civilização africana menos conhecida: o povo Soninquê de Wagadou (Reino de Gana). Dei uma mexida nessa lenda para que Siya não fosse mais uma donzela "virgem" indefesa que seria sacrificada a um deus-cobra e salva por seu prometido — um oficial do exército chamado Maadi. Na nossa história, ela lidera um exército e está longe de ser indefesa. Na nossa história, eles salvam um ao outro.

Embora algumas histórias estejam mais intimamente ligadas às histórias originais que as inspiraram do que outras, foi muito emocionante encontrar maneiras de manter os temas e as homenagens enquanto as remodelava com minha imaginação, me aventurando pelos gêneros e tons literários. Tive o privilégio de ler um monte de contos populares de diversas culturas diferentes no processo de curadoria para este livro, e os que deixei de fora (com muita relutância) não entraram porque eu temia não ser capaz de desenrolar os temas sem privá-los totalmente das ricas culturas das quais provinham e acabar cometendo uma injustiça no processo.

Para terminar, todas as minhas histórias são muito valiosas para mim, e as dez histórias inspiradas em mitos e contos populares tornaram-se ainda mais especiais por causa da pesquisa que tive a oportunidade de fazer no processo de escrevê-los, que me permitiu descobrir e aprender sobre mundos que não o meu e me desafiar a relacioná-los e misturá-los com o que eu já sabia. Embora essas histórias sejam minhas — despejadas do meu coração —, devo muito às culturas que proveram as sementes e a inspiração. Elas não seriam minhas não fosse por isso. Foi uma honra e um privilégio ter a oportunidade de dar nova vida a essas histórias: espero ter feito jus a elas.

Fontes de inspiração

- **Oxum:** resgatado do mito e da religião iorubá, Nigéria.
- **Scheherazade:** *Mil e uma noites*, Pérsia.
- **Psiquê:** "Eros e Psiquê", Grécia Antiga.
- **Attem:** "Ituen e a esposa do rei", povos Calabar, Nigéria.
- **Yaa:** "O casamento da princesa", povo Asante, Gana.
- **Siya:** Antiga lenda soninquê, povo Soninquê, Mali moderno, Senegal, Guiné, Gâmbia e Sul da Mauritânia.
- **Naleli:** "Como Khosi escolheu sua esposa", Lesoto.
- **Nefertiti:** Fatos e mitos, Egito Antigo.
- **Zhinu:** "O cuidador de vacas e a tecelã", China.
- **Tisbe:** "Píramo e Tisbe", Mesopotâmia.

Agradecimentos

Primeiramente, gostaria de agradecer por estar escrevendo os agradecimentos para este livro. É uma coisa grandiosa, né? Vamos tirar um tempinho para absorver isso. Houve momentos (na frente do meu computador, em prantos) em que me esforcei para imaginar isso acontecendo. Nesses momentos, me agarrava às coisas que me ajudariam a sair do lamaçal de insegurança, dúvida e medo. Esses agradecimentos são uma lista dessas coisas.

Minha fé em Deus. Eu sou forte por causa d'Ele.

Katie Packer, minha querida editora, por ter acreditado em mim o suficiente para colocar essa ideia em prática. Katie, você é poderosa, muito inteligente, muito experiente e muito intuitiva emocionalmente. Você sempre está lá para ajudar a dissipar meus discursos histéricos e confusos, para me trazer de volta com uma citação poderosa de Beyoncé e para rir comigo dos *crushes* que compartilhamos em algumas celebridades. De alguma forma, você me viu tão profundamente que foi capaz de trazer à tona o que há de melhor em mim e me estimular a usar meu potencial, me fazendo crescer como artista. Eu não poderia ter feito isso sem seu suporte técnico e profissional, obviamente, mas também não poderia ter feito isso sem ter você como companheira de time, sempre me colocando para cima quando eu me sentia travada, me lembrando por que faço o que faço e me lembrando do que sou *capaz* de fazer. Você é de uma força absurda e eu espero que você domine logo essa indústria. Você é muito importante e poderosa. Uma das melhores partes desse processo foi ganhar você como amiga para o resto da vida.

Juliet Pickering, minha agente literária, por ter lido um conto há quatro anos e, de alguma forma, ter acreditado nele o suficiente para me lançar numa carreira literária e me contratar. Eu estava no meio do processo de consertar meu manuscrito para consumo público quando ela disse: "Que se f***, vou contratar você". Obviamente, isso é uma paráfrase (ruim) mas foi assim que senti — uma *fé* pura e potente em mim. Sou muito grata por ter sido você quem ajudou a dar vida aos meus sonhos. Muito obrigada por responder aos e-mails ansiosos e cheios de erros de digitação que eu mandava às duas da manhã com tanta calma e paciência. Obrigada por ter chutado minha bunda com tanto, tanto carinho quando foi necessário. Muito obrigada por ser uma base de apoio emocional e profissional para mim. Serei eternamente grata por sua orientação.

Jessica Stewart, minha agente de TV, que estava esperando que eu terminasse este livro! Ha! Eu gostaria de agradecer por sua paciência e seu encorajamento e por me dar espaço e tempo para escrever isto. Estou tão feliz por ter você em minha equipe.

Minha mãe e meu pai, que não emigraram para o Reino Unido para que eu flopasse no fim das contas! Mãe e pai, Olukemi e Olufemi Babalola, eu amo tanto vocês. Enquanto escrevo isso, estou chorando um pouquinho e estou feliz por não estar escrevendo na sua frente, mãe, porque tenho certeza de que você reviraria os olhos. Vocês são tudo para mim. Eu não teria uma carreira não fosse o apoio de vocês. Desde que eu era pequena, vocês sempre me disseram que eu podia fazer o que quisesse. Obrigada por me verem por inteiro, e por não tentarem me prender a ideias predefinidas de sucesso — obrigada por saberem que o maior sucesso é ser capaz de ser quem se é plenamente, e fazê-lo com bondade, honestidade e integridade. Vocês são a melhor torcida que uma garota poderia querer. Cada grama de confiança que tenho em mim só existe por causa do amor e da fé que vocês têm em mim. Obrigada, pai, por insistir em mandar mensagem no WhatsApp para todos os meus contatos com um link para o meu livro. Obrigada por falar abertamente sobre "sua filha, a escritora" desde o meu primeiro artigo de jornal. Obrigada, mãe, por fortalecer minhas estruturas e por estar ao meu lado em cada madrugada, em cada grito de frustração, em cada crise, com seu carinho firme — sempre me dizendo para chorar o que tinha que chorar e superar, porque, se eu estou destinada à grandeza, qual seria a outra opção? *Não* conseguir tudo que sempre sonhei? *Ko possible. E se, ma. E se, sir.* Tudo o que faço é fortalecido pelo amor de vocês.

A fé e o apoio de minhas amizades.

Amna Khan — você me conhece melhor do que quase qualquer outra pessoa, e suas conversas motivacionais são incomparáveis. Seu encorajamento é espiritual, profundo e fortificante e, quando falo com você, sempre me sinto renovada, nutrida. Sou sua amiga desde os quinze anos, e você me viu crescer, me viu falar sobre esse exato momento. Obrigada por sempre ter visto meus papos sobre sonhos como previsões seguras do futuro. Tenho certeza de que passar por essa jornada com você me tornou uma pessoa melhor e mais positiva. Eu te amo.

Folarin Akinmade, que revisou meu primeiro conto, "Netflix & Chill", e foi o melhor irmão que uma garota poderia querer.

Sase Aimiuwu, que mata e morre por mim e que tem um humor que me carrega e me abraça. Você é a luz do sol.

Minha querida Hannah Williams, que me viu agachada na frente do meu laptop escrevendo secretamente enquanto trabalhava no [censurado]; Gena-Mour Barrett (a menina do iate, do iate!); Kechi Nwagou (seus textos aleatórios de apoio me animaram nos momentos que eu mais precisava); Asha Mohamed, a primeira pessoa a ler meus romances SEMPRE, você é minha irmã e sei que sabe como me sinto, então vamos parar com esse show de breguice; Oyinlola Agboola: irmã, agradeço muito pelas risadas que você traz à minha vida; minha fada madrinha, Camilla Blackett, que literalmente me deixou correr para os braços dela em Los Angeles quando Londres ficou demais para suportar (eu precisava de espaço mental para escrever, e serei eternamente grata à sua generosidade e ao seu amor. Você é realmente um anjo); outros membros da minha família de Los Angeles: Tanya Fear (risos. Te amo, rainha Zim) e Alanna Bennett (que também ama comédias românticas e é uma romântica inveterada); Obioma Ugoala, pelas mensagens de apoio quando mais precisei; Kieran Yates, Joanna Fuertes e Kirby Partington, os temperos! Pelos papos furados, por acreditarem e por serem alívio para a escuridão do mundo.

Sou muito grata a Nikesh Shukla, por seu apoio constante ao longo dos anos, pela sua voz, que foi fundamental para me encorajar a me inscrever na competição de contos que impulsionaria minha carreira, e pela sua crença inabalável em mim. Você é o melhor e essa indústria tem sorte de ter você.

O EPI de elite!! Emma, Bridge, Dani e Can. As risadas, os memes e o apoio incondicional de vocês realmente fizeram eu me sentir segura e protegida em uma área em que ainda estou tentando me encontrar. É muito reconfortante saber que, depois de um dia difícil, posso ir até vocês e ser acolhida. Vocês são um grupo de mulheres muito extraordinárias e sou muito abençoada por conhecer vocês.

Minha irmã mais velha, Daniellé Scott-Haughton. Não comece a chorar quando ler isso. Minha pastora, minha irmã, minha rocha. Obrigada pelas orações, obrigada por acreditar, obrigada por me deixar chorar para você no telefone durante os períodos mais complicados e difíceis da minha vida. Em meio a dores e provações, você sempre está lá para me abraçar forte, assim como sempre está lá para comemorar meus sucessos e alegrias. Espero que saiba que você é um anjo muito especial. Sou muito abençoada por Deus ter trazido você para a minha vida.

Candice Carty-Williams! Poderosona! Você sabe que eu me acho muito por poder dizer que posso ligar para você e falar: "Can, estou perdendo o juízo" que você vai responder "Tudo bem, querida. Pode perder, é normal". Você esteve lá desde o começo. Você deu início ao concurso literário que impulsionou minha carreira, e sua facilidade de agregar pessoas é incrível. Obrigada por sua graça, por sua gentileza, por ser minha irmã e por ser minha amiga.

Se eu falasse de todas as amizades que me apoiaram, esta parte seria tão longa quanto o resto do livro, mas quero que vocês saibam que cada mensagem, cada comentário, cada incentivo foi extremamente importante para mim. Eu gosto muito de todos vocês e me sinto privilegiada por considerá-los parte da minha vida. Espero poder abençoá-los como vocês me abençoaram.

Minhas irmãs (de sangue), Bomi Babalola e Demi Babalola. Eu amo vocês. Não vamos ser bregas. É o que é. Mesmos genes e tal. Vocês duas me inspiram de muitas maneiras. Bomi, você tem um coração doce e carinhoso que esconde um núcleo forte. Demi, você tem um exterior forte que esconde a alma mais carinhosa de todas. Vocês são mulheres extraordinárias e tenho muito orgulho de ser a irmã mais velha das duas.

Meus primos, os Magbagbeolas, os Adedirans e nosso neném Abiona. Amo todos vocês e sou muito grata por ter vocês como irmãos de consideração. Um salve para Ore e para Ibukun. Vocês são minha galera.

Meus seguidores no Twitter, que me viram crescer ao longo dos anos. Vocês são algumas das pessoas mais doces, gentis, engraçadas que já conheci. Escrever costuma ser um trabalho solitário, e eu precisava do Twitter para poder desabafar, rir e falar merda. Vocês me deram espaço para que eu pudesse ser eu mesma e me *acolheram*. Vocês amplificaram minha voz. Vocês podem nem saber, mas as mensagens de apoio e encorajamento, os memes engraçados e as referências secaram as lágrimas, me ajudaram a lidar com a depressão e me tiraram de um lamaçal de pena de mim mesma. Sou muito grata por ter vocês em minha equipe. Amo vocês, de verdade.

Às jovens mulheres negras que me enviaram mensagens dizendo o que este livro significa para elas, que se viram em mim e se deram ao trabalho de me encorajar. A bondade de vocês me inspira a alma. Obrigada. Esse livro é para vocês.

Sem todas as pessoas citadas, este livro não existiria. Foram todas elas que seguraram minha mão e me impulsionaram. Sou grata por tudo. Obrigada por fazerem parte da minha jornada.

Este livro foi impresso pela Eskenazi, em 2022, para a Harlequin. A fonte do miolo é Garamond. O papel do miolo é pólen soft 70g/m² e o da capa é cartão 250g/m².